日下題襟合集目

安義節制使李墓聖
　小像說三則
金秀才在行
　小像說三則　養蘆堂記一首
　詩

尺牘　順義君味鷦鷯詩四用
　與蘆堂詩　先生韻贈小像
　藏蘇慈慈贈附錢楊鐵
　橋記答附鐵橋秋庫
　公跋　次韻答附鐵橋
　有次韻附南城蘭
　藏冊　公跋附于
　與鐵橋答楊鐵
　橋次韻贈別
　鐵橋　題扇面
　人題畫筏附
　送金蓮蘆
　與鐵橋

歲在丙戌吾友嚴鐵橋館陸飲潘絢卷趙公車至
京師寓南城之天陸店偶過書肆遇朝鮮行人李墓
聖見鐵橋所帶眼鏡奇之舉以相贈歸言于正使李畑
副使金善行洪德及金副使弟在行洪副使姪大容皆
心慕之越數日李公訪得鐵橋所寓未相見設竟日歸
益傾倒之由是諸人瀕見如渴而金洪二君欽慕尤為
既而二君來鐵橋所寓未相見設飲以事不及赴故贈
答書盡終于隔面當時彼此問答語言不通率憑筆札
都為橋去所存者僅遺惟來歙之詩賊久賸而又多為
秋庫所藏鐵橋歸橋得十不及四五是歲夏五鐵橋歸橋

生名茂才本未詳朱先生序中不復及于友陳二山觀
頃曾從高太史使琉球其國之大臣于弟秀出者無不
從二山學歸以詩文詩示予且次蒙前人洪述中山事
證諸觀見聞者為補正疏誤寡于勘其成既而游江
右去年還役于客邸予誠木係如朱先生之親侍嚴先
生疾搜摸遺墨俾留傳于後之人殊不葉感慨啼哦因
沈筆而附識之道光庚戌秋七月朔羅以智跋

者志行攸摹之不已益加以愛歎愛欲之不已益加以
誠碼呼友道之正視古人其恭也歎向使東國使注使
遇鳳雅之才彼不將坐井觀天夜卻自大戴章而得三
先生之人品足以鬯揚之且見我中華衣冠文物之盛
比比皆然洵非小邦之人所可象頡而鳥斯者也嚴先
生與潘先生書有云切切更與後來使臣相聞非惟省事
佳遇政不必再也嚴先生能持大體其卓識灵愛乎速
矣予于有恥使於四方不辱君命若三先生者可謂士
矣乎于振綺堂汪氏見朱先生手抄是集假錄副本缺
者不敢補疑者不敢次嚴先生名誠陸光先生名飛潘先

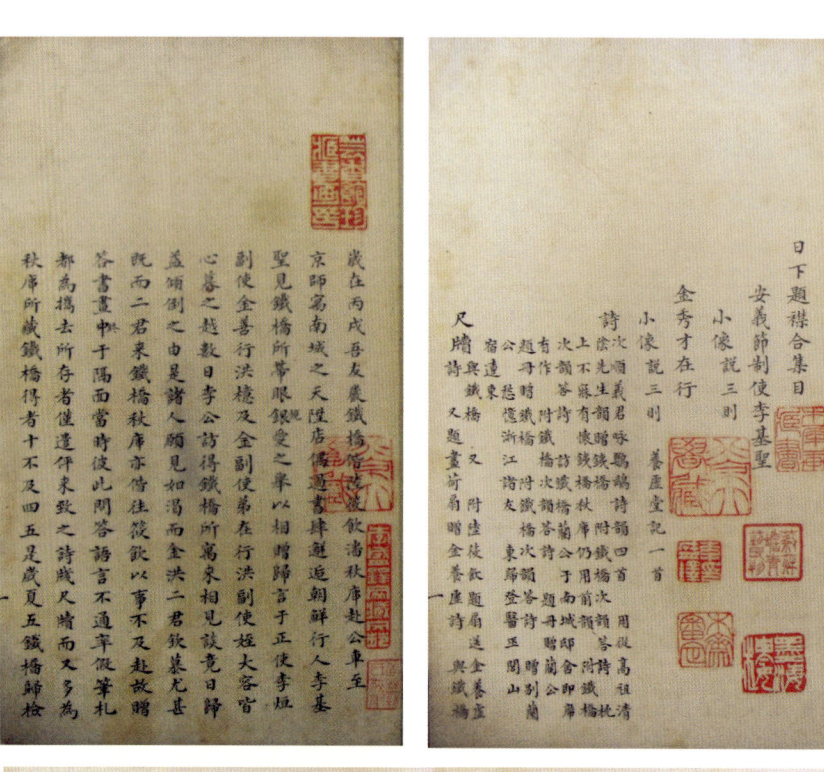

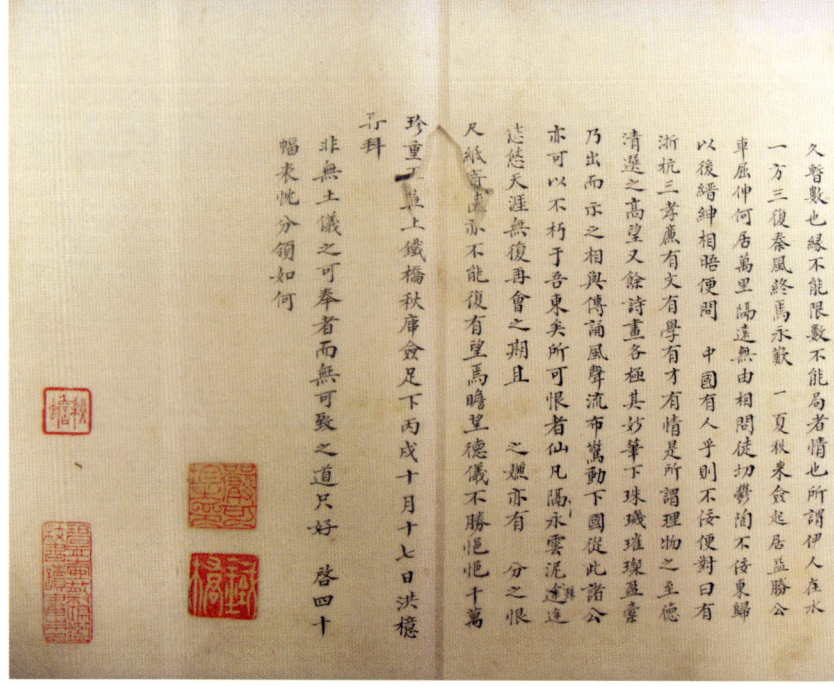

北京大學圖書館古籍部藏《日下題襟合集》書影

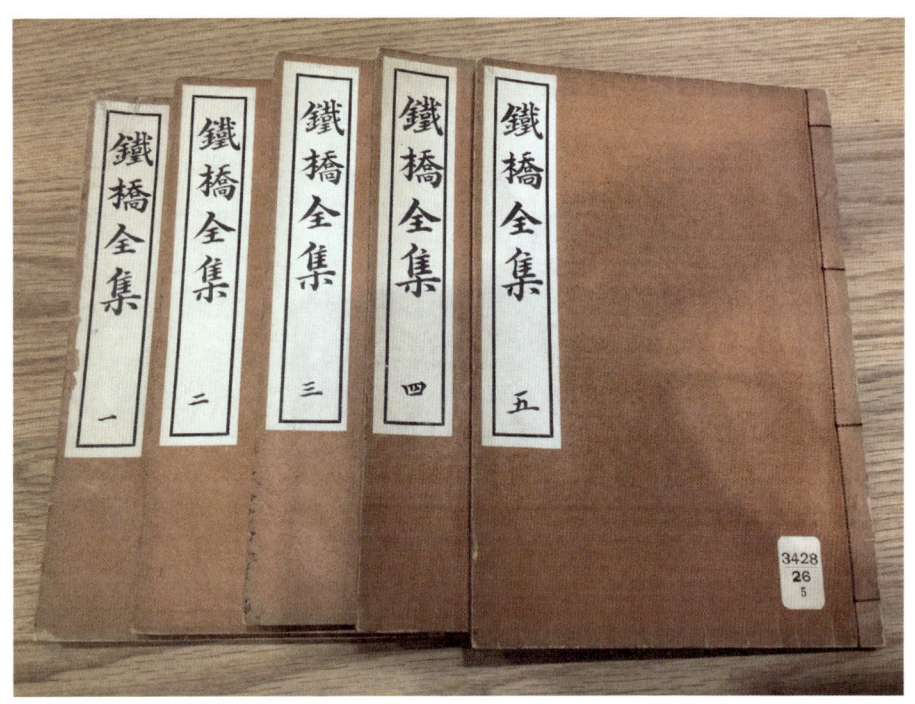

韓國首爾大學藏《鐵橋全集》

韓國首爾大學藏《日下題襟集》(《鐵橋全集》第四冊)目錄

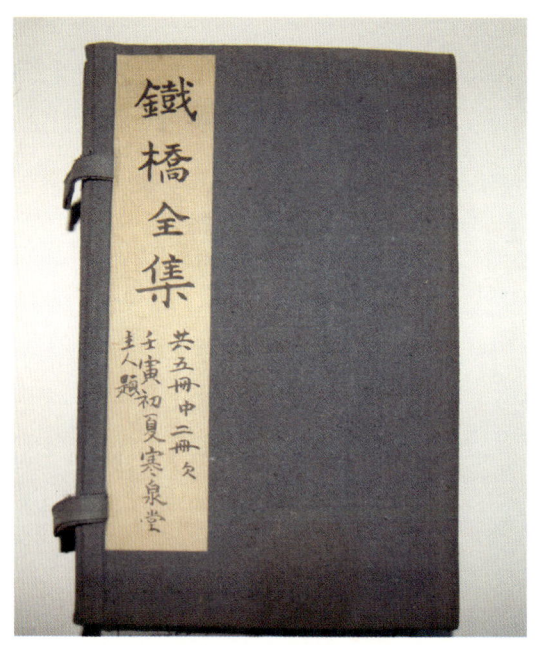

韓國檀國大學淵民文庫藏《鐵橋全集》

韓國檀國大學淵民文庫藏《日下題襟集》
(《鐵橋全集》第四冊)

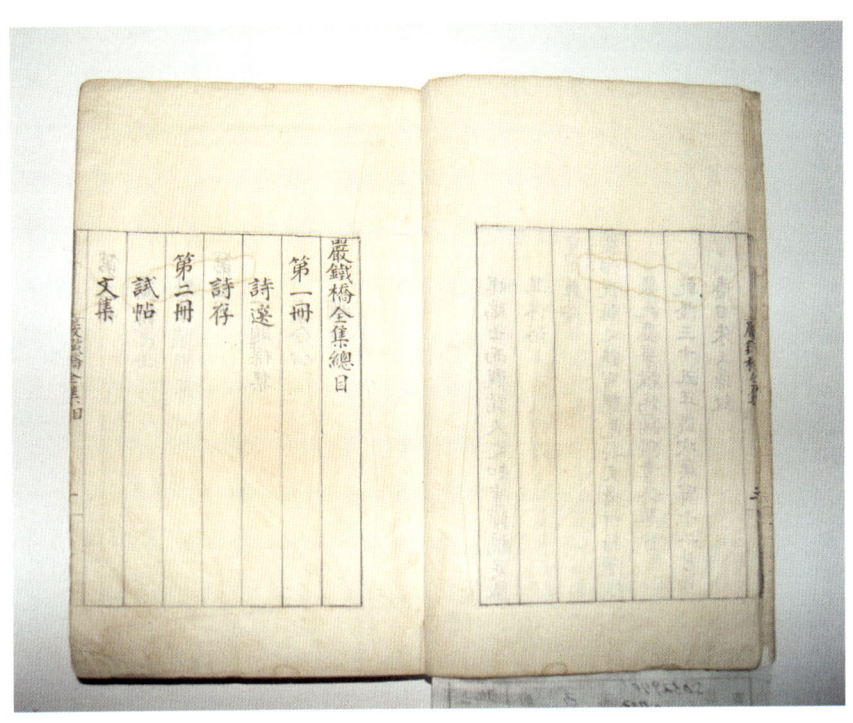

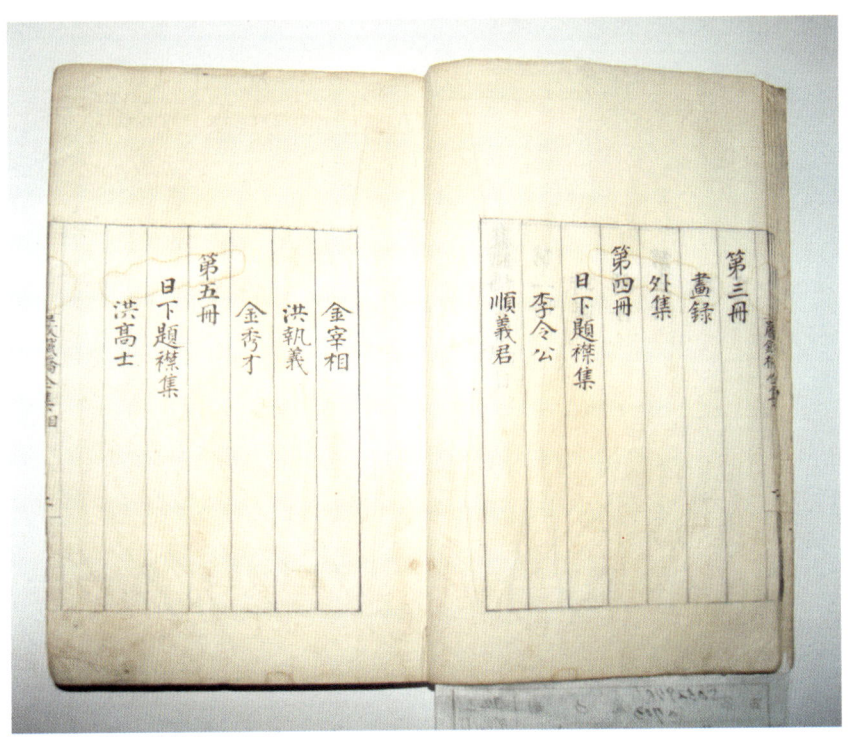

韓國檀國大學淵民文庫藏《日下題襟集》目錄

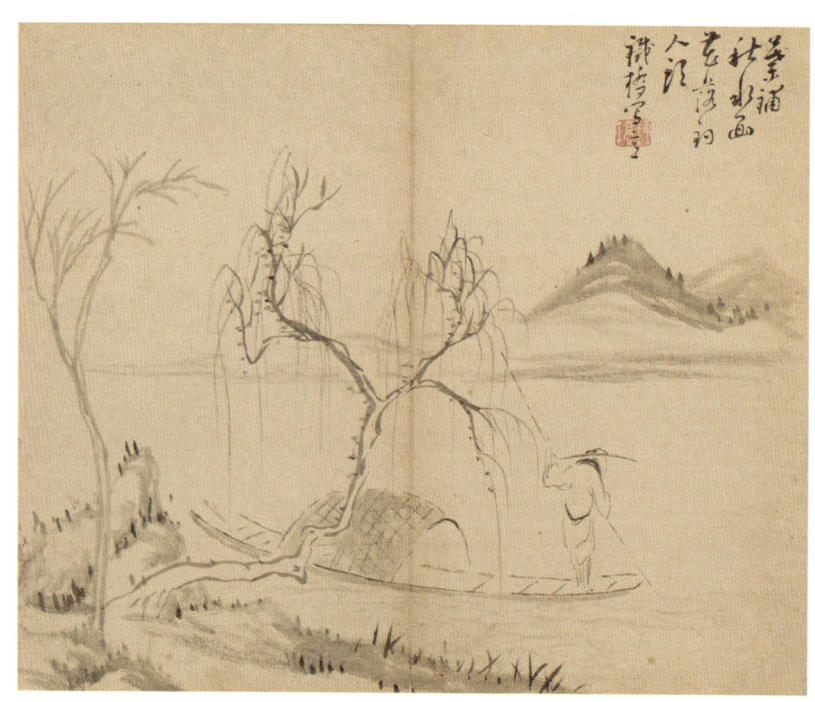

韓國澗松美術館藏嚴誠《秋水釣人》圖

韓國澗松美術館藏嚴誠《雲山策杖》圖

韓國澗松美術館藏潘庭筠《高士讀書》圖

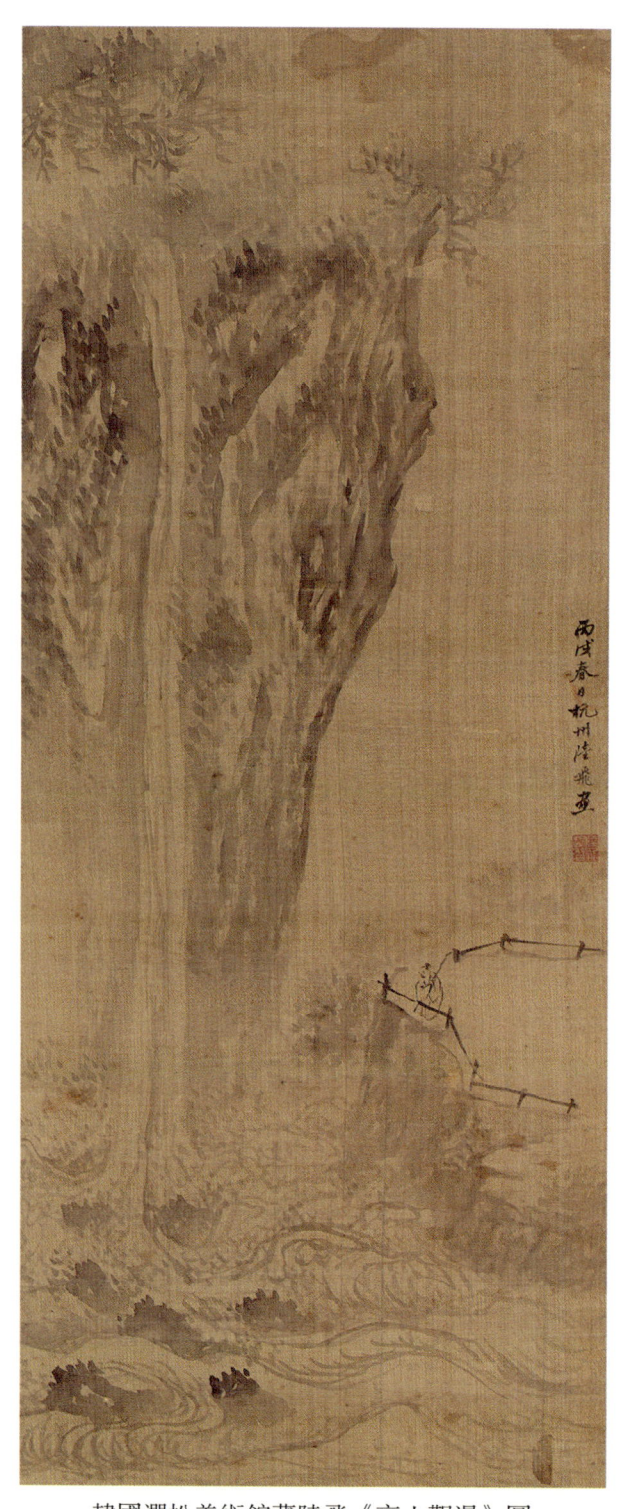

韓國澗松美術館藏陸飛《高士觀瀑》圖

目　　錄

前言 1

凡例 1

日下題襟集叙 1

日下題襟集上編 3

　李令公小像 5

　順義君小像 7

　順義君詩 9

　　鸚鵡詩二首 9

　　附鐵橋次韻二首 9

　　次金副使韻呈鐵橋 10

　　附鐵橋次韻答詩 11

　　題扇贈鐵橋 11

　　附鐵橋次韻答詩 12

　　鐵橋過訪寓館即席有作三首 12

　　附鐵橋次韻答詩三首 13

　　次金秀才韻謝鐵橋見惠書畫 14

　　附鐵橋次韻奉答 14

　　又再疊前韻 15

　　題扇贈秋庫 15

　　題扇贈筱飲二首 16

　　附筱飲次韻答詩 16

- 又題畫蘭扇贈順義君 17
- 舊作三首 17

順義君尺牘
- 與鐵橋、秋庫 18
- 與鐵橋 18
- 又 19
- 又 19
- 又與鐵橋、秋庫 20
- 附鐵橋答書 20
- 又 21
- 又 21
- 又 22
- 又 22
- 又 23
- 又 23

金宰相小像 24

金宰相詩 26
- 贈嚴誠鐵橋、潘秋庫 26
- 附鐵橋次韻答詩 26
- 簡鐵橋四首 27
- 附鐵橋次韻答詩四首 28
- 集朱子句留別鐵橋、秋庫 29
- 附鐵橋集元遺山句次韻答詩 29
- 題筱飲曾祖少微先生忠天廟畫壁詩 29

金宰相尺牘
- 與鐵橋、秋庫 30
- 又 30
- 又 31
- 與鐵橋、秋庫 32

附筱飲題畫松扇贈金丞相詩	33
又題畫竹扇送金丞相	33
又金丞相書來道別，未面之情深于既面，對來使率成小幅，題詩送之	34
與鐵橋、秋庫	34
又	35

洪執義小像　　36
　　附牛黄清心丸方　　37
　　龍腦安神丸方　　38
　　加减薄荷煎丸方　　39

洪執義詩　　40
　　簡鐵橋　　40
　　附鐵橋次韻　　40
　　索鐵橋畫　　41
　　附鐵橋畫飛來峯圖，遺洪幼直即次索畫韻題于上方　　41
　　呈鐵橋　　42
　　附鐵橋次韻答詩　　42

洪執義尺牘　　43
　　與鐵橋　　43
　　又　　43
　　附鐵橋次金副使韻謝洪執義詩　　44
　　附筱飲畫西湖景扇送洪執義詩　　45
　　又題畫梅扇送洪執義　　45
　　附鐵橋答洪書狀　　46
　　又　　46
　　丙戌冬寄鐵橋、秋庫　　47

金秀才小像　　49
　　附鐵橋養虛堂記　　50

金秀才詩　　53
　　次順義君詠鸚鵡詩韻四首　　53

用從高祖清陰先生韻贈鐵橋 ··· 54
　　附鐵橋敬次清陰韻和養虛 ··· 54
　　枕上不寐有懷鐵橋、秋庫仍用前韻 ····································· 55
　　附鐵橋和養虛偕湛軒再造寓廬，劇談竟日，仍次清陰韻 ········ 55
　　又附鐵橋平仲過訪寓廬，走筆作畫有題 ····························· 56
　　又附鐵橋簡寄養虛 ··· 56
　　訪鐵橋、蘭公於南城邸舍，即席有作 ·································· 57
　　附鐵橋、養虛過訪寓廬，即事有作，次原韻 ······················· 57
　　題册贈蘭公 ··· 58
　　題册贈鐵橋 ··· 58
　　附鐵橋酬養虛留別原韻 ··· 59
　　贈別蘭公 ··· 59
　　愁憶浙江諸友 ··· 60
　　東歸登醫巫閭山 ·· 60
　　宿遼東 ·· 61
　　祭鐵橋文後又呈一律 ··· 61
金秀才尺牘 ·· 62
　　與筱飲 ·· 62
　　又 ·· 63
　　附陸筱飲題扇送金養虛 ··· 64
　　又題畫荷扇贈金養虛 ··· 64
　　與鐵橋 ·· 65
　　附鐵橋答養虛 ··· 65
　　與鐵橋 ·· 66
　　又 ·· 67
　　附鐵橋丙戌秋與養虛、湛軒書 ··· 69
　　丙戌十月與筱飲、鐵橋、秋庫 ··· 70
　　附丁亥秋鐵橋答書 ·· 71
　　書後附寄懷養虛詩二首 ··· 72
　　鐵橋嚴先生力闇哀辭 ··· 72

目　錄

日下題襟集下編 75
　洪高士小像 77
　洪高士尺牘 79
　　與鐵橋、秋庫 79
　　又 81
　　又 82
　　又 83
　　愛吾廬八景小識 83
　　附鐵橋愛吾廬八詠 85
　　　山樓鼓琴 85
　　　島閣鳴鐘 85
　　　鑑沼觀魚 85
　　　虛橋弄月 86
　　　蓮舫學仙 86
　　　玉衡窺天 86
　　　靈龕占蓍 86
　　　穀壇射鵠 87
　　與鐵橋、秋庫 87
　　與秋庫 88
　　與鐵橋、秋庫 89
　　又 91
　　附錄渼湖論性書 92
　　與鐵橋、秋庫 95
　　又 96
　　與鐵橋 97
　　又 97
　　贈鐵橋 99
　　附鐵橋次金養虛用清陰先生韻贈別湛軒詩 100
　　附鐵橋答湛軒書 101

又	101
又	102
又	103
又	103
又	104
又	105
又	105
又	106
又	107
又	107
又	109
又	110
又	110
又	111
附筱飲題畫竹扇贈湛軒	113
又送湛軒詩	113
七月寄鐵橋	114
九月十日與鐵橋	115
書後別紙	116
又發難二條	122
書後附四言詩九章	123
又與九峯書	125
附鐵橋丁亥秋答書	126
又附南閩寓館簡寄湛軒二首	135
又附與秋庫書	135
又附與潘其祥年伯書	137
附朱朗齋戊子正月寄湛軒書	137
又附追次鐵橋韻奉寄湛軒	140
戊子中秋寄哭鐵橋文	141
與九峯書	142

與嚴老先生書 …………………………………………… 144
　　與嚴秀才書 ……………………………………………… 145
　　附九峯庚寅十二月答書 ………………………………… 147
　　附九峯追次鐵橋韻，寄湛軒 …………………………… 150

日下題襟集附錄一 …………………………………………… 153

清人嚴誠的生平、文學活動及著述 ……………………… 155
　　一、嚴誠生平小傳和年譜 ………………………………… 156
　　二、嚴誠的文學創作活動 ………………………………… 162
　　三、嚴誠的著作及影響 …………………………………… 166

《日下題襟集》的成書及傳入朝鮮的過程 …………………… 172
　　一、朝鮮洪大容一行的燕行及與清人交流始末 ………… 172
　　二、《日下題襟合集》《日下題襟集》的成書及傳入朝鮮
　　　　過程 …………………………………………………… 179
　　三、小結 …………………………………………………… 186

《日下題襟合集》與《日下題襟集》的傳抄本 ………………… 188
　　一、引言 …………………………………………………… 188
　　二、中國所藏《日下題襟合集》的三種傳抄本 …………… 189
　　三、《日下題襟集》四種傳抄本 …………………………… 195
　　四、小結 …………………………………………………… 198

洪大容所編與清代文人往來書信文獻 …………………… 200
　　一、洪大容所編與清人往來手札文獻概況 ……………… 200
　　二、洪大容編纂與清人往來書信文獻的經過 …………… 209
　　三、洪大容編纂與清人往來書信的特徵及意義 ………… 214

日下題襟集附錄二 …………………………………………… 221

日下題襟集 韓國國史編纂委員會藏抄本 ………………… 223

前　　言

　　《日下題襟集》係清朱文藻(1735—1806)根據友人嚴誠所保存的與朝鮮洪大容(1731—1783)等人進行交流的詩文和書信文獻編纂而成。

　　乾隆三十年(1765)十一月二日,朝鮮洪大容和友人金在行以子弟軍官的身份跟隨朝鮮冬至兼謝恩使團一行離開漢陽,在十一月二十七日渡過鴨綠江,十二月二十七日抵達北京。此次出使的朝鮮正使是順義君李烜(1712—？),副使是參判金善行(1716—1768),書狀官爲執義洪檍(1722—1809)。而洪大容是洪檍的侄子,金在行爲金善行的堂弟,洪大容和金在行又是親密的友人關係。一月初他們到達燕京後,便各自履行職務。使團的隨從裨將李基聖去琉璃廠購買眼鏡時,偶然在書店和來京應舉的浙江士人嚴誠、潘庭筠相識。之後在李基聖的引見下,洪大容、金在行、三大使臣和嚴誠、潘庭筠,以及稍後入京的陸飛展開了密切的交流。這批朝鮮使臣在二月中的一個月內和這三位浙江士人交流頻繁,有過大量的筆談、詩文酬唱以及書信往返。

　　乾隆丙戌(1766)二月底,洪大容一行離開燕京,四月返回朝鮮復命。嚴誠則在次年丁亥(1767)爲生計客居閩地,不料在當地染上疾病,十月返回故里後病逝。嚴誠友人朱文藻受嚴誠家人的託付,在嚴誠去世後整理編輯了嚴誠與朝鮮文人在京期間以及分別後的往來詩牘。根據朱文藻所寫序文,可知此部詩文集初稿在丁亥(1767)十二月二十七日之前編輯完成,題名爲《日下題襟合集》。朝鮮洪大容得知嚴誠去世的消息之後,便寄信給嚴誠之兄嚴果,希望得到嚴誠的詩文遺稿,並且臨時整理了一部分個人攜帶回朝鮮并保存下來的嚴誠的詩文,編輯成《鐵橋遺唾》寄送給了嚴果。朱文藻在《日下題襟合集》的基礎上增補了《鐵橋遺唾》中的一部分資料,在庚寅年(1770)十二月立春日之前編輯成《日下題襟集》,并同時整理了嚴誠的《小清涼室遺稿》,將二者合併,題名爲《鐵橋全集》(共五册,第四、五册爲《日下題襟集》)。嚴誠之兄嚴果曾多次託付郵寄這部詩文集和嚴誠小像給洪大容,不過因當時郵寄不便,直至戊戌(1778)年秋天才傳遞到洪大容手中。本書即對《日下題襟集》作校注。

　　由上可知,朱文藻曾對嚴誠所保留下來的與朝鮮人的交流詩文進行了兩次編輯,初稿爲《日下題襟合集》,增補本爲《日下題襟集》。這兩部詩文集在編輯完成以後,在中國和朝鮮都曾被後代學者傳抄。至今爲止,筆者得以確認的抄本《日下題襟合集》有:北京大學古籍部所藏羅以智抄本;中國國家圖書館所藏以羅以智抄本爲底本的重抄本;上海圖書館古籍部所藏以羅以智抄本爲底本的重抄本。《日下題襟集》的抄本有:韓國檀國大學淵民文庫藏《日下題襟集》朱文藻原抄副本(缺第五册);韓國國史編纂委員會圖書館所藏《日下題襟集》重抄本;韓國首爾大學中央圖書館所藏《日下題襟集》重抄本;哈佛燕京圖書館所藏《日下題襟集》重抄本。以上《日下題襟集》抄本都是《鐵橋全集》中收録的第四、五册部分。韓國檀國大學淵民文庫所藏《鐵橋全集》應爲五册,現藏共三册,缺兩册。其中第四册爲《日下題襟集》,第五册《日下題襟集》洪大容詩文部分缺失。

　　檀國大學淵民文庫所藏《鐵橋全集》爲朱文藻當時寄送給洪大容的原稿抄録副本,書寫字體清晰,清人所繪朝鮮友人畫像形象逼真,但遺失了第五册,而韓國首爾大學所藏《鐵橋全集》爲後人重抄本,抄録内容和格式與淵民文庫所藏本相同,且内容完整。故本書以淵民文庫所藏《鐵橋全集》第四册《日下題襟集》上半部分、首爾大學藏《鐵橋全集》第五册《日下題襟集》下半部分爲底本。韓國國史編纂委員會圖書館藏《鐵橋全集》中收録的《日下題襟集》等傳抄本則作爲參校本。

前　言

洪大容和嚴誠等人在燕京以及分別後的交流詩文、書信規模較大,在嚴誠去世之後,朱文藻編輯嚴誠保存的一部分交流書信、詩文的同時,洪大容在回國後也在不同時期分別對自己保存下來的書信和詩文進行了編纂整理。洪大容編纂的資料可以大致分爲三部分:一是洪大容收到的清人手札原件。如《樂敦墨緣》、《古杭赤牘》等;二是編選的與清人之間往來書信的選集,如《杭傳尺牘》、《乾净後編》、《乾净附編》等;三是編撰的燕行記録和筆談文獻,如《燕行雜記》、《乾净録》、《乾净衕筆譚》等。以上洪大容整理的書信原件、書信選本、燕行記録和筆談文獻,其中有一部分與《日下題襟集》收録書信和詩文内容一致,通過這些文獻,可考證出《日下題襟集》中所收録的詩文和書信的具體創作時間,并確認答書及唱和作品。因此,洪大容所編詩文書信文獻也是本書的重要參校資料。

此外,洪大容友人金在行也將他與清人的往來詩文尺牘編成《中朝學士書翰録》;洪大容友人李德懋也抄録編輯了洪大容與清人的來往書信集《天涯知己書》,李德懋編輯的詩話《清脾録》中也收録了洪大容與清人交流的詩話資料。洪大容友人朴趾源、成大中、南公轍亦分別在《燕巖集》、《青城集》、《金陵集》等詩文集中收録有洪大容與清人往來詩文書信等相關資料。這些朝鮮人所編的詩文集亦是本書重要參校資料。

對於以上洪大容一行與清人的交流資料,筆者在過去十餘年的資料收集和整理過程中曾撰文做過探討。爲了能理解《日下題襟集》這部書的主人公嚴誠的情況,筆者曾對嚴誠的生平和著述做了整理,并以《清人嚴誠的生平與朝鮮洪大容等朝鮮學人交遊考述》在韓中人文學會(2017 年 7 月 2 日,南京大學韓國語學系舉辦)上做了發表。對於洪大容燕行使團一行與清人嚴誠、潘庭筠、陸飛等人的交往以及《日下題襟合集》、《日下題襟集》的成書過程,筆者曾在《朝鮮洪大容與清人的交流及〈日下題襟合集〉〈日下題襟集〉的成書過程》中做了詳細考述;《日下題襟合集》和《日下題襟集》傳抄本的情況,筆者也以《〈日下題襟合集〉與〈日下題襟集〉的傳抄本》一文作了全面考察。以上兩篇文章都刊載在《溫州大學學報（社會科學版）》2016年第29卷第3期。對於洪大容編纂的一系列與清人交流的文獻資料，筆者曾以《洪大容編纂與清人交流書信文獻研究》發表在韓國《東亞人文學》（第37輯，2016年12月31日）上。現把上面四篇論文稍作修訂，附錄於本書後，以便覽者能詳細了解這些文人之間交流的實況以及這些交流詩文、書信文獻的流播情況。

洪大容與清人交流文獻資料數量較多，《日下題襟集》作爲其中的重要一部分，在中國本土還未發現有傳本存世。筆者把這部書加以整理，介紹給中國學界，希望有益於學林。此外，在中國整理出版這部文獻資料，也是爲了完成當時洪大容和嚴誠等人的心願，願洪大容與嚴誠等人天涯知己的佳話能流芳萬世，使他們之間的交流文獻傳之不朽。

筆者在整理校點本書以及研究的過程中，得到了韓國和中國諸多圖書館、博物館以及關心本人研究的學界師友、同好的幫助，在此一併深表謝忱！此外，筆者要感謝國家古籍整理出版專項經費對本書的資助。同時，也感謝上海古籍出版社社長和諸位編輯先生的支持和編輯工作。整理校注疏漏難免，敬請覽者批評指正。

劉　婧

2017年2月18日　於金谷書室

凡　例

一、《日下題襟集》收錄朝鮮李烜、金善行、洪檍、金在行、洪大容五人與杭州士人嚴誠、潘庭筠、陸飛之間來往詩文和書信。

一、本書以韓國檀國大學淵民文庫所藏本《鐵橋全集》第四册《日下題襟集》上半部分(簡稱"淵民本")及韓國首爾大學所藏《鐵橋全集》第五册所收《日下題襟集》下半部分爲底本,合成完書。

一、本書所用參校本書目如下:

《日下題襟集》,韓國國史編纂委員會圖書館藏抄本,《鐵橋全集》第四、五册收録《日下題襟集》(簡稱"國史本")。

《日下題襟合集》,中國北京大學古籍部藏羅以智抄本(簡稱"北大本")。

《乾凈衕筆譚》,《湛軒書》收録,1939年新朝鮮社鉛印本。

《杭傳尺牘》,《湛軒書》收録,1939年新朝鮮社鉛印本。

《乾凈筆譚》,韓國奎章閣藏《湛軒説叢》收録抄本。

《乾凈附編》,韓國基督教博物館藏抄本。

《乾凈後編》,韓國基督教博物館藏抄本。

《樂敦墨緣》,韓國基督教博物館藏原札,《中士寄洪大容手札帖》收録本。

《古杭赤牘》,韓國基督教博物館藏原札,《中士寄洪大容手札帖》收録本。

《中朝學士書翰録》,高麗大學古籍部藏原札帖。

《筱飲齋稿》,清人陸飛詩文集,乾隆丙申刊本(四册)。

《乙丙燕行録》,有韓國基督教博物館藏抄本(韓文,十二册),藏書閣抄本二卷二十册。本書據鄭勛植校注本《乙丙燕行録》(京辰出版社,2012年)。

《燕杭詩牘》,哈佛燕京圖書館藏抄本。

《天涯知己書》,李德懋《青莊館全書》,《韓國文集叢刊》收奎章閣抄本。

《清脾録》,李德懋《青莊館全書》,《韓國文集叢刊》收奎章閣抄本。

《金陵集》,南公轍撰,朝鮮純祖十五年金陵聚珍字本。

《燕巖集》,朴趾源撰,1932年鉛印本。

一、附録一中所收四篇論文,依次介紹清人嚴誠的生平及著述,洪大容等朝鮮使臣和嚴誠等人的交流經過以及《日下題襟合集》與《日下題襟集》的成書過程、傳抄本,洪大容所編與清人來往書信文獻。以便於覽者能了解此書成書和流傳過程,以及朝鮮文人對相關書信編纂的具體情况。

一、本書對底本中的人名、地名、書名、作者避本朝諱字及一些特殊字體,如峯、譚、邱、艸等保留原貌,不作改動。其他的俗體字、異體字則改爲規範字,不另出校。對詩文和書信的書寫時間、部分人物、地點等進行考證注釋,一併冠以【校注】置於篇末。

一、本書一依《鐵橋全集》第四、五册的分卷方法,分爲上、下兩編,有關李烜、金善行、洪檍、金在行的詩文爲上編,有關洪大容的詩文爲下編。

一、本書書後附録二乃韓國國史編纂委員會所藏《日下題襟集》抄本之影印件,供讀者參考。其他幾種版本《日下題襟集》的部分書影,及嚴誠小像、有關本書的清人畫作見於書前,以便讀者能深入了解兩國文人之間交流的實物,把握與這部文獻相關的諸多文化因素。

日下題襟集叙

歲在丙戌,吾友嚴鐵橋偕陸筱飲、潘秋庫赴公車,至京師,寓南城之天陞店。偶過書肆,邂逅朝鮮行人李基聖[一],見鐵橋所帶眼鏡,愛之,鐵橋舉以相贈。歸,言于正使李烜、副使金善行、洪檍及金副使弟在行、洪副使姪大容,皆心慕之。越數日,李公訪得鐵橋所寓,來相見,談竟日歸,益傾倒之。由是諸人願見如渴,而金、洪二君欽慕尤甚。既而二君來,鐵橋、秋庫亦偕往,筱飲以事不及赴,故贈答書畫,終于隔面。當時彼此問答,言語不通,率假筆札,都爲攜去,所存者僅遣伻來致之詩箋尺牘。而又多爲秋庫所藏,鐵橋得者,十不及四五。是歲夏五,鐵橋歸,檢以示余,觀其楮墨寫作之精,已足珍玩。而至其深情難別,淚隨墨和,又能規諫愷切,絕無浮諛。吾輩同里閈,事徵逐,聚首二十年,中間喜悲離合之故,往往淡漠置之。而諸人者,遠在海隅,一朝萍合,乃至若是用情之深。交友本至性,豈以地限哉!今年鐵橋客閩,閏秋之月,秋庫得洪大容去秋所寄書及墨,函致客中,幾四千言。而其時鐵橋染瘧兩月,力疾答書,亦幾三千言,闡道析疑,語語痛快。十月既望,鐵橋疾亟旋里,兩旬而沒。易簀之日,招余坐牀第,被中出洪書,令讀之。視眼角,淚潸潸下。又取墨嗅之,愛其古香,笑而藏之。時已舌僵口斜,手顫氣逆,不能支矣。悲夫！今猶子奏唐收拾遺稿，乞余編次，余感鐵橋彌留眷眷之意，因先取其所存諸人墨迹編録一册，凡鐵橋所與贈答詩文悉附入，故本集不載。而筱飲數詩存者亦録之，其在秋庫處者未及也。題曰《日下題襟集》。集凡五人，李、金、洪三使及金、洪二君。李令公無詩文，以其爲緣起之人，故列小像于首。卷中缺字，蓋墨迹艸書不可識者。乾隆丁亥十二月立春前三日。朱文藻述。

己丑之冬，洪君湛軒寄來《鐵橋遺唾》一册，校舊稿，闕者悉補入，有不同者詳注于下。庚寅十二月立春日，文藻又記。

【校注】

〔一〕李基聖，又作李基成。具體生平不詳。本書從朱文藻整理本，作"李基聖"。

日下題襟集

上編

李令公小像

圖一

（圖左題記云：朝鮮六公小像，皆鐵橋自京歸里日所畫。丁亥歲暮手摹一過，今又從丁亥本重摹，神氣失矣。庚寅子月，朱文藻并記。）

鐵橋曰：安義節制使李基聖，彼國皆稱之曰李令公，年五十五歲，古君子也。

乾隆三十一年，歲在丙戌，正月二十六日，李公初與余遇於京師琉璃廠書肆。方買《昌黎全集》，見余眼鏡，愛之不忍釋手，索紙作書，欲以多金相易，余遂脫手贈之，不受其金而歸。已置之矣，忽于二月初一日蚤，遣使到寓，云已覓余數日不得，心甚怏怏，今始得之。幸毋他往，午後當來。余待至午後，李公果來，具道思慕之意，古情古貌，鬱勃可愛。茶話移晷，出彼國所產紙墨、摺疊扇以及丸藥數劑見贈，余亦報之以香扇等物焉。此緣起也。

笠子，制度精密，乃其俗私居之冠。屨極大，以革爲之。武官皆銳頂，綴以金銀而繫以孔雀翎。文臣則祇平其頂而已，有大禮則紗帽圓領。士人亦方巾海青。悉沿舊制。而我朝一聽之，具見忠厚寬大之至矣。

順義君小像

圖二

鐵橋曰：順義君李烜，國君之弟，號爲君者，猶中國之親王也。詩極高妙，艸書入晉人之室。

順義君以親王兼宰相，蓋正使也。金、洪二秀才引余及蘭公入見之，則副使金、洪二公皆在焉，所謂三大人也。順義君本別居一院，以見余二人，故來就副使之室，意極謙和可親。三公者坐榻上，余二人亦坐榻上，中陳一几，以便作書。而二秀才者，雖弟姪之親，竟侍立終日焉。即令公等李令公外，又有安令公。入語，亦無有敢坐者，彼國之禮如是也。蘭公方與金宰相問難不休，而順義君則題二詩邀余和，余走筆應之。俄頃間而順義君已再疊韻，余亦再疊韻，往復數四，每人得十四首焉，連書于一紙上。余欲攜之歸，而順義君已令人匿去矣，亦一奇人也。

順義君詩

鸚鵡詩二首[一]

一自籠中入，幾經燕塞春。不能終慎口，似欲彊隨人。久鬱雲霄志，頻煩錦繡身。元多資品潔，難與衆禽親。

嗟爾隴西鳥，應思故國春。也知非俗物，如待有情人。珠箔多孤夢，燈花映隻身。異鄉同飲啄，轉覺日相親。

【校注】

〔一〕由上文"鐵橋曰"和《乾净衕筆譚》内容可知此詩寫於二月四日，爲嚴誠拜會洪大容並見到順義君時所題。此詩亦見録於《乾净附編》。

附鐵橋次韻二首[一]

回首故山遠，隴頭今又春。羽毛誰假爾，飲啄此依人。慧性宜防口，高情愛潔身。幸[二]邀蘭殿寵,燕雀敢相親。

東風吹暖律,衆鳥哢晴春。誰似綠衣使,偏隨金屋人。解言翻巧舌,鬭舞^{〔三〕}墮輕身。一種翩翩態,依依自可親。

【校注】

〔一〕據《乙丙燕行録》知此詩作于乾隆丙戌年二月十四日。《乾净附編》、《燕杭詩牘》收此詩,題爲《奉和詠鸚鵡原韻二首》;南公轍《金陵集》卷三《潘嚴二名士詩牘紙本》中收録嚴誠"和鸚鵡詩"二首,與以上相同。

〔二〕"幸",《金陵集》卷三作"奉"。

〔三〕"鬭舞",《金陵集》卷三作"學舞"。

次金副使韻呈鐵橋〔一〕

經歲燕城髩欲絲,韶光又洩綠楊枝。自從一見情如舊,不忍相分話故遲。他日只看雲起處,良宵應憶月來時。南宮高擢區區望,星漢乘槎自有期。

【校注】

〔一〕據《乙丙燕行録》知此詩爲李烜在二月七日前題。

附鐵橋次韻答詩〔一〕

吳蠶那得便無絲,擊節狂歌木有枝。最感虛懷酬未易,却慙高韻和偏遲。可憐〔二〕惜別傷春意,并集燈殘夢醒時。萬里烟波空極目,茫茫何處盡交期。

【校注】
〔一〕據《乙丙燕行錄》,此詩爲嚴誠次李烜前詩,寫于二月七日。《乾净附編》收錄此詩,題爲《次韻敬酬》。
〔二〕"可憐",《乾净附編》作"可堪"。

題扇贈鐵橋

君在江南我海東,東南不隔一天中。乍逢即別渾如夢,恨不相隨瀉鬱胸。

附鐵橋次韻答詩[一]

浩淼洪波洎薩東,風流文采媲南中。層雲只解遮雙眼,誰道層雲可蕩胸。

【校注】
〔一〕《乾净附編》題名爲《次題扇見贈韻》。

鐵橋過訪寓館即席有作三首[一]

二月燕城白雪飛,羈窗深坐見人稀。忽逢上客高軒過,筆舌論懷忍放歸。
各盡邦言屑欲飛,知君文采衆中稀。雲邊渺渺江南在,爲問何時命駕歸。
客懷寥落夢魂飛,欲寄鄉書雁亦稀。虛度半春歸不得,逢君同羨白雲歸。

【校注】
〔一〕據《乙丙燕行録》,此詩寫于二月四日。

順義君詩

附鐵橋次韻答詩三首原注：在館倡和十四首，惜不能記矣。此特其中之三首云。文藻按，《遺唾》亦只載此三首。〔一〕

高館披襟興欲飛，一時良會古應稀。坐深那惜頻移晷，即聽昏鐘不擬歸。

復見東風柳絮飛，故山〔二〕雲樹夢依稀。自緣捧檄平生志，要待宮花插帽歸。原注：時試期尚遠，而李君詩先問歸期，聊答之如此。

袞袞黃塵盡日飛，今朝裁覺旅愁稀。豎儒眼界耽寥闊，安得從君泛海歸〔三〕。文藻按，《遺唾》作"便欲相從泛海歸"。

【校注】

〔一〕據《乙丙燕行錄》知嚴誠寫于二月四日。"遺唾"指洪大容編輯的《鐵橋遺唾》，朱文藻依照此書對《日下題襟集》作了一些增補。
《金陵集》卷三《潘嚴二名士詩牘紙本》第二首見錄；《乾净附編》收錄在尺牘後，有題記爲："日前酬和諸詩衝口信筆，甚愧蕪率。歸來太半遺忘，承命復書，謹鈔三首就正，不足供大雅軒渠也。"

〔二〕"故山"，《乾净附編》作"古山"。

〔三〕"安得從君泛海歸"，《乾净附編》作"便欲相從泛海歸"。

次金秀才韻謝鐵橋見惠書畫

燕京遇高士，云自杭州來。博識由一作"唯"。經學，清姿實異才。白頭向人媿，青眼爲君開。吾愛兼三絶，化翁能不猜。

附鐵橋次韻奉答〔一〕

凌晨初盥漱，户外喜伻來。既飲醇和氣，彌慙窳惰才〔二〕。寸心醒似醉，尺素闔還開。勝事真千古，旁人莫漫猜。

【校注】
〔一〕《乾净附編》亦收録同題詩。
〔二〕"彌慙窳惰才"，《乾净附編》作"彌慚駑鈍才"。

又再疊前韻 文藻曰，此詩并序從《遺唾》補入。〔一〕

雅意纏緜，窶思無斁。德音稠疊，捧誦欲狂。謬邀三絕之褒，再效一言之獻，敢云和韻，聊代承顏。

自覺天機淺，台州敢擬來。烟雲須變態，邱壑要清才。五字勞相贈，雙眸喜顧開〔二〕。所欣歸橐重，津吏不驚猜。

【校注】

〔一〕《燕杭詩牘》題爲《和次金碩士韻敬呈睡隱李大人》；《乾净附編》題爲《再疊前韻》。

〔二〕"顧開"，《乾净附編》作"頓開"。

題扇贈秋庫

相看成邂逅，各自天涯來。未得臨岐別，歸心何以裁。

題扇贈筱飲二首[一]

不面先見書,精神已相照。咫尺猶天涯,無由開一笑。

生綃一幅畫,想見其人好。夢裏有別離,作詩詩艸艸。

【校注】

〔一〕據《乙丙燕行録》知此詩寫于二月二十六日。

附筱飲次韻答詩[一]

天地猶蘧廬,日月同所照。神交來異域,頓令向東笑。

不見空相思,負此春日好。何處望行塵,愁心滿芳草。

【校注】

〔一〕據《乙丙燕行録》知此詩作于二月二十八日。《乾浄附編》題目爲《筱飲題扇畫》。

順義君詩

又題畫蘭扇贈順義君〔一〕

春風吹百卉,枝葉何揚揚。嗟我本騷客,愛茲王者香。

【校注】
〔一〕此詩爲二月二十八日作。《乾净附編》題爲《題畫蘭》。又,清人陸飛詩文集《筱飲齋稿》收録此詩,題目爲《畫蘭贈李正使名烜,彼國稱順義君,國君弟也》。詩前有陸飛所題小序云:高麗於中國,猶内地也,披聲教尤親。其人雅尚文而職貢甚謹。我朝所以待之者恩禮尤渥,其出入交易,無防範之嫌。余以丙戌計偕,因得以與彼國洪、金二秀才交。洪恬静端雅,究心程朱之學;金蕭散簡易,工吟詠。日來寓館以紙墨見貽,兼致諸使臣雅貺,余以畫扇答之,并走筆率題其上。

舊作三首 文藻曰:未詳何題。

前夜濛濛雨,庭梅欲綻時。早春猶可愛,紫閣有佳期。

馬行白沙闊,高詠雁聲中。忽然看絕壁,秋色去年同。

誰謂鷺無慾,窺魚隱渚雲。以吾長睡眼,不欲爾爲群。

順義君尺牘

與鐵橋、秋庙[一]

　　頃書病未謝,迨悚。昨日兩士回,覽筆話,可想高明之鶴立雞群也。難孤盛意,病中拙艸舊吟數絶以呈,或可分領一喙否？貴書畫,歸後裝帖,以爲海東流傳之計。幸各二幅揮灑于一小紙投惠,至望！回期在邇,更未摻別,臨風悵溯而已。不宣。東國李烜頓首。
　　來扇書一絶,以之替面,可乎？

【校注】
〔 一 〕據《乾净衕筆譚》,可知此信寫於初五日。

與　鐵　橋[一]

　　昨日畫箑之惠,雖感,副使見即奪去,其無廉可知也。不獲已,更呈兩箑,忘勞畫惠否。鄙號乃睡隱也,書于箋中,勿使他人更奪之。至望至望!若是縷縷,還切不安。嚴孝廉案下。

【校注】
〔 一 〕《乾净衕筆譚》:"初七日,上使送伻於天陞店。"可知此書信寫於初八日。

又

兩箋之畫,筆法如神,俱得睡隱真趣,可作東方之寶也。前書奉託小紙畫帖,其或遺忘邪?書則有所附者,而畫則無所附者,奈何奈何!近來旅履何如?溯仰而已。不宣。李烜頓首,呈嚴孝廉案下。

又

如干筆墨紙箋奉呈,此在情不在物也,幸笑領如何?

又與鐵橋、秋庫

瓊和奉讀再三，不忍釋手也。貴三絶，古亦罕有，詩自由中出，實非虛語，何若是過謙邪。歸後裝帖，當勿傳非其人，而永作不朽之寶耳。行期在近，以書告別，不勝悵缺。李烜頓首，嚴大雅、潘大雅僉行幰。

附鐵橋答書 文藻曰：以下俱從《遺唾》補入。〔一〕

誠等譾陋小生，荷蒙不棄，假以顔色，俾得瞻仰清光。平生榮幸，莫此爲極。所恨天各一方，不得常親教範，此中耿耿，何日忘之。頃辱寵貺，悚愧彌深，兼盛使傳諭諄切，長者賜誼不敢辭，謹已拜入。鴻篇垂教，捧誦之下，益增感激，當俟南還時裝潢珍藏，傳爲永寶。明日容與《和鸚詩》一并次韻，鈔呈鈞覽。望見無期，言之於邑，寸緘申謝，臨風黯然。

【校注】

〔一〕《燕杭詩牘》收録此書信，題爲《答順義君》。《乾净附編》

收録此書信,題名爲《鐵橋書》。

又

誠再拜敬啓。違顏以來,瞻戀之誠,與日俱積。辱頒手教,兼示瓊篇,執讀循環,感無以喻。誠等自顧碌碌凡士,何以得此哉!亦擬勉操枯管以竭愚思,奈日來塵事冗雜,迫無寧晷,故所得止此,想高明定有諒之也。肅此,恭請福安!臨風無任馳溯。

不腆鄉産,聊將敬意,惟莞存是荷。

又

孤坐荒館,懷思實深。辱瑤翰,具荷垂注,鄙詩淺率何足道,過邀寵褒,益增顏甲耳!秋厓蒙賜扇,已檢至。渠有事入城,兩日未返,俟其歸寓,當傳致鄭重之意。種種厚意,筆端難罄,惟在曲照而已。別悰縷縷,惆悵難勝,望見無期,臨楮三歎,率此佈候福安!不備。

又

　　捧誦瑤華,深荷垂注,欽媿交并,當即日和呈,仰答高誼也。小畫四幅納上,旅邸塵雜,倉卒命筆,甚媿蕪率,真不足供噴飯耳。肅此,覆請近安,臨風馳仰。

又

　　使至,辱賜名翰,感佩之至!兼聞貴體違和,尤切懸念。乃于委頓之中,有勞拈管,此種厚意,生死難忘,真當傳示子孫,以爲永寶。叩頭叩頭。小詩敬和,緣寓中多撓,必待撥棄俗冗,始克爲之,望恕遲延之皋。佳箑即當命筆,但媿拙工有污清盼。奈何奈何!統于十二日繳到,專此恭候重安,並道謝悃。臨風翹溯。

順義君尺牘

又

書畫本拙劣不堪,兼日來塵務相撓,興致不佳,無暇多作,謹略成數幅呈覽。唯各位大人有以教之,幸甚!正擬遣人走請福安,而又緣正使大人瓊篇寵貺,欽忭更深。容不揣鄙陋,再效邯鄲之步,上塵鈞電耳。第誠等二人各欲得大人妙迹以爲珍寶,適來此紙,已爲潘君所得,望更書數行,兼書賤字"力闇"二字于上,以免豪奪。此實出于中心愛慕之誠,輒敢瑣瀆至此,恕之諒之!

又〔一〕

伏讀華翰,具稔一切。前二箋實緣旅次多冗,燈下命筆,甚媿。筆墨拙滯,謬邀嗜痂之愛、慇荷之極。小幅畫安敢遺忘,亦因應酬紛雜,偶爾稽遲爲罪,休休公册頁亦未卒業,統容于十九日早一并繳到,不敢有悮。肅此,謹請近安。臨穎,無任馳仰。

【校注】
〔一〕《燕杭詩牘》收錄此書信,題爲《答順義君》。

金宰相小像

圖三

金宰相小像

　　鐵橋曰：禮曹判書金善行〔一〕，字述夫，號休休先生，其家有休休窩。宰相也。儀觀甚偉，亦工書。禮曹判書云者，猶中國之禮部尚書也。

　　金宰相衣冠狀貌乃類世所畫李太白像，胸襟磊落，議論高曠。遍問中華山川名勝，往復殆數萬言，繭紙亘丈者盡十餘幅，而尤詳于江浙等處。聞西湖之勝，歎羨不置，自恨不得生其地。字畫秀勁可玩，雖縱宕不羈，而書及"天子"及"國家"等字，則必莊楷。臨別乃云："千里觀光，大非容易。二兄所以慰父母之心而爲門户之計者在此。旅邸易疎筆硯，二兄春闈之捷，固意中事，恨遠人不日將歸，不及親見，即區區亦更無入京之勢。惟冀二兄或有奉勑海東之役，再謀良晤耳。"蘭公至爲感激淚下，而金公亦有黯然之色焉。

【校注】

〔一〕金善行(1716—1768)，字述夫，安東人。朝鮮英祖十五年(1739)文科及第，歷任校理、修撰等職。

金宰相詩

贈嚴誠鐵橋、潘秋㢑〔一〕

　　城頭楊柳緑如絲,送客江南折一枝。別恨方催都脈脈,離章欲寫故遲遲。從今秖是相思日,此後那堪獨去時。東海浮槎知有路,春闈聯捷爲君期。冀其有奉使海東之役耳,區區掇一第,又焉足爲力闈道哉?

【校注】

〔 一 〕據《乙丙燕行録》、《乾净衕筆譚》知此詩寫于丙戌二月四日。

附鐵橋次韻答詩〔一〕

　　新愁不斷正如絲,髣髴鶬鷞寄一枝。要路欲登爭奈嬾,德人相見苦嫌遲。摩挲彩筆題詩處,想像青蓮被酒時。原注:昨見金公衣冠狀貌,戲以李翰林比之,故云。賤子尚餘心一寸,畢生難忘此良期。

【校注】
〔一〕據《乙丙燕行録》、《乾浄衕筆譚》,知此詩爲嚴誠寫于丙戌二月五日。

簡鐵橋四首〔一〕

荷花十里漾清波,錦繡江山一氣和。畫舫笙歌隨處足,讀書聲卻在誰窩。

漢隸唐文已鮮儔,虎頭神妙又全收。地靈從古生人傑,杭是江南第一州。

江南江北鷓鴣啼,風雨驚飛失舊棲。蒲葉欲生新柳細,悲歌一曲夕陽低。

丈夫不灑別離淚,爲唱《陽關》第四聲。吴中對月相思否,滄海東頭幸寄情。

【校注】
〔一〕據《乙丙燕行録》,丙戌二月七日潘庭筠送《漢隸字源》至洪大容館所,可知此詩應是金善行看到《漢隸字源》之後的初七日或稍後所題。

附鐵橋次韻答詩四首

　　雄文浩瀚捲滄波,風貌親承更飲和。緑野漫須誇晉國,休休聞已葺吟窩。原注:君別號休休居士,其別業有休休窩云。

　　倪王別派古無儔,愛殺烟雲腕底收。一角遠山摹不得,宋馬遠畫西湖遠山一角。笑儂生長在杭州。時君求余畫西湖山水。

　　宣武門東烏夜啼〔一〕,愁人伏枕感羈棲。朝來一事伸眉處,聽説鄉邦米價低。

　　狂來起學劉琨舞,夜半荒雞非惡聲〔二〕。萬里乘風他日事,霜天搔首不勝情。

【校注】

〔一〕《湛軒書》卷三中收録洪大容與友人金鍾厚《又答直齋書》中亦引"宣武門外烏夜啼"以講述與清人交往情況。

〔二〕《又答直齋書》中亦引用"夜半荒雞非惡聲"句,討論與清人交往緣由。

集朱子句留別鐵橋、秋庫

借得新詩連夜讀,世間無物敢爭妍。他年空憶今年事,艸艸相逢又黯然。

附鐵橋集元遺山句次韻答詩

看盡春風不回首,題詩端爲發幽妍。重來未必春風在,却望都門一慨然。

題筱飲曾祖少微先生
忠天廟畫壁詩

高人留絕藝,古壁尚餘光。仙佛精神活,塵煤氣色香。揄揚先輩筆,悲喜後孫腸。遠客聆遺躅,滄桑感慨長。

金宰相尺牘

與鐵橋、秋庰

僕不喜交游,同邦罕知舊,況境外乎。然一見兩足下,忽忽傾倒,眷眷不能舍,殆寤寐耿結,未知愛才之癖邪？抑佛氏所謂前塵宿因邪？然秋庰端謹,鐵橋爽塏,對之默然相契。深惜以此才華風範之美,生於聲明文物之邦,不能展吾所悉,常抱言外之恨,僕又安得不爲之慷慨而尤天乎？昨奉瓊琚,斗膽輪囷,恨不能剔燈深話,以慰生平之恨耳。善又書。

所勞各章,苦欠體大,不能作小幅,可恨。

又

僕在弊邦,已疎嬾詩與書已久,今復乃爾,實爲兩孝廉厚情所牽,不知必笑僕無恥。然只表微忱,鬼揶揄亦不甚嫌耳。東人詩律,近尤多門,比之嘉靖、萬曆唱酬之作,不啻倍蓰,今難盡述,謹書清陰先生後孫金儒光詩三篇以呈。蓋清陰天下士,其後孫又避世山居,能明祖志,殆古今所罕有,不可不使南華人知之故耳。善頓首。

又

雖未能更承清誨,伻書源源,稍慰鄙懷。第今則尚以室邇人遐爲歎,馬首一束,人室俱遐,則將若之何?僕與兩足下之交,其可止于是而已乎?然僕本荒海傖夫,得一晤于君子下風,亦天大之幸也,又何望長保瞻仰,日事追逐耶!然人情本不相遠,四海皆吾同胞,氣味之投,心志之通,元無內外之別,則僕何肯安分自疎,不憾憾于長別邪!宜乎其寤寐耿耿,不能驅去胸裏。

頃呈小帖,蒙此分外奇惠山水木石,點點皆留吾人精神妙用。雖隔之以雲山萬里,亦足以仿佛依稀于覯眉宇而聆金玉,兩足下愛我之深,概略知矣。僕安得不感涕潛潛,寶如拱璧乎?然非此則無以慰相思,對此則反應倍相思。又不知其的爲可寶,的爲可憎也。只恨當初容易逢迎,容易傾倒耳。情長紙縮,不宣,統惟照諒。丙戌仲春,善行頓首。

秋庫所委扇面謹如教,海味數種並呈,而煎藥只一器,或分領邪。

附禮單：

雪花紙二卷，倭菱花紙二卷，簡紙二十幅，各色扇三柄，筆二枝，墨二笏，牛黃清心元二丸，九味清心元二丸，螺鈿烟袋二箇。

與鐵橋、秋庫[一]

日間兩足下德履珍重，願言之懷，十二時何刻不耿耿。僕之得足下，多已分外奇事，而今忽更添陸兄于千萬夢想之外，此又奇事也。然喜與愁必相因，固理也，亦勢也。相逢之喜既大，相離之愁將奈何！僕情癡也，于兩足下，已不知此身歸後如何過日。今又添陸兄，今則固以爲喜爲幸，若至他日，當爲愁爲怨，兩足下其可堪乎？適值陸兄有便，兹付數字耳。不宣。丙戌仲春廿四日，善行頓首不二齋、秋庫僉案下。

項呈海產，半留半送，甚非所望，俗樣豈吾輩事乎？

【校注】

〔一〕據《乙丙燕行録》及《乾净衕筆譚》，丙戌二十三日陸飛到京後與朝鮮使行會面。此信即寫于會面後的次日，即二月二十四日。

附筱飲題畫松扇贈金丞相詩[一]

松高依海日,材大意如何？頂上白雲起,人間雨澤多[二]。

【校注】
〔一〕據《乙丙燕行録》,知此詩爲陸飛寫于二月二十八日。陸飛詩文集《筱飲齋稿》中收録此詩,題爲《畫松贈金副使名善行,字述夫,號休休先生。禮曹判書兼宰相,彼國禮判猶中國禮部尚書也》。
〔二〕"人間雨澤多",《筱飲齋稿》作"風回雨易多"。

又題畫竹扇送金丞相[一]

匆匆愁聽使車聲,不見争如得見情。一語寄君差足慰,養虛弟我我呼兄。

【校注】
〔一〕據《乙丙燕行録》,知此詩寫于二月二十八日。

又金丞相書來道別，未面之情深于既面，對來使率成小幅，題詩送之[一]

萍合浮生都是幻，况教言笑不曾親。海天無際昏于夢，夢裏還尋夢過人。

【校注】
〔一〕據《乙丙燕行錄》，知此詩寫于二月二十八日。

與鐵橋、秋庉

逢別太遽，不勝怒如。獲承兩度華翰，憑審日來旅榻清珍，慰當對晤。兼蒙佳貺，雖荷厚眷，不安則大矣。書畫擬賁歸橐，有所唐突，而此館亦有潘上舍獨占之習，方與洪友一憎一笑。今承再書呈似之，示塵語一污，尚覺汗顏，更以四絶句手寫，仰副詩與筆，俱堪絶倒。本不當露醜大方，以犯無恥之戒。而非此則兩位點墨無以紹介，爰作木瓜以呈，未知肯許邪？惠送素册，謹此奉去，隨意揮灑，篆隸楷艸、木石花草爛熳于帖中，則不但爲寶，于僻海覩物思人，决不外是。如不鄙棄,則幸曲施也。前去詩章,倩手所寫,必欲使之塗鴉,則終當如命耳。不宣。海東人善行頓。

又

東歸之轍,匪久當發,心焉若割,政爾昧昧。兩足下德章忽至,推重之過,相信之深,可以仰想。傾荷之意,死前何能忘也,又何忍忘也。善又拜。

洪執義小像

圖四

洪執義小像

　　鐵橋曰：書狀官執義洪檍[一]，高士從父也，字幼直，狀元及第。執義者，三品官，猶古中國之御史中丞，而今之都察院也。

　　洪公拱坐榻上，看金公與余二人問答疾書，都無一語，間一捉筆，亦數字耳。然筆勢蒼秀雄奇，亦學晉帖者。余意洪公簡默淡泊，大異乎金公之爲人者。次日，忽遣人持書到寓，淋漓數百言，極致鄭重之意，具道所以傾倒于余二人者甚至。而贈余以繭紙百番，倭紙數十幅，螺鈿烟筒二枝、墨二笏、筆二管、鰒魚二挂，簡帖、封套各二十副，彩箋四十幅，清心丸、安神丸、紫金錠等數劑，原注：此物在彼國亦寶貴之極，無從購求者也。摺疊扇三柄。下至僕從，亦人與扇三柄。蓋與彼二公者無以異焉。此余信筆所書，皆紀實之語，以備將來覽觀焉。

【校注】

〔一〕洪檍（1722—1809），字幼直，原籍南陽。朝鮮英祖二十九年（1753）謁聖文科狀元及第，歷任兵曹反庫御史、大司憲等職。

附牛黃清心丸方

　　治卒中風，不省人事，痰涎壅塞，精神昏憒，言語謇澀，口眼喎斜，手足不遂，氣塞等症。

山藥；七錢。甘艸；五錢。炒。人參；二錢五分。蒲黄；二錢五分。炒。神曲；二錢五分。炒。犀角；二錢。黄卷；炒。一錢七分五厘。鐵橋曰：此"黄卷"未詳何藥。肉桂；一錢七分五厘。白芍藥；一錢五分。麥門冬；一錢五分。黄芩；一錢五分。當歸；一錢五分。防風；一錢五分。朱砂；水飛。一錢五分。白术；一錢五分。柴胡；一錢二分五厘。桔梗；一錢二分五厘。杏仁；一錢二分五厘。白茯苓；一錢二分五厘。川芎；一錢二分五厘。羚羊角；一錢。麝香；一錢。龍腦；一錢。石雄黄；八分。白斂；七分五厘。射干；炮。七分五厘。牛黄；二錢二分。金箔；一百二十箔内，四十箔爲衣。大棗。二十枚，蒸取肉爲膏。

　　右爲末，大棗膏入煉蜜和均，每兩作十丸，每一丸温水化下。

龍腦安神丸方

　　治五種癲癇，無問遠近，又治諸熱。
　　白茯苓；三兩。人參；二兩。地骨皮；二兩。麥門冬；二兩。甘艸；二兩。桑白皮；一兩。犀角；一兩。牛黄；五錢。龍腦；三錢。麝香；三錢。朱砂；二錢。馬牙硝；二錢。金箔。三十五箔。

　　右爲末，蜜丸金箔爲衣，每一丸冬温水、夏冷水化下。

加减薄荷煎丸方

治風熱,咽喉腫痛。

薄荷葉;八兩。防風;一兩。川芎;一兩。白豆蔻;一兩。砂仁;五錢。甘艸;五錢。龍腦;五分。桔梗。二兩。

右爲末,蜜和,每兩作三十丸,長含化嚥之。

洪執義詩

簡　鐵　橋

東海三千里，南州幾百程。參商今日別，能不愴人情。

附　鐵　橋　次　韻[一]

長安居不易，日日算歸程。爲送還鄉客，彌傷去國情。

【校注】
〔一〕此詩與下文所收《附鐵橋畫飛來峯圖》爲同一詩箋，《樂敦墨緣》收有此二首詩箋原件，題爲《次韻恭和洪大人兼求訂訛》。《乾净附編》亦收此詩，題名爲《次韻恭和》。

索鐵橋畫

十里荷花桂子秋，風流從古說南州。煩君細寫湖山勝，挂向寒齋作卧遊。

附鐵橋畫飛來峯圖，遺洪幼直即次索畫韻題于上方〔一〕

白石清泉媚好秋，天然畫本說杭州〔二〕。《遺唾》作"吾州"。生綃半幅閒皴染，忽憶龍泓洞裏遊。

【校注】
〔一〕此詩與上文所收《附鐵橋次韻》爲同一詩箋，《樂敦墨緣》收有此二首詩箋原件，題名爲《次韻恭和洪大人兼求訂訛》。《乾净附編》亦收此詩，題名爲《次韻恭和》。《清脾録》卷二"嚴鐵橋"條收録此詩，題名爲《次和洪書狀》。
〔二〕"杭州"，《樂敦墨緣》作"吾州"。

呈鐵橋

江南髦士蓋傾遲,汹然襟抱片言時。世間多少傷心事,説與西林老友知。

附鐵橋次韻答詩〔一〕

怕看日景晝遲遲,手把新吟做六時。翻羨癡童酣午夢,愁邊滋味不曾知。

【校注】

〔一〕此詩與《附鐵橋次韻》、《附鐵橋畫飛來峯圖》爲同一詩箋,《樂敦墨緣》收有此詩箋原件,題目爲《次韻恭和洪大人兼求訂訛》。

洪執義尺牘

與　鐵　橋

　　頃奉手教,慰當更晤,□□未報□頌,媿悚。日來微暄,旅況增福,一味懸溯。僕歸期尚遲,客愁難排,奈何奈何。日前嘉貺,物既珍矣,情亦厚矣,感媿莊頌,無以爲謝。盛詩典雅清麗,無媿瀛臺,已足欽仰,起句尤令人一讀一涕。顧此不嫺詩律,無心攀和,厪搆三絕,非敢曰詩,誠以非此莫可表情,敢供一粲。唯冀默諒而恕僭焉。千萬不盡宣。伏惟下照。檍白嚴大雅寓下。

又

　　萍水邂逅,愛慕心醉。只逢別匆匆,後會無路,願言之懷,無以自堪。惟祈巍捷春闈,以慰懸仰。或有奉差東土之道,則區區之望只在此也,戀係之至。略奉不腆土儀,幸莞留而領情焉。不宣。朝鮮小行人洪檍拜力閤賢弟清案下。

附禮單：

花箋二十丈；墨四笏；蘇合香丸六丸；紫金丹二錠；薄荷煎四丸；乾鰒魚二串；扇子二柄。

附鐵橋次金副使韻謝洪執義詩〔一〕

自憐帽影與鞭絲，浪迹真《遺唾》作"渾"。如鵲繞枝。道路始諳爲客苦，風塵應媿識君遲。《遺唾》作"風塵真媿識公遲"。敢忘一榻追陪日，深荷雙魚餽問時。夢想容輝猶在眼，再窺東閣更無期。

【校注】

〔一〕據《乙丙燕行録》，知此詩爲嚴誠在二月七日送至洪檍館所，同時也有送給洪大容的詩牘。《樂敦墨緣》收有詩箋原件，題爲《即次休休公原韻敬呈洪大人鈞覽》；《燕杭詩牘》收録題爲《次休休公原韻敬呈晚含洪大人》；《乾净附編》收録，題爲《次休休公原韻敬呈洪大人》；《湛軒書》内集卷三《又答直齋書》引用此詩句。

附筱飲畫西湖景扇送洪執義詩〔一〕

垂楊到處縮愁絲,隔面何緣有別離。惟有黄鶯知此意,盡情啼上最高枝。

【校注】
〔一〕據《乙丙燕行録》,知此詩爲陸飛在丙戌二月二十八日送給洪檍的扇面題詩。《燕杭詩牘》收録此詩,題爲《畫贈西湖大略附詩二別晚含洪公》;《乾净附編》亦收録,題爲《畫贈西湖大略附詩而別》。

又題畫梅扇送洪執義〔一〕

味愛調羹好,花宜〔二〕驛路看。臨風最相憶,我亦太酸寒〔三〕。

【校注】
〔一〕據《乙丙燕行録》,知此詩爲陸飛于丙戌二月二十八日送給洪檍的扇面題詩。《乾净附編》收録,題爲《筱飲畫梅扇題》。《筱飲齋稿》收録此詩,題爲《畫梅贈洪執義》。
〔二〕"花宜",《乙丙燕行録》作"花從"。
〔三〕"臨風最相憶,我亦太酸寒",《筱飲齋稿》作"臨風一相憶,覺我太酸寒"。"酸寒",《乙丙燕行録》作"辛寒"。

附鐵橋答洪書狀 文藻曰：連下二篇，俱從《遺唾》補入。

伏誦手教，謙光過甚，歉愧難當。誠等自惟瑣瑣常流，何以得此於大君子哉？執讀周復，感無以量。瑶章下貺，如獲至寶。容依韻呈上，以盡區區景仰之私。承命作畫，不敢匿醜，統于十二日繳到。率此敬復，并候福安。並請金、李兩大人安。

又

誠再拜敬啓。暌離教範，寤寐爲勞。伏想興居多福，慶忭殊深。誠等樗櫟庸材，過蒙清盼，得親顔色，兼荷寵頒，匪徒感激之忱區區難盡罄，兼可作一生佳話矣。拙詩一律上呈，聊申別款，有以教之，幸甚。率請近安。不備。

【校注】

以上二篇書信原件收入《樂敦墨緣》，落款未題時間，據信中爲洪檍所作書畫"統于十二日繳到"一句來看,此信應寫於二月十二日之前。《乾净附編》亦收錄此二信,題名爲《鐵橋書》。

丙戌冬寄鐵橋、秋庫〔一〕

奉晤未幾,別緒忽驚,心非木石,能不惆悵。然聚散,緣也;久暫,數也;緣不能限,數不能局者,情也。"所謂伊人,在水一方",三復《秦風》,終焉永歎。不審夏秋來僉起居益勝?公車屈伸何居?萬里隔遠,無由相問,徒切鬱陶。不佞東歸以後,縉紳相晤便問:"中國有人乎?"則不佞便對曰:"有浙杭三孝廉,有文、有學、有才、有情。是所謂理物之至德,清選之高望。又餘事詩畫,各極其妙。筆下珠璣、璀璨盈橐。"乃出而示之,相與傳誦。風聲流布,驚動下國,從此諸公亦可以不朽于吾東矣。所可恨者,仙凡永隔,雲泥殊途,悠悠天涯,無復再會之期。且外交之嫌,亦有義分之懼。尺紙寄懷,亦不能復有望焉。瞻望德儀,不勝悒悒。千萬珍重。不宣。上鐵橋、秋庫僉足下。丙戌十月十七日。洪檍再拜。

非無土儀之可奉者,而無可致之道。只四十幅表忱,分領如何?

【校注】
〔一〕據書信所署日期,知此書信爲洪檍在丙戌年冬天寄給嚴誠、潘庭筠,并寄來"四十幅"柬紙,分贈友人。《樂敦墨緣》收錄有陸飛在次年乾隆丁亥十二月朔日的回信,信中亦言"遠將柬紙,何以爲報",并贈有回禮。

金秀才小像

圖五

鐵橋曰：金秀才在行[一]，字平仲，號養虛，年四十五歲，清陰先生姪曾孫也，金宰相之弟。本秀才而作戎裝者，因願見中華風物，故隨使來而改服耳。每自謔曰武夫武夫云，豪邁倜儻之士。工詩善艸書，不修邊幅，舉止疎放可喜。

　　二月初三日，金、洪二君訪余及蘭公于寓舍，蓋有感于李公之言也。命紙作書，落筆如飛，辨論朱、陸異同及白沙、陽明之學至數千言，談古今治亂得失，具有根柢。翼日往訪之，握手歡然，傾吐肝膽，令人心醉。

　　金、洪二君，頻來寓舍，每談竟日，白全帖子盡七八紙，或十餘紙，至其歸時，必藏弄而去，問之，則云："必與三大人看也。"故凡我輩所談，所謂三大人者無不知之。

【校注】

〔一〕金在行，字平仲，號養虛，祖籍朝鮮安東。朝鮮文人朴齊家作有《養虛堂記》（《貞蕤閣文集》卷一，《韓國文集叢刊》二六一册收録抄本）介紹金在行與清人的交往經歷。嚴誠所作《養虛堂記》對金在行的言行、文采等方面的描述更爲豐富。

附鐵橋養虛堂記[一]

　　丙戌之春，余遊京師，交二異人焉：曰金君

金秀才小像

養虛、洪君湛軒。二君《遺唾》作"二人"。者，朝鮮人也。思一友中國之士，隨貢使來輦下，居《遺唾》作住。三閱月矣。卒落落無所遇，又出入必咨守者，窘束愁苦，志不得遂。既與余相見，則歡然如舊識。嗟乎！余何以得此于二君哉？《遺唾》無"于二君"三字。

洪君于中國之書，無不遍讀，《遺唾》作"無所不讀"。精曆律算卜之法，顧性篤謹，喜談理學，具儒者氣象。而金君嶔崎歷落，不可羈絏。趣若不同，而交相善也。余既敬洪君之爲人，而於金君又愛之甚焉。

金君喜作詩，于漢魏盛唐諸家心摹手追，風格遒健；而艸《遺唾》無"艸"字。書亦俊爽可喜。每過余邸舍，語不能通，則對席操管，落紙如飛，日盡數十幅《遺唾》作"紙"。以爲常。性頗嗜酒，以格于邦禁，不嘗飲。又洪君或譙訶之，時時爬搔不自禁。一日，余與之飲酒甚歡，猶時時懼洪君之或來見之也。顧語及洪君，則必曰豪傑之士云。夫天下號爲朋友衆矣。其道不同，則相合者以迹，而心弗能善；心弗能善，則迹亦日離。是故正人、正言，每以不容于時；而頹惰自放之子，以畏親正人、正言之故，流爲比匿之小人，而不自知其非，而朋友之道遂不可以復問。若金君之于洪君，又《遺唾》作"亦"。多乎哉？

酒既酣，余語金君："子胡不仕？"金君則慨然太息曰："子亦《遺唾》無"亦"字。知吾之所以號養虛者乎？吾國俗重門閥，庸庸者或不難得高位,而後門寒畯之士,雖才甚良,弗見焉。吾《遺唾》此下有"故"字。世室之冑,得美官甚易,且年幾五十,老矣,而甘自伏匿以窮其身,蓋有所不爲也。夫吾心猶太虛,而以浮雲視富貴。又性嬾且傲,無所用于世。時吟一篇焉,囂囂然樂也;時傾一壺焉,陶陶然若有所得也。吾知養吾虛爾已,而欲強嬾且傲之性以求效于世,無益于人而徒損于己,其累吾虛者莫大焉。此吾所以爲號者也。而吾即《遺唾》作"因"。以顔所居之堂。"余曰:"是可記也!"

夫洪君不作詩,又惡飲酒,疑與金君異。然亦以貴冑退隱田間,方講明聖賢之道,終其身不樂仕進,其志亦金君之志。乃今知其迹若不相合,而心相善,以性命之交也亦宜。惜其遠在異國,而余不獲一登養虛之堂,與金君囂囂然、陶陶然于其間也。于其將行,《遺唾》作"歸"。書以爲贈。海外之士有同志如洪君者,可共覽觀焉。

寫金君兼寫洪君,離合斷續處,小有機法。旅窗燈下,走筆得此,頗覺快意。若爲之不已,恐魏叔子不難到也。丙戌二月十八日鐵橋書于燕山客邸。

【校注】

〔一〕《中朝學士書翰》亦收此文,應寫于二月十八日。據《乾净衕筆譚》,知此記文二月十九日傳達至金在行手中。

金秀才詩

次順義君詠鸚鵡詩韻四首[一]

可愛能言鳥,離樓度幾春。錦毛非利己,紅嘴豈干人。山遠空歸夢,簾垂只鎖身。從來多慧性,隨處強相親。

曉驚花外夢,群鳥各鳴春。何事獨罹網,相隨但悅人。望雲思奮翼,瞻樹憶棲身。最是多情物,憐渠日日親。

飲啄朱樓上,窺簾遠送春。離巢同久客,眠月似幽人。嫩語珠成唾,妍姿錦作身。襟期無寂寞,微禽亦可親。鐵橋云:末句失粘,然余以爲通首讀之,頗類齊梁間人詠物之作,古拙可愛。

嫩綠妍妍質,端宜畫閣春。刷翎頻警客,棲影獨依人。曲意惟隨指,承歡敢顧身。夜深憐爾宿,惟與短檠親。

【校注】

〔 一 〕據《乾净衕筆譚》,金在行和洪大容在丙戌初三日拜見嚴誠、潘庭筠,金在行曾"書示鸚鵡律三首"給嚴、潘二人。

用從高祖清陰先生韻贈鐵橋[一] 鐵橋曰：清陰名尚憲，字叔度，東國大儒。明天啓時曾奉使入貢，王漁洋采其詩入《感舊集》中。

迢遞關山滯去旌，一城淹泊此同經。平生感慨頭今白，異域逢迎眼忽青。合席披襟皆遠客，出門摻手已寒星。明朝我亦聯翩去，語罷歸來必及冥。

【校注】

〔一〕據《乙丙燕行録》、《乾凈衕筆譚》等，知此詩寫於二月八日。

附鐵橋敬次清陰韻和養虛[一]

客心難《遺唾》"難"作"無"。定似懸旌，孤館荒寒味乍經。攬鏡怯憐《遺唾》作"連"。雙鬢白，攤書愁對一燈青。天涯我幸追詞伯，人海誰能識酒星。鐵橋曰：東國禁釀，而金故嗜飲。每過余邸舍，輒醉之以酒，然不敢令其兄副使公知也。惆悵相逢即相別，不堪兀坐思冥冥。

【校注】

〔一〕《中朝學士書翰》收有此詩箋原件，題爲《敬次清陰先生韻和答養虛尊兄兼請教定》,《清脾録》卷二收有同題詩;《燕杭詩牘》亦收,題爲《敬次清陰先生韻和答養虛》。

枕上不寐有懷鐵橋、秋庫仍用前韻[一]

金門待詔駐雙旌,江表高才擅[二]九經。一破襟期春晝永,不堪離思暮岑青。清才已許分花縣[三],謂秋庫。曠抱今看映客星[四]。謂鐵橋。明欲訪君頻視夜,曉天簾外尚冥冥。

【校注】

〔一〕據《乙丙燕行録》、《乾净衕筆譚》,知此詩寫于二月八日。
〔二〕"擅",《乙丙燕行録》作"通"。
〔三〕"清才已許分花縣",《乙丙燕行録》作"榮名已闡承文彩"。
〔四〕"曠抱今看映客星",《乙丙燕行録》作"瑞氣方看映客星"。

附鐵橋和養虛偕湛軒再造寓廬,劇談竟日,仍次清陰韻[一]

朝來門外停雙旌,二妙連襟歡重經。大笑俗儒死章句,頗憐小弟能丹青。鐵橋原注:時請余作山水横幅。《遺唾》注：養虛方看余作畫。"小弟丹青能爾爲"，王季友句也。自辰到酉坐繾綣，以筆代舌書零星。相邀共宿苦無計，斜陽在壁愁昏冥。

又附鐵橋平仲過訪寓廬，走筆作畫有題 文藻曰：連下二首俱從《遺唾》補入。〔一〕

茅堂入翠微，永與俗情違。好客偶相訪，朝陽初上衣。松間殘露滴，嶺外孤雲飛。予〔二〕亦懷長往，山中採蕨薇。

【校注】
〔一〕據《乙丙燕行錄》，知此詩寫于二月八日。《清脾錄》卷二收錄此詩。《湛軒書》内集卷三《又答直齋書》中見錄。
〔二〕"予"，《乙丙燕行錄》作"余"。

又附鐵橋簡寄養虛〔一〕

素書讀罷無他説，只餘一斗千秋血。相逢都是好男兒，從此朱弦爲君絶。

金秀才詩

【校注】
〔一〕《中朝學士書翰》收有詩箋原件。《清脾録》卷二"嚴鐵橋"條見録。

訪鐵橋、蘭公於南城邸舍,即席有作

郭外鳴禽晚,尋君步屧來。偏邦無好友,中國遇奇才。旅榻迎人少,衡門爲我開。一般真氣味,詩語莫相猜。

附鐵橋、養虚過訪寓廬,即事有作,次原韻

屋角喧晨鵲,幽人曳履來。行盃慚小户,《遺唾》作"行杯徵雅令"。鬪韻怯麓才。意氣真相得,胸情此暫開。衡門頻見款,《遺唾》作"衡門頻枉駕"。莫惜《遺唾》作"那堪"。俗流猜。

日下題襟集

題册贈蘭公[一]

異域開襟賴[二]友生,不妨經歲滯寒城。離亭芊緑斜陽外,萬里垂鞭獨去情。

【校注】
〔一〕據《乾浄衕筆譚》,知此詩寫于二月十四日。
〔二〕"賴",《乾浄衕筆譚》作"有"。

題册贈鐵橋[一]

緑柳鳴禽二月春,天涯歸客倍傷神。君非此世尋常士,我亦東方慷慨人。盡日言隨肝膽瀉,衰年襟豁見聞新。男兒惜別宜相勉,不必臨岐掩涕頻。

【校注】
〔一〕據《乙丙燕行録》可知寫于二月十九日。

金秀才詩

附鐵橋酬養虛留別原韻〔一〕

輕暖微寒釀好春,燈前孤客最傷神。天涯意氣存吾黨,海外文章見此人。豪興擬陪千日醉,深情空寄一詩〔二〕新。分襟〔三〕艸艸無他語,隔歲〔四〕音書莫忘頻。

【校注】
〔一〕《乙丙燕行錄》記此詩寫于二月二十二日。
〔二〕"一詩",《乙丙燕行錄》作"一時"。
〔三〕"分襟",《乙丙燕行錄》作"分衿"。
〔四〕"隔歲",《乙丙燕行錄》作"隔世"。

贈別蘭公〔一〕

金玉其人錦繡腸,西湖秀氣見潘郎。公車一擢聲名早,旅館〔二〕初迎坐處香。自喜奇逢應有助,最憐嘉會未能長。平生作別常無淚,今日因君〔三〕灑夕陽。

【校注】
〔一〕據《乙丙燕行錄》知此詩寫于二月二十三日。

〔二〕"旅館",《乙丙燕行録》作"客館"。
〔三〕"因君",《乙丙燕行録》作"同君"。

愁憶浙江諸友

別君歸後閉門深,從此浮交不欲尋。珠玉淚流篇上語,海山弦斷匣中琴。傳書過雁非真説,傍客鳴蟲豈有心。白首悲歌千萬里,一天明月照同襟。"悲歌"一作"相思"。

東歸登醫巫閭山

疊疊奇峯曲曲灣,迢迢身在白雲間。平臨塞野迷青艸,俯視燕齊阻碧巒。江左知交千里遠,海東鄉國幾時還。眼前更欲窺天外,不惜攀援步步艱。

宿　遼　東

　　出間日已久,何時到故鄉。荒野抵東天,落日投遼陽。迢迢白雲塔,渺渺青艸場。登高忽有思,密友在南方。披襟更無期,此生難可忘。高標入我夢,起來心自傷。去去空回首,千里涉蒼茫。

祭鐵橋文後又呈一律

　　芳草江南曲,遊魂夢裏來。玉人難復見,瓊什有餘哀。萬里知心友,中原絕世才。自君成死別,詩牘爲誰裁。

金秀才尺牘

與　筱　飲[一]

　　羲之蘭亭，太白桃園，想未必有勝于頃日之樂矣。既與闇、蘭披襟頗久，今自逢賢弟之後，又有新舊之歡，而猥忝爲人之兄，平生之樂，無逾于此。右軍遊山陰，有"吾當以樂死"之語，果先獲也。第有乍遇旋別之歎，思之不覺長號。數日來起居如何，二友與韓兄亦得如僉否？清心二丸送呈與韓兄，領情也；蘇合丸廿箇送呈四友分領也。明日可以進話，不宣。即養虛老兄笑拜。

　　既奉盛意，今方構思之，殆甚。□□吾弟亦不可無詩，幸諒之也。

【校注】

〔一〕此書應是丙戌二月二十二日陸飛到京，于二十三日同金在行等朝鮮人見面之後收到的金在行手札。

金秀才尺牘

又[一]

　　與二兄邂逅,已是千古奇事,陸兄之遇,何以形其樂邪。歸來耿耿,達宵不能寐,第恨會合屬耳,分散在近也。夜回僉兄起居何如?韓兄亦在坐否?弟歸時不省下樓矣,得罪于兩大人,僉兄不得不爲罪之首矣。呵呵。昨奉陸兄詩畫之賜,而醉中忘却而歸,此便兼送,如何如何?餘留數日内進話。不宣。弟在行拜。

　　頃進時見鰒魚挂壁,而問闇兄何故至今不食,答以不知烹調之法,故尚在耳。弟欲即答之,適有他語,因忘其答矣。鰒魚之乾者,初無烹調之法,以水浸漬,稍久自然溶解。以刀子剪而吃之,雖如闇兄齒疎者亦易嚼之矣。雖不浸水,又以小巾沾水裹之,亦自溶解矣。海參亦浸水,待其自解之後,或烹或炙,隨意爲之耳。

　　即來洪友所,陸兄詩畫昨已送來矣。其醉于此可以知矣。好笑好笑。

【校注】
〔一〕據《乾净筆譚》,金在行與陸飛在二十三日相見,當日韓氏兄弟亦到訪,則此信當寫于二十四日。

附陸筱飲題扇送金養虛[一]

別愁千斛斗難量,不得臨岐盡一觴。直恐酒悲多化淚,海風吹雨濕衣裳。

【校注】
〔一〕《中朝學士書翰》收入此詩箋原件,題名爲《丙戌二月送養虛別》。據《乙丙燕行録》,可知此詩寫于二月二十八日。《清脾録》卷一"陸筱飲"見録。《乾净附編》收録,題名爲《送養虛兄別》。《燕杭詩牘》題名爲《送別養虛兄》。陸飛詩文集《筱飲齋稿》收録,題名爲《送洪金二秀才歸高麗》,詩後有小注云:"兩秀才間日不來,必以書敘相念之情,語極纏綿。臨行前以書敘別,幾於發聲欲慟。"

又題畫荷扇贈金養虛[一]

開宜明月下,種愛碧池深。清曠有如許,誰知多苦心。

【校注】
〔一〕據《乙丙燕行録》知此詩寫于二月二十八日。《清脾録》卷一《陸筱飲》條收録。陸飛詩文集《筱飲齋稿》中題爲《畫荷贈金秀才》。

與 鐵 橋

　　昨承二友書,只自沾襟。弟自四五之後無片隙,蘭之所請,未免失信潛兄。艸艸搆呈,後必更作以呈,勿挂他眼以俟之也。若挂于他人眼,則非所望于吾弟也。兄此書鄙之,□□可知諒之也。無伻,身自到門,紙書□去耳。不宣。情友在行頓首。

　　得一怦紙書,想未及□□之來久。

附鐵橋答養虛 文藻曰:此篇從《遺唾》補入。〔一〕

　　傷哉傷哉!夫復何言。覽書,審足下此時亦忙甚矣。蘭公、養虛詩囑弟轉呈。渠昨夜未歸,所請書語渠意不急,急或可不必應也。此時行色匆匆,尚暇爲此紆緩之事耶?亦不情之甚矣。別悰千萬,筆不能罄,只此。

【校注】
〔一〕《中朝學士書翰》收錄此信原札,未署日期,應寫於二月二十五或二十六日左右。

與　鐵　橋

　　天下最苦之情莫如別離,自古騷人怨女每有激于中,則必託此而爲詩,以抒其想。悲哉,別離之難也。

　　留期今已歸虛,從此永作生死之別,將奈何奈何！尤所結恨于平生者,吾與鐵橋爲知己,而猶未能盡輸所蘊,彼此憗懇,殆近外面語,男兒爲恨,莫過于是也。今借一紙上款款語,而縷縷難自禁,不若一刀斷于數行書。千萬無窮想,只是一腔血耳。

　　昨以吾弟爲益修德行,揚名不朽,區區所望,只在是也。項日所託鄙書謄送,歸館後,臨行倥傯,比洪友顯有閑忙之殊,先以一紙謄呈于閣弟。而臨書之際,又有一說于閣弟,亦在閣聽而取舍之也。

　　起潛年已知命,德隨而成矣,無可勉者,故不欲謄呈耳。天理茫茫,難以自料,吾輩或可有相逢時耶？和淚磨墨,只以數字寄情。不宣。丙戌二月廿八日。結義兄在行頓首。

又

　　在行臨岐拜別于力闇、蘭公二友足下。嗚呼！今將別矣，更無會面之期，豈可無一言奉贈，以表朋友切磋之誠也？兹以芻蕘之說仰浼高聽，其肯不棄其鄙，恕而納之否？凡人之最可畏慎者，莫過于志不固而心易驕也。志不固，則始勤終怠，撓攘不定，前後淑慝，判作二致，駸駸然不知其變而自底戮辱，可不戒哉？孔子曰："居下不諂，居上不驕。"驕者，滅身之資也。夫人情莫侮于不如己者，亦莫憤于受人慢侮。故驕之所施，必在于不如己，怨之所起，亦先于侮其己。是固世道之同然也，是以言語酬應之際，少或不慎，則侮慢之容已見于氣色，而人怒隨之矣。我則無心而信口，彼則有意而聽之。若夫受侮之人，其心善，則猶或幸免于必無甘心；而其人不善，則我之出言，雖不相干，于渠而疑怒憨恨，有似窮者之易憾，百般鍛鍊以成其怨，窺間伺隙，伏弩以待，而我則不知矣。可畏哉！驕之為害，若是之甚乎！然則驕之所生，專由于志不固矣。

　　竊以愚在偏邦，見識固陋，而所經歷者吁亦不少矣。每見才高而志驕，自取其敗者，十居其半，心常痛惜焉。今來上國，初見二友之高才博識，邁于一世，而開懷見誠，促膝如舊，氣宇軒昂，胸襟闊達，少無俗士挾才驕人之態。每與洪友退歸私次，未嘗不擊節咨嗟,茫然自失,不知中華有如此高士者更有何人！闇弟年近不惑,鄙性愚魯,庶幾望其崖岸,無所奉勉。然而竊觀吾友,志氣高邁,常懷慷慨,未知高明或無所激于中,而不能容忍乎。激與驕雖美惡不同,而見嫉于人而受其害則一也。其畏其慎,亦有繁於一激字。幸乞賢弟勿以已成德而益加三省,必以小忿爲戒,又以忠告而善道不可則止爲念也。弟不能明知吾友之有此病,而率意張皇,愚妄愚妄。

蘭弟才過弱冠,才華絕倫,實非愚魯之所可窺測,而或者英拔之氣有勝于穩重之德耶？必須一言一動,克慎克畏,立志必堅固,持己必抑損。起居造次,毋或放心,一以爲見重于人,一以免見忤于人也。興戎出好,聖人所誡。蠆蠹有毒,尚能害人,而況人乎！是以弟益知天下之所可畏者,莫過于不如己；所可慎者,莫過于志不固而心易驕也。非謂賢弟實有此病,爲其年少氣易銳,慮無不至,乃敢率言。而意長辭拙,不能盡情,或蒙俯恕否？丙戌中春,東海金在行拜力闇尊案下。

起潛年已知命,其德已就,何須奉勉。衛武公九十猶誦《詩》,猶在至老益篤耳。

燈下汲汲書之,率多荒蕪。筆又不精,幸恕之也。

【校注】

〔一〕據《乙丙燕行錄》知此書信寫于丙戌二月二十九日。

金秀才尺牘

附鐵橋丙戌秋與養虛、湛軒書

　　弟誠啓。燕山判袂,黯然銷魂。寤寐追思,恍如一夢。比想僉兄起居佳勝,闔宅萬福,曷勝翹企!《遺唾》無此四字。湛軒進德修業,當益純粹《遺唾》作"想益純粹"。養虛閒居著述,與古爲徒,天地間不朽盛事,舍兩兄奚屬也?《遺唾》作"固莫屬也"。

　　弟與秋庫就試禮闈,俱邀房薦,以額滿見遺。四月望後,策馬南歸,于五月下旬抵舍,里居杜門,毫無善狀。惟處則有骨肉之歡,出則有湖山之樂。而朋輩中如秋庫者,共數晨夕,賞奇析疑,差不寂寞。自以性情淡泊,素無功名之志,日來惟究心濂洛關閩之書,覺微有所得。《遺唾》作"冀有所得"。恨雲山萬里,不獲與知己共相切劘耳。弟生平落落寡諧,自與兩兄遊處,覺人品學術默然相契。湛軒温醇之德,養虛豪爽之概,皆弟所服膺,而欲兼取以爲善者。參商既隔,印證無從。惟日守兩兄臨別贈言,兢兢罔敢失墜。所遺手翰,寶如拱璧,謹已彙裝一帙,暇輒展觀,如與故人晤語。猶記吾湛軒有云:"吾輩既無相見之望,惟期異日學業各有所成,以無負彼此知人之明。"誠哉是言,吾輩精神相契,果能各自努力,無悠悠忽忽,錯過此生,即不啻旦暮接膝,人生豈必常如鹿豕聚乎!然此特聊以自慰之談,而中心之菀結,竟無術以解也。秋風送爽,命侶遨遊,登高邱而望遠海,即不禁東向長懷,恨恨含涕。此情此景,想兩兄實同之也。嗟乎嗟乎!奈何奈何!

睡隱、休休兩公及令叔前均未敢妄通尺素,望呼名候安,并道相思之意良苦。所懷千萬,握管茫然。紙縮情長,統惟僉照。臨風無任依溯。不宣。誠再拜。

本欲各具一札,緣道遠,緘封未便過厚,希恕簡率之愆。再,陸兄遠客保定,至今尚未旋杭,是以無書。并告。文藻曰:此條從《遺唾》補入。

丙戌十月與筱飲、鐵橋、秋庫

文章家贈別之作,十居六七,而無非悽惋慷慨之辭。至于蘇武、李陵之詩,非特慷慨而止,情至意極,亢爽千古未及,開卷淚已先墜矣。嗚呼!吾輩今日之迹,雖與河梁分手情實不相似,而天涯知己,一別難更會,則同矣。然蘇、李之別後相思,比之平仲之宵寐耿耿,不能相忘於此生之前,猶未可必無似也。

秋已盡矣,不審僉尊起居何如?而桂籍瀛館,誰最上居?暨高駕尚在燕邸否?愚兄東歸之後,杜門息影,百念却灰,所懷伊人只隔西湖之上者已。亦以疝冷出沒死生,常此擁衾叫苦。適值行人之告去,強疾扶起,艸艸數語,千里尺書,難期必傳,惟勞夢想,以終此生。萬萬。病草難以傾瀉,只以"願君崇令德,努力以爲期"二句語奉勉。不備。遠惟三位賢弟照察。丙戌十月二十日,愚兄在行頓首。

附丁亥秋鐵橋答書〔一〕

弟今年遠客福建,離家一千七百里。筱飮、蘭公春正一別,至今不通息耗,近聞蘭公又赴都門矣。閏月間,蘭公之家鈔寄尊札,承示歸途佳什及見懷之作,不勝感愴。

弟去秋抵家後,亦有寸楮奉寄湛軒及吾兄者,不審已見之否?吾輩爲終古不再見之人,而又萬里寄書,艱難之至。三復來教,令人氣結心死。蘇、李河梁之別,豈足比吾輩之恨于萬一哉!猶記湛軒有云:"終歸一別,不如初不相逢。"每念斯言,潸焉出涕。弟與吾兄氣味相投,實緣性情相似,造物者亦何苦播弄此終古不再見之人,而作此一月之合哉!故鄉戚友,雖復星離雲散,終有會面之期。若吾養虛、湛軒兩人,則惟有閉目凝想,如或見之而已。哀哉哀哉!弟病瘧兩月有餘,今尚未痊,奄奄伏枕,心思昏亂。頃發書,覺相思之懷,千言萬語,亦難盡罄,而舉筆又復茫然。嗟乎養虛,奈何奈何!二小詩奉懷寄情而已,不足以言詩也。希照察。

【校注】

〔 一 〕此信與下二詩爲同封詩箋，《中朝學士書翰》收有原札，署題爲"丁亥九月朔日書於南闈寓館"。

書後附寄懷養虛詩二首〔一〕

  聞道金平仲，年來病且貧。著書餘老屋，調藥倚佳人平仲無子，畜二姬。《遺唾》注云：此二字湛軒所題，非敢相謔。白髮哀時命，青山狎隱淪。驊騮多失路，誰是九方歅？
  一別成千古，生離是死離。書來腸欲斷，夢去淚先垂。豪士中原少，清辭兩晉宜。百年吾與爾，泉下盡交期。

【校注】

〔 一 〕此二首與上封書信爲同封詩箋。《清脾録》卷二"嚴鐵橋"條題爲《南闈館寄養虛》。

鐵橋嚴先生力闇哀辭並序

  天下之精華蓋在南方，南方，離之位也，文明之所鍾，實爲萬物相見之所自。有宋以來，道學文章皆出于南，風氣之使然久矣。閩之朱，浙之陸，尚矣無論，雖以有明言之，吳郡之文華甲于北地、弇山、虞山之後，不知有幾箇文人才士壓主牛耳之盟，想亦不出于西湖、錢塘之間，豈不以山水精英之氣降得許多才藝，賁飾一世之文彩也哉？

吾友鐵橋嚴先生，余始識于金臺之南，挹其眉宇，已知爲晉宋風流豪舉之士。其天姿高潔，如野鶴盤雲，疎梅立雪，對之有不食烟火氣象，已傾倒悃愊，一見如舊，不覺珠玉在側，此身滓穢，荀香、衛璧不啻過也。及誦其詩，清麗俊逸，鮑庾餘韻，漢隸元繪，溢其所存，足可以優入于李、蔡、沈、倪之域。而謙退恭飭，言若不出口，身若不勝衣，其與世不苟合，非其人不交可知也。惟其有才無命，屢刖荆山之玉，而留連京邸者，蓋以親在高堂，不得不爲應舉之故也。

與余邂逅時，又有潘、陸兩詞伯與之周旋，上下談論，忘形散襟，娓娓語到于山川風土、人物文章。冰壺注玉，蘭室聞臭，殆不知天壤之間復有何樂可以敵此，亦可謂缺陷世界中大圓滿也。一時奇遇，如蜃樓空花，暫現暫滅，旋即隨風而散。臨別悢悢，指他生而爲期。先生亦涕簌簌下，以手指其心，又叩我衿者三。嗚呼，此情此誼，何可忘也。天涯地角，萍水相逢，至以爲兄弟之義，相握而相別者形骸也，相通而相照者心靈也，庶幾一年一度，憑星槎而傳郵筒，以宣此壹鬱。

今歲之夏，潘先生以先生之訃赴焉，先生生前之尺牘並訃而至。嗚呼，志操如先生，文學如先生，氣義如先生，而終未免苗而不秀，不能大鋪鴻藻，宣暢

人文于金華玉署之上,又不能浩然遂初,得意嘯詠于荷風竹露之中,南方風氣之從古文明,其將止于是耶?嗚呼!遂爲辭曰:

吳之山嶠麗兮,維爾之精。吳之水宛曲兮,維爾之英。眉宇之秀邁兮,孰不曰席上之珍。文章之晃朗兮,其將遠襲乎唐宋之芬。曩余一揖乎燕之邸兮,披子襟兮瀉余心。樂莫樂兮新相知,倏以別兮涕涔淫。遂萍分兮雲散,覿顏面兮梁月。隱思君兮悲惻,心日夕兮燕越。何才高而氣清兮,奄玉碎而蘭萎。嗚呼!寢門之哭兮,魂洋洋兮萬里。海東友人金在行平仲拜哭。

日下題襟集

下編

洪高士小像

圖六

鐵橋曰：洪高士大容，字德保，號湛軒，年三十六歲，亦秀才，洪宰相從子，歷世貴顯。高士獨慕元寂，隱居田間，于書無所不通，善鼓琴，彼國皆敬其人。此公獨不作詩而深于詩，非不能也，其家法殆如此耳，其叔父丞相亦然。金秀才稱之爲豪傑之士，本貴胄，居王京，自以不慕榮利，退居于忠清道清州之壽村，與農夫雜處，搆愛吾廬，偃仰其中。善觀天文，精騎射及撲著。暇則焚香讀書，鼓琴自娛而已。于書無所不觀，與之議論，皆見原本。自恨生長異域，未見中華人物，得叔父奉使之便，自請隨行。其志頗高遠，具詳所寄書中。初來見訪，亦裝詭託武臣，翼日見之，乃易儒服，恂恂如也。設飯相款，余與蘭公爲之一飽。飯時每人橫一短几，上列衆羞、一銅盂飯，不設筯而用匙。食必先祭，坐則如今人之跪，皆古禮也。流連至暮，問答語極多，不能悉記。後云："君等不能再來，僕更圖走訪。然終歸一別，不如初不相逢。"彼此揮淚而別。

　　二月初八日，過余邸舍，談心性之學，幾數萬言，真醇儒也。才固不以地限哉！吾輩口頭禪有媿多矣。十二日，又來寓舍，蓋三過矣。談數萬言，不可悉記。惟云："我輩終古不復相見，痛心痛心！然此是小事。願各自努力，以無負彼此知人之明，此是大事。無悠悠忽忽，錯過此生，異日各有所成，即相隔萬里，不啻旦暮接膝也。"又云："我國每年入貢，音書可一年一寄，若不見我書來，是我已忘却二兄，或死矣！"

洪高士尺牘

與鐵橋、秋庼〔一〕

　　大容頓首白。夜來僉兄起居神相。昨者竟日團歡，亦可以慰數日懷想之苦；但情根之鞏結，從而轉深，悄坐孤館，寸心如割；夜則就枕合眼，黯黯之中，忽若二兄在坐談笑，不覺蹶然醒來，殆達朝不能成睡。不得已強自排遣，以爲我與彼各在七千里外，風馬牛不相及也。雖可懷也，亦于我何有哉？乃自言自笑，以爲得計。獨怪其倏然之頃，情魔依舊來襲，盤據心府，則所謂得計者已擾散無迹矣。諒此境界，乃非癡則狂也，亦不覺其何以至此。想二兄聞之，必當一憐一笑也。嘗竊以爲得會心人說會心事，固是人生之至樂。是以贏糧策馬，足迹殆遍于國中，其好之非不切也，求之非不勤也，每不免薄言往愬，逢彼之怒，惟憤悱之極，乃欲求之于疆域之外，此其計亦迂矣。幸其精神之極，天亦可回。所謂伊人，宛如清揚，蓋弟則已傾心輸腸，願爲之死矣。其數日從遊，亦可謂身登龍門，指染禁臠，其榮且幸也極矣！乃以不能終身伏侍，戚戚於分手之際。人苦不知足也，佛家輪迴，果有此理，竊願來世同生一國，爲弟、爲兄、爲師、爲友，以卒此未了之緣耳。且有一說，吾生既無再會之望，則當各戒其子，世講此義，俾不敢忘。或冀其重續前緣，如吾輩今日之事也。始欲于書中不爲淒苦語以傷彼此懷，中心激發，自不能已。且一去之後，雖欲爲淒苦語，將于何處發耶？信筆及此，還令人發一大笑也。奈何奈何！印石三方，併送上，惟擇而爲之。蘭兄如可爲之分勞爲妙。此其工拙不足言，計於歸後，撫其手澤，聊以寄懷而已。〔二〕

昨日二兄尊堂諱字所書及某市街云云，所書紙落在邢中，幸恕其僭妄，更爲書示焉。嚴兄令郎名及年亦示之。所欲言千萬，續當更布。不宣。眷弟大容頓首。

家叔所請畫本，敬以付上耳。

【校注】

〔一〕據洪大容輯《乾净衕筆譚》、《乾净筆譚》以及李德懋編《天涯知己書》中所收錄這封書信内容，可知此書信爲洪大容寫于乾隆丙戌年二月九日。

〔二〕此書信字句與洪大容所輯《乾净衕筆譚》、《乾净筆譚》内容和字句差異頗多。《乾净衕筆譚》、《乾净筆譚》只錄有"大容頓首白，夜來僉兄起居神安"至"計於歸後撫其手澤"部分，後有："續此更候，不宣"。沒有錄入最後一段内容。可知嚴誠所存洪大容當時的書信更爲完整，洪大容在編輯時做了大量刪改。

又〔一〕

夜來僉履何似？昨承覆音，仰感仰感。第戒鄙僕必面候顏色而來矣。兩日皆以尊客在座，未免自外退歸，尤切悵慕。昨承得暇一會之教，弟則何日不暇，只恐兄處日日有妨耳。今日方往觀西山，歷探五塔諸勝而歸，只恨拘于形迹，不能與二兄同之耳。留書鄙僮，往探安候，俾于歸時，迎致車前，且先佈明早趨奉之意。但聞貴寓人客相接，以是爲悚悶耳。昨來副使丈詩中，有承鄉信之語，此是遠客第一喜事，一賀一羨。未知兩宅皆滿室萬福否。弟輩歸到鴨江，乃見家書，鬱意可想。昨呈扇把，其言若爲二兄豫待者然。且適是二把，亦非偶爾。故本謂相贈，承故教以繳到，似是辭不達意。留奉不備。弟大容頓首，上鐵橋、秋庫僉座下。

書面公子之稱，未知何所據也。此中無識之人，或以此稱之。而既係不雅，且不敢當，亟去爲望。

【校注】

〔一〕據洪大容所輯《乾净衕筆譚》、《乾净筆譚》，以及李德懋所編《天涯知己書》，可知此書信寫於丙戌二月十一日。《乾净衕筆譚》和《乾净筆譚》中也收録了此書信，因洪大容整理時做了很多删改，爲了便於確認具體内容，現把《乾净衕筆譚》所收書信附録如下：

夜來僉履何以？昨承覆音，仰慰仰慰。第戒鄙僕必面承尊儀、詳候顏色而來矣。兩日皆以尊客在座，不免自外退歸，尤功悵慕。昨承得暇一會之教，弟則何日不暇，只恐兄處之有妨。今日方往觀西山，將歷探五塔諸勝而歸，留書鄙僕，使之往探安候，且致明早趨奉之意。但聞貴寓人客相接，以是爲悚悶。昨見來副使丈詩中，有承鄉信之語。此是遠客第一喜事，一賀一羨。未知宅上百福否？弟輩歸到鴨江，乃見家書，鬱慮可想。昨送扇把，意謂相贈。承教繳到，似是辭不達意耳。不宣。

又〔一〕

容白。日間僉履安重。弟日前已擅作西山之行，見罪衙門，數日姑難出頭，恐或虛佇，謹此走告。昨來册頁謹領，益見僉兄厚誼，只媿無以爲報也。弟等行期，似在廿一或廿四。比始料雖若是差遲，聞其略定，令人一喜一悲，未知將何以挨遣也，都在數日間奉悉。姑此不備，愚弟大容頓首。

在行所望一般，今日食後當進拜，不知貴處或無他故邪，示之也。

【校注】

〔一〕據《乾淨衕筆譚》知此書信寫於丙戌二月十五日。此書信與《乾淨衕筆譚》所收此書信内容大致相同，《乾淨衕筆譚》最後録有"《東國大略》，兹以記上。而行中無書籍可考，語多草草，諒之"。并收有《東國大略》全文。

又[一]

拜上。伏惟夜來僉候萬安。弟見阻衙門,不得與金兄[二]偕作。極鬱極鬱。明欲進敘,而恐有貴冗。幸示之,不宣。大容白,謹上鐵橋、秋庫僉經案下。

【校注】

〔一〕據《乙丙燕行録》,可知此書信爲洪大容寫于丙戌年二月十六日。
〔二〕金兄指金在行。

愛吾廬八景小識[一]

山樓鼓琴　島閣鳴鐘　鑑沼觀魚　虛橋弄月
蓮舫學仙　玉衡窺天　靈龕占蓍　縠壇射鵠

廬之制,方二架。當中而爲室者一架。北以半架爲夾室,東以半架爲樓而竟其長。西南皆以半架爲軒,曰湛軒,西竟其長,南至于樓下。上蓋以艸,下爲石砌。四面有庭,可容旋馬。南有方沼可數十步,引水灌之,深可以方舟。築圜島,圍可十步。上建小閣,以藏渾儀。環沼而累石爲堤,上廣均于庭,繚以短墻。墻下取土爲階,植以花樹。此廬之大概然也。

東樓挂數幅山水障子。床有數張元琴,主人所自鼓。名其樓曰"響山",蓋取諸宗少文語也。故曰"山樓鼓琴"。

島閣曰"籠水",蓋斷杜工部之詩而取其義也。渾儀有報刻之鐘,且有西洋候鐘,隨時自鳴。故曰"島閣鳴鐘"。

其方沼以活水灌之,不甚混濁。林園竹樹,倒影水底,蕩漾奇幻,名之曰"一鑑"。蓋取諸晦翁詩也。魚種極繁殖,大者有盈尺焉。吹浪噴沫,跳躑于荇藻之間,詩人所謂"泌之洋洋,可以療饑"者也。故曰"鑑沼觀魚"。

沼之北岸,橫木爲橋,以通于島閣,曰"步虛橋"。每于風恬浪靜,天光徘徊;雲氣飛鳥,映發空界。夜則蟾光落影,金波歷亂。人行其上,怳然若駕雄虹而昇天衢也。故曰"虛橋弄月"。

斲木爲舫,可坐二人。一頭圓而大,一頭尖而高。略施丹彩,爲蓮花形,名之曰"太乙蓮"。蓋取像於海仙圖中太乙蓮舟也。故曰"蓮舫學仙"。

渾儀之作,蓋出於璣衡遺制。而日月運行,星辰躔度,可即此而求焉。故曰"玉衡窺天"。

東樓之北,設一小龕爲蓍室,名之曰"靈照龕"。蓋取諸"靈明在上照"之句也。將有爲也,必焚香洗心,依筮儀揲而求之。故曰"靈龕占蓍"。

沼之東,疊石爲壇,可坐數人,爲習射之所,名之曰"志鵠"。蓋取諸孟氏語也。讀書之餘,課農之暇,會隣人能射者,張帿于北園,耦進而争勝,以相樂焉。故曰"彀壇射鵠"。

【校注】
〔一〕據洪大容所編《乙丙燕行録》、《乾净衕筆譚》,知此文寫于丙戌二月五日。

附鐵橋愛吾廬八詠〔一〕

山樓鼓琴

幽人惜遥夜,起坐理朱弦。樓高萬籟静,響與空山連。悠悠念皇古,兹意誰能傳。

島閣鳴鐘

韽韽此何聲?或擬蓮華漏。平分二六時,以警宵與晝。主人常惺惺,不必待晨敂。《遺唾》作"新敂"〔一〕。

【校注】
〔一〕底本眉批題有"《遺唾》誤"。《天涯知己書》亦作"晨敂"。

鑑沼觀魚

清泉何淪漪,白石亦磊砢。鯈魚若游空,倒

吸藤花妥。真樂誰得知,一笑子非我。

虛橋弄月

略彴通野氣《遺唾》作"夜氣"〔一〕,晚步意超忽。林影蕩寒波,俯見太古月。不惜露沾衣,孤吟到明發。

【校注】

〔一〕底本眉批題有"《遺唾》誤"。《天涯知己書》亦作"野氣"。

蓮舫學仙

嶽蓮開十丈,落瓣自何年。剡木爲形似,文藻曰:此五字據《遺唾》改。案鐵橋家藏遺稿作"中有餐霞子"。凌波學水仙。敏舷歌一曲,不羨木蘭船。

玉衡窺天

羲和與常儀,萬古法猶秉。往來驗盈虛,遲速辨祥眚。陋彼拘儒子,《遺唾》作"拘墟子"。終身乃坐井。

靈龕占蓍

靈龕有何靈,以問乞靈者。吉凶論是非,趨

避敢苟且。居易以俟命,枯艸行可捨。鐵橋原注:湛軒見此書,甚以爲疑,余告之曰:昔朱子欲攻韓侂胄,筮得遯卦而止。故記曰:義則可問,志則否。而顔含亦曰:自有性命,無勞蓍龜。

毂 壇 射 鵠

學者志于毂,審固技乃神。中豈由爾力,失當反其身。直内而方外,敬義交相因。

【校注】
〔一〕李德懋編《天涯知己書》所收此詩後録有落款:"湛軒學長兄粲正。浙杭小弟嚴誠拜稿。丙戌二月十五日篝燈書。"另,據洪大容編《乙丙燕行録》、《乾净衕筆譚》,可知嚴誠在丙戌二月十七日和洪大容見面時向他贈送了此詩文的手稿。

與鐵橋、秋庼〔一〕

頃奉晚去早來,令人益覺怏怏。昨者阻雨,不得伻候,悵鬱悵鬱。夜來獰風,僉旅味無恙否?弟等行期廿一,則已分差過,可圖更進。然以有限之晷,欲暢無涯之懷,難矣。《八詠詩》〔二〕,咀之嚼之,其味津津,信乎有德者之言也。就其中《靈龜》之詩尤見其卓然峻拔,無世儒拘牽之氣,直令人有凌萬頃、超八垠之意。誦其詩可以知其人矣。雖然，才高者過於脱灑，則或不免於大軍遊騎，出太遠而無所歸也。此弟之亦不能無過計之憂于此也。其書本薄而易損，宜于作帖而不合于粘壁。此去麗楮品雖劣，差能耐久，幸再勞揮灑以惠也。八詩皆以各行字樣，比前須稍大，若以隸法則尤妙。蘭兄記文，亦以大小二本書惠爲望。別告鐵橋兄，叔父欲得"晚含齋"三字爲堂扁，或楷、或隸、或艸，隨意寫出無妨。白楮二本，爲此付上。前惠飛來峯畫本，叔父以貽費旋裝，深致媿謝。相對時忘，未及之，漫此付告。種種煩涸，自爾多端，其所以愛慕之，若將以役使之，不勝媿悚。以此弟于二兄之書與畫，愛之好之，不後于人。亦嘗謀購空帖于市上，而終以貽撓之難，而不敢煩請焉。日後遊詠之際，如有所得，一年一便，幸蒙寄惠，何啻百朋之賜也。不宣。小弟洪大容拜上鐵橋、秋庫僉座下。

【校注】

〔一〕據洪大容編《乙丙燕行録》、《乾净衕筆譚》，知此書信爲洪大容寫于丙戌二月十九日。《乾净衕筆譚》中未收録"相對時忘未及之"之後内容。

〔二〕《八詠詩》即上文嚴誠所題《鐵橋愛吾廬八詠》。

與　秋　庫〔一〕

書成未發，秋庫兄記文付來，莊誦再三，只深感荷。歸粘荒廬，又是無上之寶。且從此而于湛字之義，如有一半箇進益，乃是吾秋庫之賜也。來書本頗堅靭，可以傳久無損。再以小紙，如闇兄所書八詠詩者，以惠裝帖之資，如何？記文甚愜鄙望，惟其稱道鄙人處，語近張皇。歸後流輩之見之者，必以此爲大言誑人，得此浮實之美襃也，殊爲悶絶。大容追告秋庫尊兄。

【校注】

〔 一 〕據洪大容編《乾净筆譚》，知此書信爲洪大容寫于丙戌年二月十九日。

與鐵橋、秋庫〔一〕

夜來僉履萬安。昨覆承慰，只緣客撓，未見蘭兄手迹，爲悵然如有失矣。頃進闇兄以詩注事有云云，而昨未畢叩其説〔二〕。鯫生淺識，何敢妄論？但吾兄既許之以友，則有疑不效，便佞容悦，亦可謂之友乎？況西林先生虛懷不忮之德，吾兄已有所受之也，弟何敢畏忌而自疎乎？竊意朱子《集註》，獨於《庸》《學》《論語》三書用功最深，而《孟註》次之，於《詩經》則想是未經梳刷。如六義之不明，訓詁之疊解，大旨之牽彊，雖于鄙懷，已有多少疑晦。但其破小序拘係之見，因文順理，活潑釋去，無味之味，無聲之聲，固已動蕩于吟誦之間，則乃其深得乎詩學之本色，而發前人所未發也。且以《關雎》一章言之，則或以爲文王詩，或以爲周公詩者，固其執滯而不通矣。但年代既遠，無他左驗，則用傳疑之法亦可矣。朱子之一筆勾斷，必以爲宫人之作者，愚亦未敢知也。但于義甚順，于文無碍，婦孺之口氣都是天機，聖德之遍覆于是乎益著。虚心誦之，想味其風采，渢渢乎有遺音矣。其作者之爲誰某，姑舍之可也。至若小序之説，則愚亦略見之矣。其于此章取孔子之言點綴爲説，全不成文理，此則朱子辨説備矣。蓋其蹈襲剽竊、彊意立言，試依其説而讀之，如嚼木頭，全無餘韻；其自欺也而欺人也亦已甚矣。如鄭風"刺忽"之説，朱子所謂"鍛鍊得罪，不容誅"，最是。忽，可憐者，實是千古美談矣。况忽之辭婚，其意甚正，若以此罪之，則其爲世道心術之害，當如何也？若以《集註》謂非朱子手筆而出於門人之所記，則去朱子之世若此其未遠也，先輩之世講俱有可據；雖爲此説者，豈不知其爲朱子親迹，而特以舉世尊之，彊弱不敵，乃游辭偽尊，軟地插木，爲此陽扶陰闢之術也？其義理之得失，固是餘事，即此心術，已不可與入於堯舜之道矣。

【校注】

〔一〕據《乾净衕筆譚》，可知此書信爲洪大容寫于丙戌年二月十日。此書信與下一封爲同一書信，《日下題襟集》中分作兩封。

〔二〕"夜來僉履萬安"至"而昨未畢叩其説"，《乾净衕筆譚》作"鐵橋兄所言小序云云，昨忙甚，未畢其説。"

又〔一〕

嘗見中國書，以陽明之好背朱子比之于虬髯客于唐太宗，愚不覺失聲稱奇，以爲此片言之折獄，千古之斷案也。但世儒之依樣葫蘆，因緣幸會，際攀龍附鳳之機，售封妻蔭子之計。嗚呼，其亦卑而又卑矣。宜乎虬髯客之不欲與噲等爲伍也。雖然，曷若伊尹之以其君爲堯舜之君，以其民爲堯舜之民，彼我俱成，民受其福哉？亦何必别立門户，變換旗鼓，使之殃及生民、禍流後世也哉？若是者，亦反不如依樣因緣者之適足爲其身者之可鄙而已。愚以海上渺渺之身，初入中國，輒發狂言，妄是非先輩，多見其僭矣。惟以義理天下之公，人人得而言之，此乃古今之通義也。況二兄許以知己，則當亦諒此心，幸明賜斥教，俾開愚蒙，弟不敢自恃己言，膠守先入之見也。

弟等行期尚未有定，計于伊前，必當趨别。第念其分袂之苦，實欲從此逃遁，或可以自靖也。不宣。眷弟大容頓首。

凡弟所陳，二兄須各示高見。早晚東歸，可以有辭于士友間也。

來時有一友贐扇畫二把，偶爾披見其"知音"、"知心"之語，不覺戚戚驚醒，若其人有先知之術者然。信乎詩固有讖，而韓孟丹篆之夢，非虚語也。雖其格韻無足言，幸各以數字記其事于上，留之篋中，使後人知吾輩之交有先定也。

【校注】

〔一〕此封書信與上一封爲同一書信，此文本中分爲兩封。

附録渼湖論性書〔一〕

前蒙示諭，久益披慰。况又以先訓見及，教誡諄切，此意尤厚，不敢忘也。至於性説，蒙識何以及此，惟盛意難孤，敢布孤陋。愧汗愧汗。蓋嘗聞之，性只是一箇理而已，理不能獨立，必寓于氣，有是理，便有是氣；有是氣，便有是理。雖是二物，元不相離；雖不相離，而亦不相雜。自其不相雜而單指理，則命之曰本然之性，所謂不雜陰陽底太極也。自其不相離而兼指氣，則命之曰氣質之性，所謂不離陰陽底太極也。自本然而言之，則萬物一原。人也有健順五常，物也有健順五常。除是無此物，方無此性；纔有此物，即具此性，此所謂同，《中庸》"天命之性"是也。自氣質而言之，則得其正且通者爲人，得其偏且塞者爲物。故人獨全其健順五常，而物則不全，如虎狼蜂蟻之類，只有一點子明處。至于艸木，則又全塞而不可見矣，此所謂氣異，而孟子犬牛人之性是也。朱子曰：天命之性，通天下一性耳。何相近之有？

相近者，是氣質之性，孟子犬牛人性之殊者此也。又曰：孟子言生之謂性，亦是説氣質之性。蓋理無形象，元無多寡，亦無彼此。若在此而賦之多，在彼而賦之寡，豈無形象之謂乎？且太極者，不過曰陰陽五行之理而已，舍陰陽五行，更無別討太極處。以性與太極爲不同則已，同則性只是仁義禮智之德而已；舍仁義禮智，而又安有所謂性者哉？萬物不本于一理則已，本于一理則亦安有人獨得之而物不能與者哉？但性雖同而氣則異，氣既異則理亦隨以不同。雖人之最靈，而聖凡賢愚，已不免多少階級，況于物之昏塞乎？古人論物之性處，多用昏塞字，即此昏塞而可見理無不具，而特爲氣之所蔽而不發露。然其昏塞者，皆氣之所爲，而非理之本然也。惟其氣之所拘，僅通一路，而一路通處，便是全體。此則猶以一路之通者爲言。而至于植物之最塞，其于仁義禮智之禀，一似都無了者。而亦不可謂之無此理。既有此理，便只是這箇性。如虎狼蜂蟻之仁義，正朱子所謂仁作義不得，義作仁不得者。而只此一點，餘外皆暗，則亦局于氣而然耳。乃若其理，則雖謂之仁作義亦得，義作仁亦得，可也，何也？仁亦一太極也，義亦一太極也。太極是圓的，更無破碎，只一太極。而所乘者木之氣，則見其爲仁焉；所乘者金之氣，則見其爲義焉。但易其所乘之氣，而以之爲禮爲智，皆是物也。仁果不可以作義，義果不可以作仁乎？然則四德之爲一太極，而太極之于四德，元無不具焉亦明矣。此語似創新可駭，然程子居一有四之説，正是此意。朱子則又加密焉，曰一行各具五行。據是則雖不易所乘,而一行既具五行,則乘一行之氣者,獨不具五行之理乎？不然,仁别是一太極,義别是一太極,是將一箇太極片片破碎,而非復圓的太極矣。是豈理耶？苟于是有見性之所由,同不同皆可以了然矣。然則盛教所引之性,將屬之本然乎？將屬之氣質乎？謂之氣質,則似可矣。而朱子以爲天命之性,是極本窮源,通天下一性,則恐難作氣質者矣。如曰人物之性雖有偏全,而出于天命則皆同,謂之本然,亦宜云爾。則是又不然,夫一偏一全,其性之不同已甚矣。既曰不同,又豈得爲本然耶？于此須大着胸,高着眼,則其于論性也,將觸處無礙,而無復有紛紛矣。古今諸賢論此義者甚多,今取其最明白者,寫在别紙,以備裁察,幸詳覽其中而可否之。

　　鐵橋曰：渼湖先生金名元行,洪高士之師也。高士來中國,先生贈以詩云："未見秦皇萬里城,男兒意氣負崢嶸。渼湖一曲漁舟小,獨速蓑衣笑此生。"

【校注】

〔一〕此文是洪大容節取的其師金元行詩文集《渼湖集》卷五所收《答任同知》的前半部分内容。最後一段"鐵橋曰"爲朱文藻據《遺唾》資料補入。據《乾浄衕筆譚》,可知此文爲洪大容于丙戌二月十日抄録與嚴誠。

洪高士尺牘

與鐵橋、秋庫〔一〕

夜迴僉履何如？昨承覆音，深感眷誼。自顧賤陋，何以得此哉？朋友等之人倫，顧不重歟？天地爲一大父母，同胞何間于華夷哉？兩兄既相許以知己，弟亦當抗顔而自處以知己也。但不知交修輔益之義，而徒出于區區情愛之感，則是婦之仁而豕之交也。此則弟之所大懼，而亦欲以一叩于二兄也。昨見蘭兄心氣似弱，故書中不敢爲一字惜別語以戚我友心。使回，又聞傷懷如昨。若是，則吾輩之邂逅不是良緣，乃前生之冤業也。且承書中有夜不能寐之教，此是彼此通患。雖然，吾輩之事役雖不同，其離親遠遊一也。其所以慎護眠食不敢忘，惟憂之思者，何以異哉？切望猛省而善攝焉。且科場得失，雖有定命，不專心致志，則亦未能也。今春闈不遠，政宜攝心潛養，待時而動也。忽此意外撓攘，應酬煩于外，心緒亂于中，不亦可悶乎？顧科宦之榮，不足爲兄輩之能事，弟之期望于二兄者，亦不在此也。雖然，親庭之望，門户之計，數千里跋涉，準的在此，亦不可謂小事也。蘭兄年尤少，氣質亦似清脆。尤切奉念，幸自愛。方隨進貢入闕，忙艸。不宣。弟大容拜。

【校注】

〔 一 〕據《乾净衕筆譚》，知此書信爲洪大容寫于丙戌二月六日。

又[一]

　　容頓首上兩兄足下。昨承辱覆,感荷感荷。羅生[二]儘是奇士,志尚高爽,不特才思之巧而已。惜其詩文無一記存以傳大方,甚歎甚歎。當其同事渾儀,年已七十餘矣,儀成而即病死。説者謂渾儀爲之祟,可見其良工之苦心矣。明當就叙。不備。謹上鐵橋、秋庫僉座下[三]。弟大容頓首。

　　告蘭兄付上扇書,而舍叔臨行撓撓,且患阿睹,未克有書,爲此替布。

【校注】

〔一〕據《乙丙燕行録》、《乾净筆譚》知此書信爲洪大容寫於丙戌年二月二十五日。

〔二〕羅生,指朝鮮人羅景績(1690—1762)。曾自製自鳴鐘、自轉磨、自轉水車等儀器。朝鮮英祖三十五年(1759)秋來到洪大容處學習天文學,後來一起製作鐵質渾天儀,並設置龍水閣作爲放置渾天儀之用。洪大容出使燕京時曾向嚴誠等人介紹羅景績事迹,並請嚴誠等人題寫了《龍水閣記》。洪大容在《湛軒書》中亦記録了羅景績的簡單事迹。金元行之子金履安(字正禮,號三山齋。1722—1791)在其文集《三山齋集·龍水閣記》(朝鮮哲宗五年全史字本)中簡略介紹了羅景績與洪大容一起研製渾天儀的事迹。

〔三〕座下,國史本作"案下"。

與鐵橋[一]

愚兄大容頓首上力闇賢弟足下。力闇之才之高、學之邃,乃吾之老師也。力闇特以我一歲之長,乃欲相處以兄。累辭而不敢當,則力闇反慚閔,如不自容,蓋其愛之深,故欲其親之至也,亦豈敢終以爲辭乎?從此而力闇吾弟也。吾弟其勉之!恢德量,勤問學;無有作僞以飾浮藻,無放細行以累大德。錫爾兄以光,我其受之,以永有辭于後人。不備。謹上鐵橋賢弟足下,愚兄大容頓首。

迫于嚴命,乃發此例。僭妄之罪,無以自恕。

【校注】

〔一〕據《乙丙燕行録》知此書信爲洪大容寫于丙戌年二月二十七日。

又[一]

愚兄大容啓。力闇賢弟,從此別矣。書信不可以復通矣,如之何弗悲?今日始擬抽暇趨別。昨承陸老兄書,意始見之,五内驚隕。以爲我兄之薄情,何乃至此也。少間方頓覺其厚之至、悲之切,而斷于處事也。于是乎下簾獨坐,淚汪汪下。前則責蘭兄以過矣,今我亦不自禁焉。奈何！朝爲兄弟,暮爲途人,此市井輕薄兒事也,容所深恥焉。若吾輩一別,終相忘焉。縱不相忘,只牽于情思而已,則亦曷足貴焉。請與賢弟勉之。有一事欲面告者,今則路已斷矣。敬以略陳：竊睍賢弟之德器,長于容受,而或短于含忍,好善固無方,而疾惡或已甚。望須以吾言更加密省,有則改之,無則加勉。萬萬。惟祝德日新、享百福,更有何説？愚兄大容拉涕上力闇賢弟知己。

　　仁者之別,必贈以言,余何敢當？雖然,吾輩將生死別矣,其可無言乎？太上修德而安人,其次善道而立教,最下者著書而圖不朽,外此者求利達而已。苟求利達而已,亦將何所不至哉？仕有時乎爲榮,亦有時乎爲恥。立乎人之本朝,而志不在于三代之禮樂,是爲容悦也,是爲富且貴也。此而不知恥,其難與言矣。有高才,能文章,而無德以將之,或贏得薄倖名,或陷爲輕薄子。若是乎才不可恃,而德不可緩也。非寡欲無以養心,非威重無以善學。任重而道遠,凡我同志,奈何不敬？嗚呼！善惡萌于中而吉凶著于外。如欲進德而修業,蓋亦反求諸己而已矣。

　　甚矣,鐵橋子之好學也。聞一善言,如嗜欲然。余將東歸,與二君別,各以言贈之,此即與秋庫言也。鐵橋子以其語頗切直,請余更書一幅,將以兼取之焉,其可謂如嗜欲也已。雖然,此陳談也。夫人皆能言之,病不能行耳。好之而不能行之,惡在其好之也？是以好之而能行之,其好之也益切,好之也益切,則其行之也益力,如是則天下之言善言者,皆將輕千里而至矣。其勉之哉!丙戌仲春,海東洪大容臨行潦艸。

【校注】
〔一〕據《乾净衕筆譚》,知此書信爲三封書信誤録拼湊而成。"愚兄大容頓啓"至"愚兄大容抆涕上力闇賢弟知己"是洪大容于丙戌年二月二十九日寫給嚴誠的書信。"仁者之別必贈以言"至"蓋亦反求諸己而已矣"爲洪大容寫于丙戌二月二十三日寫給潘庭筠的書信。"甚矣,鐵橋子之好學也"至文末爲洪大容于丙戌二月二十八日寫給嚴誠的書信。

贈 鐵 橋〔一〕

維杭有山,可採可茹。維杭有水,可濯可漁。文武之道,布在方册,可卷而舒。子弟從之,可觀厥成。優哉遊哉,可以終吾生。

夫心一則專,專則静,静則明生焉,明生焉而物乃照矣。

止水明鑑,體之立也;開物成務,用之達也;專于體者,佛氏之逃空也;專于用者,俗儒之趨利也。

朱子,後孔子也,微夫子,吾誰與歸?雖然,依樣苟同者,佞也。强意立異者,賊也。

丙戌仲春,東海歸客奉處嚴鐵橋先生。

【校注】

〔一〕據《乾净衕筆譚》,此文爲洪大容和杭州三文士之間臨別相互贈言中的一部分,寫于丙戌二月二十三日。

附鐵橋次金養虛用清陰先生韻贈別湛軒詩〔一〕

驚心十日返行旌,烈士遺墟此暫經。官道漸看新柳緑,旅懷同憶故山青。從今燕雁成千里,終古參商恨兩星。縱説神州無間隔,離憂如醉日沈冥。

【校注】

〔一〕洪大容所編《乙丙燕行録》、《乾净衕筆譚》、《乾净筆譚》,李德懋所編《清脾録》、《天涯知己書》皆收録此詩。洪大容一行離京時間原定爲二月十日,後又做了改動。此詩是在誤以爲二月十日離京的情況下所題贈別詩。則此詩大約寫于丙戌二月七日。清陰先生即朝鮮人金尚憲(1570—1652),字叔度,號清蔭,朝鮮安東人。金尚憲是朝鮮中期大臣,以在丙子胡亂中斥和而著名,官至右議政。同時他也是位傑出的詩人,其《朝天録》曾被濟南張延登刊刻。王士禎編輯《感舊録》也收入了金尚憲的八首詩,可見其詩文在清朝傳播廣泛。

附鐵橋答湛軒書 文藻曰：已下十五篇俱從《遺唾》補入。〔一〕

跪誦手教，過承推獎，愧不敢當。而自述己志及語及謬愛之處，纏綿悱惻，三復之下，潸焉出涕。嗚呼！天涯知己，千古所無。弟等下里鄙人，雖幸生中國，交遊頗廣，從未見有傾蓋銘心、真切懇至如吾兄者也。感激之極，手爲之顫。胸中鬱勃之情，雖千語萬言，筆何能達？惟有彼此默默，鑒此孤忱而已。厚賜本不敢受，承長者諄諭，暫且拜領。別業詩文，容早晚應酬稍減，當竭愚蒙，搆成就正。率此復候福安。臨風三歎，幸自珍重。不宣。

【校注】

〔一〕據洪大容所編《乙丙燕行録》、《乾净衕筆譚》，李德懋所編《天涯知己書》，可知此書信爲嚴誠寫于丙戌二月五日。

又〔一〕

捧讀手教，益承關愛，彌令人感激不已。匪惟友朋知己，雖骨肉之戚無以過之。謹當書之大帶，作韋弦之佩焉。弟之爲人，不敢自詡，然性情高遠。交遊雖遍大江南北，而少可多否，號爲心相知者，落落無幾人。其餘面輸背笑，如兄昨日之云者，比比而是也。不意得吾兄之隱不違親，貞不絕俗，其人者，一見已令人心醉，實是奇緣。然大丈夫神交千里，豈必頻頻狎昵如兒女子乎？蘭兄心軟氣弱，誠如尊教，亦是其中心激發，不能自禁耳。至如弟者，一覿知己，心死氣盡，即欲哭亦不能矣。惟有仰天長吁，茫茫然百端交集而已。嗟乎，天下有情人固當默諭此意耳。蘭兄頃出他〔二〕，俟其歸寓，當以台意鄭重告之。別緒耿耿，萬千言不能罄。敬因來使附復，惟珍攝自愛。不宣。

【校注】

〔一〕據洪大容所編《乙丙燕行錄》、《乾净衕筆譚》，李德懋所編《天涯知己書》等所引內容，可知此書爲嚴誠寫于丙戌年二月六日。

〔二〕"出他"，應作"他出"。鄺健行點校本《乾净衕筆談》（上海古籍出版社，二〇一〇）亦改之，作"他出"。

又〔一〕

別後近況奚似？念念。一切相思之語，都不煩言，惟感兄之行誼篤摯，及佩兄之訓辭深厚，終身以之而已。小詩一首，聊志繾綣之情。侑以微物一二種,此絎縞之義。若云沾沾于報施之道,則淺之爲丈夫矣。惟哂存是禱。各大人前亦乞道此意。客居寥落,必不以荒寒見罪也。率佈微忱,並候近好。

【校注】
〔 一 〕據洪大容所編《乙丙燕行録》、《乾净衕筆譚》,可知此書爲嚴誠寫于丙戌二月七日。

又〔一〕

讀來翰,一字一涕,令人氣結。適有外撓,不及縷陳鄙抱。然弟之所欲言者,吾兄俱已代言之矣。艸此佈意,臨風黯然。

【校注】
〔 一 〕據洪大容所編《乙丙燕行録》、《乾净衕筆譚》知此書信爲嚴誠寫于丙戌二月九日。

又〔一〕

來諭已悉。一切所論列處,亦深見吾兄細心

讀書。佩服佩服。容篝燈再披玩尋味耳。俄有客在寓，未及詳答，度吾兄定能諒之也。扇子謹當依命繳到，得暇能再博一會，鄙心所願，如望慈父母焉。艸此奉覆。

【校注】

〔一〕據《乙丙燕行録》和《乾净筆譚》可知此書信爲嚴誠寫于丙戌二月十日。《乾净衕筆譚》未收録此信。

又〔一〕

早接手教，得稔今日有西山之遊，不勝艷羨。恨俗塵膠擾，且礙于形迹，不獲追步後塵，爲一大缺陷事耳。明日枉駕，甚感高誼。養虚翁想同來耶，更妙。但須辰刻即望惠，然恐申後弟輩有人見招，不容不往，即聚首無多時候，爲可恨矣。率此布意，并請近安。不一。

印章旅次無刀，以鈍鑿爲之，殊愧拙劣，恐不堪用，重是故人之手迹而已。日來苦冗筆墨之逋，十手猶不能給，腰式印竟不及作矣。諒之諒之。

【校注】

〔一〕據《乙丙燕行録》和《乾净筆譚》知此書信爲嚴誠寫于丙戌二月十一日。

又〔一〕

俄見蘭公册頁，具審三位大人厚誼，爲之泣下沾襟。弟初不敢以册子求書者，懼相瀆可厭耳。今見此册，中心艷羨不置。乘來使之便，再將一册附上，不敢更累大人作書。此册亦千萬勿使大人知之，萬一大人知之而肯揮數行，尤所願矣。

只求湛軒、養虛兩兄灑點墨于其上。初不計字之工拙也。而二詩亦望録入，得塗滿此幅，并望用印，如"第一懶人"之類。更感高誼。俾世世子孫傳爲家寶。弟生平不作妄語，此豈世情之談耶？諒之！二兄或有見教之語，不妨隨手寫入。至禱至禱。十五六七三日內能過寓一談，則弟等當掃榻以待。

【校注】

〔一〕據《乙丙燕行録》和《乾净筆譚》可知此書信爲嚴誠寫于丙戌二月十四日。

又〔一〕

見阻衙門，大爲怪事。弟頃與金兄劇談而不

獲望見顔色,爲之悶絕。明日果有可出之勢,則弟處亦無甚冗雜。敬候早臨,以抒鬱抱,實慰鄙願。專此復候近好〔二〕。不備。

【校注】

〔一〕據《乙丙燕行録》和《乾净衕筆譚》可知此書信爲嚴誠寫于丙戌二月十六日。

〔二〕《乾净衕筆譚》無"近好"二字。

又〔一〕

連日思念甚苦,讀手教,令人駭詫,何緣慳至此耶?不知何日得一過耶?平仲兄能來甚佳,竟訂定準于明日早晨屈駕,當掃徑以待,千萬勿爽。至懇至懇。

昨日册頁一本求二兄作書,望隨意揮灑點墨,皆是至寶。初不計工拙也,有見教之語,務寫滿爲佳。此鐵橋見蘭公册頁,甚妒之,而復有此請耳。昨弟所奉一札,不審得達否?總求二兄手迹傳示子孫,二詩萬望寫入。專此復候起居。不一。

【校注】

〔一〕據《乙丙燕行録》和《乾净衕筆譚》,知此書信爲嚴誠寫于丙戌二月十六日。《乾净衕筆譚》中未收此書信原文,只記録了當日洪大容因見阻未能與嚴誠會面,金在行與嚴誠會面後帶話給洪大容,回話内容與此信内容大致相同。

又〔一〕

别後起居何如？念念。頃讀手教，一切都悉。弟册有勞揮翰，并蒙諸大人賜以墨妙，感媿之至。所委謹當如命書上。行期不在廿一，甚喜，再行枉駕矣。刻有小冗，不及多贅。率復不備。

【校注】

〔一〕據《乙丙燕行録》知此書信爲嚴誠寫于丙戌二月十九日。據書信内容以及《乙丙燕行録》記録洪大容書僕回話，知當時嚴誠因有客擾只匆匆回復數語，當指此書信。

又〔一〕

誠再拜。別後起居何似？念切念切。行期未決，甚善。如得乘隙一過，深愜鄙願。一切離別可憐之語，都不贅叙。而終日悵悵惘惘，如有所失，不知其然而然。此種情景，想兩兄同之也。奈何奈何。

晚含齋額謹已書就。以來紙係二幅，轉恐粘接有痕，輒敢擅易長幅書之。但筆蹤醜劣，恐無當于大人之意耳。記文及詩,各書一本呈繳。八詩如用各體,恐非大方,竟全作隸體如何?《靈龜》詩承教極是,敢不書紳?自恨早晚多冗,未遑改正,亦姑存其説可耳。貴處有賢師友,見之不足供其一噱,幸爲藏拙,聊存手迹以誌相好之情,至感至感。弟等筆墨本不足道,吾兄倘有見委之處,即當奉令承教,縱有他冗,亦不暇恤。而昨日來教,有不敢請之意,似非至好之談。或吾兄本不需此,而故作此委曲世情耶?此則又細心之過矣。

養虚兄一册附到,及和正使大人詩二紙,亦一并上呈。弟前爲金兄所作《養虚堂記》一篇,其中離合穿插,小有得意之處。言雖平淺,然寫一邊而兩邊皆見,借題以作兩兄之合傳,頗具苦心,不知吾兄以爲何如?非知己前亦不敢如此沾沾自喜也。至于金兄稱其筆法尚漢魏,則弟不敢聞命矣。大抵此等文字雖極不工,弟當永遠存之。即不敢云問世,亦當使傳之家乘以示子孫也。如能枉屈,但期于辰刻到寓。弟尚未他往,必可相見。既幸相見,則此日即有別冗,皆可臨期謝絶。且我輩來往之迹,朋友中太半知之,亦甚平淡無奇,毫無詫異之處,吾兄儘可不必自懷嫌疑,過爲之慮也。况兩兄人品學術經弟輩誦説,雖無識之子,久生敬仰,又誰得以中外妄生區別耶?會面有期,言不盡意,惟照察。不宣。

【校注】

〔一〕據《乾浄衕筆譚》,知此書信爲嚴誠寫于丙戌二月十九日,當是嚴誠寫完上封手札之後所添書信。此書信《乙丙燕行録》未見録。

又〔一〕

不但不得接奉談笑,以爲煩鬱,而兩日以來,僕人亦復絕迹。弟與秋庫雙眼幾穿,苦極苦極。今得數行,如獲奇寶,而詳味詞意,寸心如割。吾輩緣慳至此乎?勢又不能趨赴館前探望,室邇人遐,彌增忉怛。不知行前尚能偷便一顧,以作永訣否?書至此,弟雖無情之人,亦手顫心酸,涙涔涔下矣。所委諸筆墨,十八日俱已辦就,無由繳上,并一小札亦都未達。今藉使納上,惟默鑒此忱耳。前蒙書册内德行文藝及德性問學之語,切中膏肓,謹當陳之左右,以作終身之佩,敢不拜嘉?前札忘謝,今并及之。率佈鄙意,並請近安。不備。

【校注】
〔一〕此書信《乾浄衕筆譚》收録于丙戌二月十九日條。《乙丙燕行録》收録爲丙戌二月二十二日條。《乾浄衕筆譚》未記録二十日至二十二日活動内容,而《乙丙燕行録》則詳細記録了這三日洪大容留館的活動,可知此書信應是嚴誠寫于二十二日。

又

來教具悉一切。兩帖當即日爲之,以報命也。行期未定,得更接顔色,不勝厚幸。率此奉復,希亮。不一。

又〔一〕

俗氛如蝟,刻無寧晷,苦不可言。此時正在寫書道別,而盛使適至,得仰瑶華,感荷感荷。使返匆遽,書竟未完,而帖畫亦有二幅未竟,尚容續繳。明晨更望盛使一來,以悉種種耳。餘語具陸兄札。不贅。

【校注】
〔一〕據《乙丙燕行録》、《乾净衕筆譚》,知此書信爲嚴誠寫于丙戌二月二十八日。

又〔一〕

弟誠再拜啓湛軒長兄足下：昨以事他出，手書遠貺，未及裁答，歉仄之至。蒙許以兄事而以弟畜我，古風高義，更見今日，甚幸甚幸。訓辭深厚，所以期我者至遠且大，敢不敬佩！誠自幼失學，六七歲入鄉塾嬉戲，不異凡兒。稍長，始知讀書，然一意於科舉之業。又自恃天資差不頑鈍，繙閱群書，有同漁獵，以是根柢浮薄，至今思之，未嘗不自傷也。二十餘歲，漸識義理，好觀濂洛關閩之書，始有志于聖賢之道。然獨學無偶，孤陋寡聞，出門倀倀，頗乏同志。加以志嚮不堅，嗜慾難遏，操存舍亡，乍明乍昧。猶幸質非下愚，時能悔悟自克，未至汩没性靈，然亦悠悠忽忽，迄無所就。廿九歲大病半載，困陋之中，頗有所得。故瀕死者再，而此心炯炯，覺得粗有把握。病後自造二句書于卧室云："存心總似聞雷日，處境常思斷氣時。"又大書"懲忿窒慾，矯輕警惰"八字于齋居，以自警惕。誠之用心，蓋略有異乎世俗之士之爲者。今恒自點檢，亦無大惡，惟口過〔二〕每不自覺，故時時將"口、容、止"三字，提在心頭。又生平過狥人情，優柔寡斷，此心受病處不少。誠交遊亦不乏矣，求其能講明切究乎此種學問以相輔有成者，蓋寥寥焉。今倖竊科名，來遊京師，得與足下定交。實見足下之學，不但可以爲益友，而且可以爲名師。愛之重之，心悅而誠服之。則是非科名之足喜，而藉此以得交足下之爲大喜也。足下每嫌誠稱許過情，然誠非悠悠泛泛之子比也，但知足下爲益于區區者不少耳。誠威儀輕率，而足下之方嚴，實堪矜式也；誠言辭躁妄，而足下之慎默，實堪師法也。又承懿訓稠疊，勉以好之，必當行之，斯爲無負此種氣誼。求之儕輩，豈易得耶！且誠實知足下非漫爲空言者，即使足下漫爲空言，而字字如荒年之穀，于誠身心有終身受用之處。且凡人貴遠忽近，使此言出于所習見之人，猶不敢以陳言棄之，而此言實出於萬里外終身不可再見之人，其爲寶貴愛重，又當如何！夫以寶貴愛重之故，而俾此言得以常目在之，則吾之身心固已益矣，吾益于身心而所以受仁人之賜者非淺尠矣，此實誠畢生之大幸也。誠之所欲言于足下者，雖累萬言不能盡。昨使至時，此書纔有數行，後亦未曾續寫。俗事紛至沓來，難以擺脱，睡時已五更矣。此刻使至，倉卒書完，略盡區區。至于臨分惜別之語，我輩方以聖賢豪傑相期，無煩屑屑。他日各有所成就，雖遠在萬里之外，固不啻朝暮接膝也；否則，即終日群聚，何爲乎？然此亦傷心人聊以解嘲之語，不必多云。別緒萬千，惟知己默鑒而已。臨風艸艸不備。

【校注】

〔 一 〕《乙丙燕行録》、《乾净衕筆譚》、《乾净筆譚》及李德懋所編

《天涯知己書》都收録此書信内容,爲嚴誠寫于丙戌二月二十九日。
〔二〕"口過",《乾净衕筆談》作"口遏",誤字。

附筱飲題畫竹扇贈湛軒〔一〕

得雨益斐然,着雪更清絶。到老不改柯,中虚見真節〔二〕。

【校注】
〔一〕據《乙丙燕行録》、《乾净衕筆譚》、《乾净筆譚》,可知此詩爲陸飛題于丙戌年二月二十八日。陸飛詩文集《筱飲齋稿》收録此詩,題名爲《畫竹贈洪秀才》。
〔二〕"真節",《乙丙燕行録》、《乾净衕筆譚》作"高節"。

又送湛軒詩〔一〕

參商萬古總悠悠,欲語先看制淚流。此去著書應不朽,莫教容易寫離愁。

【校注】
〔一〕《乙丙燕行録》、《乾净衕筆譚》、《乾净筆譚》亦收有此詩,爲陸飛寫于丙戌二月二十八日。

七月寄鐵橋〔一〕

　　力闇足下。相別已五月于兹矣。向來種種悲歡，殆若一場夢事。人生離合，從古何限！但其會合之迹，未聞有如吾輩之奇者也。離索之懷，未聞有如吾輩之苦者也。然則安得不使我惝怳蘊結，愈久而愈切耶！容于歸路，嫩柳紅杏，非復去時光景。乃憑長城，笑秦皇之築怨；撫虎石，弔李廣之數奇；登首陽，挹伯夷之清風；入巫閭，仰賀欽之高節。其感古傷今，一切可喜可悲之迹，何處而不思吾力闇也！萬里嗣音，千古所無，苟其不斷，豈非奇絶！若或一斷，勢不可復續。此其情理之苦，定當十倍于分袂之懷矣。如之何，如之何！餘語略在去筱飲、秋庫札中，姑不疊陳。惟日望金玉之貺，使我驚倒而叫絶也。不宣。謹上力闇賢弟足下。丙戌孟秋下澣。愚兄洪大容頓首。
　　令尊先生前，望呼名請安。〔二〕

　　鐵橋曰：此海東洪湛軒札，于十一月廿四日到。

【校注】

〔一〕《湛軒書》(《杭傳尺牘》)中亦收入此書信，題名爲《與嚴鐵橋誠書》。

〔二〕"如之何"至"望呼名請安"，《杭傳尺牘》略，作"餘不論"。

洪高士尺牘

九月十日與鐵橋[一]

大容頓首白：初秋一書，已關崇聽否？霜露既降，秋氣日涼，願言之懷，與歲俱深。想故人萬里，當有以知我心也。不審入秋來，上奉下率，啓居適宜，看書講學之外，體驗踐履之功，益有日新之樂否？奉別以來，蓋靡日而不思，其思之也未嘗不心摧而腸結焉。此其故，豈徒如區區兒女之情思而已邪？使子而無才無德，庸庸一俗夫，則固不可思也；使子而埋頭舉業，以科宦爲性命，則亦不當思也；使子而不能脫然好古，以聖賢豪傑自期待，則亦不足思也；使子而恃才傲人，視我邁邁，貌同而心異焉，則亦不必思也。今子才蓋一世，而謙謙自卑；心雄萬夫，而溫溫自虛。性情高遠，志操孤潔；從俗應舉，非其所樂。又能愛人好問，誠貫金石。臨分[二]酬酢，信義皦如。至使我于修錄之際，及念六長別之語，乃目不忍視，手不忍書，掩卷閣筆，仰天而長吁焉。嗚呼！人非木石，安得不思之？思之又重思之，終身相望，愈久而愈苦耶！

容夏秋以來，憂病相仍，焦遑奔走，不能偷片隙讀一字書。以此心界煩亂，少恬靜怡養之趣；志慮衰颯，少彊探勇赴之氣。別來功課濩落，無可道者，奈何！且讀書者將以明夫理而措諸事也。苟能讀之精、講之熟、見之的、得之真，則彼書者，乃無用之故紙也，可以束之高閣矣。惟精也、熟也、的也、真也，雖聖人猶有所憾焉。則讀書者，其功固無涯涘，而果學者之終身事業也。雖然，知行兩端，固不可偏廢，而本末輕重之分，又大有等別。于此有差，則不入于頓悟，必歸于訓詁，可不懼哉！今吾輩之讀書，鹵莽涉獵，忽斷忽續，既未精熟，何論的真？其讀書之功既如是，而又讀盡一書，便謂吾事已了，乃猖狂妄行，無所忌憚，不知讀書盡後，便去行之，方大有事在。譬如有人欲作遠行，書者，一部路程記也，行者秣馬脂車，按記而驅且馳者也。惟繫馬埋輪，弗驅弗馳，切切焉惟記之是講，所以行邁之謀，終無潰成之日也。從善如登，從惡如崩，歲月如流，行將老死。佛氏所謂此身不向今生度，更向何時度者，乃是真切警人之語也。伏願力闇鑑我無成，益加努力；憫我不進，痛賜警責。得以鞭策跋躓，追躡後塵也。餘在別紙。不宣。丙戌重九翌日，愚兄洪大容拜上鐵橋賢弟足下。〔三〕

【校注】

〔一〕此書寫于丙戌年九月十日。《燕杭尺牘》收錄，題名爲《與鐵橋書》。

〔二〕分，國史本作"別"。

〔三〕"餘在別紙"至"鐵橋賢弟足下"，《與鐵橋書》作"餘不備"。

書後別紙〔一〕

古今人品，概有六等。今排定位次，以爲勸懲之準〔二〕。

　　第一位聖人：一疵不存，萬里明盡。
　　第二位大賢：道全德備，守而未化。
　　第三位君子：行己有恥，使四方不辱。
　　第四位善人：宗族稱孝，鄉黨稱弟。
　　第五位俗人：同流合污，避害趨利。
　　第六位小人：貪鄙狗彘，慘毒蛇蠆。

　　凡此六等，可惡者小人，可悶者俗人，可愛者善人，可敬者君子，可畏者大賢，不可及者聖人。俗人非可惡，而以其與小人比隣也，滿腹利害，依違于人獸間，所以爲可悶也；善人雖可愛，而以其與俗人隔壁也，識之未透，義理參半，故可愛之中又有可憂者存焉；君子以上，方始爲人。

　　嗚呼！小人者世不常有，而俗人者，滔滔皆是矣；善人雖可愛，而亦不足爲終身準的；若由君子而進于大賢，則雖不及聖人，亦可謂今之成人矣。如吾輩者，歸之俗人，或其不甘。而其于善人，已有多少不盡分處，所謂二之中也。嗚呼！其可媿懼也已。

　　人苟有要學聖人之志，則其講學之功，踐履之實，必汲汲循循，愈進愈篤，無逡巡遊泛、若存若亡之理。其徒尚頰舌，色厲内荏，虛名外重，實德内疚，苟焉爲自欺而欺人者，皆無希聖之實志也。然則今之所謂學者，果何所志而爲學耶？大略有五種焉：

　　一曰利心：假真售僞，居之不疑，以干祿爲心者。

　　二曰名心：生則賓師，歿則俎豆，以誇張爲悦者。

三曰勝心：莫高于道，學他術爲低，以標致爲高者。

四曰伶俐：讀書談理，少所礙滯，以辨析爲能者。

五曰恬雅：適爾寡慾，親近簡編，以玩索爲樂者。

利心，魍魎也；名心，傀儡也；勝心，壁蝸也；伶俐，鸚鵡也；恬雅，蠹魚也。向學立心，有一于此，便是種子不好，其于希聖之功，吾知其愈進而愈遠矣。

天下之英才不爲少矣。惟科宦以梏[三]之，物欲以蔽之，宴安而毒之，由是而能脫然從事於古學者鮮矣；詞章以靡之，記誦以夸之，訓詁以拘之，由是而能闇然用力於實學者鮮矣；功利以雜其術，老佛以淫其心，陸王以亂其真，由是而能卓然壁立於正學者尤鮮矣。今力闇知科宦之爲輕，而身心之爲重，齋居八字，兼之以聞雷斷氣之戒，則已能從事於古學矣。舉醉夢之句，讚主敬之訓，刻刻提撕，不欲先講餘事，則已見用力于實學矣。平日好觀《近思》，以僭論陽明爲極是，知《楞嚴》《黃庭》，不若儒書之切實，則亦可以壁立于正學矣。以子之才，努力做去，刊落浮華，渾化渣滓，他日所就，其可量乎？扶正學、息邪說、承先聖、牖後學，匹夫之任，其亦重且遠。力闇勉之哉！屈至敏之才，下至鈍之功。既知之矣，益鉤其深；既得之矣，如恐或失[四]。鼓舞以趨之，優游以味之。參伍以融之，以釋其紛；踔厲以肆之，以排其難。浸灌之不足，又醲郁之；涵泳之不足，又溫燖之。摹畫之不已，乃成方圓；擬議之不已，乃成變化。始焉循序而致其曲,終焉耐久而歸乎熟。嗚呼!果能此道矣,亦思過半矣。

右六等五種之目,東方先輩之説也。余喜其造語切實,巧中時弊,常銘之心頭,作爲懿戒。今取其目,略加演辭,擊之以狂言,奉寄鐵橋,僭擬執御之箴,兼以求教于筱飲、秋庫兩兄。

容聞君子之學擇術爲先。擇術不精,學仁義之差,或至于無父無君。古人之問之審而辨之明者,不其然乎?是以術既擇矣,講以詳之,行以體之,皆所以成其學也。學既成矣,得志,行于天下;不得志,傳諸後人。夫收育英才,著書立言,皆所以明天理、正人心,繼往聖而開來學者也,不惟區區于一己之不朽也。是以學無邪正,具曰:"予知則同焉。"人無賢不肖,欲人從己則一也。竊聞西林先生以宿德重望,崇信佛氏,精貫内典,好談因果,諒其志豈如愚民之蠢然于福田利益哉。必將自以爲擇之精,而必求其學之成,推深造自得之妙,而思鼓天下以從己也。夫其制行如彼之厚,用意如彼之高,歸然爲仙鄉之師範,而言論風旨,又足以動蕩耳目,倡率同志,則仙鄉之後生子弟,安得不服習景慕,從風而靡哉!如力闇之初年,病裏誦咒,愛看《楞嚴》,吾知其有所受之也。其知幾明决,不遠而復,亦何望人人如力闇乎?嗚呼!壽夭,命也;窮達,時也;敬義忠信,吾儒自有樂地。苟能行之,自可以一死生、齊禍福,樂而忘憂,不知老之將至,亦何必好逞欲速,舍舊圖新,汎濫于無父無君之教哉!仁義變爲寂滅,詩禮化爲梵偈,聖道湮塞,異言横决。嗚呼,可爲傷痛也哉!仁人君子,寧不欲壁立千仞,明目張膽,思所以救之哉?此所以不能無望于吾力闇也。

容平生頗喜遊覽山水,惟局于疆域,不免坐井觀天。如西湖諸勝,徒憑傳記,寤寐懷想。而自遭逢諸公以來,爬搔益不自禁,顧此心一日之間不知其幾廻來往于雷峯斷橋之間矣。若賴諸公之力,摹得數十諸景,竟成卧遊,則奚啻百朋之錫也。此不須畫格工拙,只務細密逼真,因各題其古迹梗概于其上。且因此而并得見諸公第宅位置,齋居規模,使之隨意披玩,怳然若追奉杖屨于其間,則豈不奇且幸耶?筱飲、秋庼,均此奉請。

容于科甲,非決性命而求之者,惟于入塲呈卷之時,報子傳榜之際,每不免聳動希覬,按住不得。事過後雖能自悔;逢塲則舊習輒發。學力之不周,殊可媿歎。力闇才經試圍,其必有内省之可驗者,願聞之。

容年未四十,已視茫茫而髮蒼蒼,血氣日見衰替,志氣隨而摧惰。佔畢進修之功,每不免聊且粗略之意。即此旨趣,殊非遠到氣象,良可媿懼。未知力闇能免此否?

《養虛堂記》曾有問示,而匆匆未及奉復。且以語及鄙人處,全没稱停,乃不敢容喙而可否之。惟其圓轉流動,轉換無迹,實是千古奇文,可以編八家無媿。況其敘友道一段,尤淋漓感慨,足以醒世而喻後,則又八家之所少見者邪。

《八詠》中《靈龕》一詩,尤是絶調。此中士友見之者,亦莫不欽誦而稱奇。其時鄙書奉效者,非以此詩爲有餘憾，乃過計之憂無所不用其極也。至有未及改正之教，則想未悉鄙意也。

吾輩稱兄弟事，此間士友或有非之者，以爲儒林故事，未聞其例。惟見稗說雜志，終非莊士法門。此說亦甚謹嚴，故事實無可援而爲準者，未知此法始于何時？古來儒者亦有行之者？幸示之。

胤哥年屆就傅，已讀了幾卷書，而才識何如？恨不得一受床下之拜耳。其所作詩文一二首，寄示爲望。

吾輩問答，此中士友見之者，無不艷歎愛慕。惟以力闇之于鄙人稱道，太不着題。惜其辭氣之率易，有害于德器之凝重。或因此而疑其意在玩侮，言實嘲謔，笑我以受其簸弄而不之覺也。此固俗夫之言，不足與辨也。惟親愛之僻，許與之過分，足下不得辭其責矣。且聖人不云乎？吾于人，孰毀孰譽？夫毀固惡德，譽亦出于私。其背于中正則均矣。惟高明加察焉。

容于力闇之才學，固心悅而誠服矣。惟其心悅而誠服也，故欲其本末無疵，精粗無欠，粹然中正，終于大成。是以前後效愚，僭妄多端，其于心術出處之際，亦或有微發其端而不能盡其說者。此所謂天下之寶爲天下惜之者，斷斷忠愛，想已見諒而不以罪之也。惟以容之淺陋，其于酬酢之際，書牘之間，露醜呈拙，不可枚舉。而終未聞一言規責，則或者玩侮嘲謔之疑，不爲無見，而朽木糞墻，初無受教之地邪？此實容之深以爲憾而不能釋然者也。

尊伯氏九峯先生道候萬安。容之懷風景仰，非徒于爲力闇之伯氏而已。乃敬脩寸楮,略佈鄙悃,兼以求教。未見而有書,筱飲兄事例在焉。能不以見訝否? 雖然,人各有見,先生之意或不以爲然。則望力闇一見而去之,不以奉煩也。大容又拜。

【校注】
〔一〕此文《杭傳尺牘》附於上文《九月十日與鐵橋》之後,一併題作《與嚴鐵橋書》。
〔二〕"今排定位次,以爲勸懲之準",《杭傳尺牘》略。
〔三〕"楮",原作"梧"。據國史本改。
〔四〕"或失",《杭傳尺牘》作"不及"。

又發難二條〔一〕

吾儒與老、佛,號稱三教。中古以降,高明俊傑之士,出乎此則入乎彼,先賢至以爲彌近理而大亂真,擇術求道者,其可不辨之早,而察察之精乎? 儒者曰:太極生兩儀。老氏曰:有物混成,先天地生。佛氏曰:有物先天地,無形本寂寥。其説出源頭既其相近;儒者之盡性,老氏之載魄,佛氏之見心;其用功于内者,亦若不懸殊。曰一以貫之,曰聖人抱一,曰萬法歸一,其守約之旨則無異;曰修己以安百姓,曰我無爲而民自化,曰慈悲以度衆生,其濟物之心則略同。凡此其同中之異,似是而非者,願聞其説。

以後賢之論而言之,則康節[二]稱老氏得《易》之體,伊川稱莊子形容道體甚好,文中子謂佛爲聖人,和靖謂觀音爲賢者。以諸公道學之正而反有所稱許,何也?上蔡親炙程門,而淫于老佛;象山動引孟子,而近于禪旨。以平生論辨之勤,而終不免浸染者,何歟?張子房純用黃老,南軒謂有儒者氣象;蘇子瞻到處參禪,晦翁稱以近世名卿。兩賢之嚴于排闢而評品若此者,何歟?

右兩條發難[三],此天下大議論,古今大是非。願諸兄明賜剖析,以發海隅愚蒙。大容拜問。

【校注】
〔一〕此書亦附於《杭傳尺牘·與嚴鐵橋書》後。
〔二〕"康節",《杭傳尺牘》作"邵子"。
〔三〕"右兩條發難",《杭傳尺牘》作"數條發難"。

書後附四言詩九章[一]

飛鳥,懷良朋也。遥遥南國,獲此良友。同心離居,欣悵交中。

翺翺飛鳥,集于北林。堂堂嚴子,金玉其心。無營無欲,矢我好音。聖道無疆,與子鉤深。

翺翺飛鳥,集于南山。堂堂嚴子,婉如其顏。聖道雖遠,莫云其艱。惟善是勸,惟邪是閑。

猗歟嚴子,既明且聰。聖道孔邃,無惰爾功。
韜光坦步,正慮修容。精神寂寞,乃與天通。
　　　猗歟嚴子,既聰且明。英風外達,妙鑑内貞。
燁燁文藻,藹如其成。温恭執雌,人莫汝争。
　　　猗歟嚴子,才藝蓋世。高天闊海,廣居無際。
無安小道,致遠恐泥。敬慎屋漏,莫曰幽細。
　　　嗟余小子,有志未就。西南得朋,與子邂逅。
視爾高朗,愧我寡陋。徘徊歲暮,歎此三秀。
　　　截彼釣臺,山高水長。典刑不墜,惟子之良。
矯矯九峯,益篤其光。覃及海隅,德音孔彰。
　　　嗟爾伯仲,坡穎是鄙。並美儒門,二程是冀。
春風渾成,乃敬作字。伊川謹禮,日履安地。
　　　相古先民,入德有門。懼以終始,要道不煩。
斂華就實,勗以存存。相思昵昵,予欲無言。
　　　丙戌重九。海東洪大容稿。
　　　　鐵橋曰:此札于丁亥年閏七月自浙寄至
　　閩中。

【校注】
〔一〕此四言詩九章與上《九月十日與鐵橋》、《書後另紙》、《又發難二條》都是洪大容寫于丙戌九月,在次年七月轉寄至嚴誠手中的書信和詩。最後附語"嚴誠曰"爲朱文藻所添加注釋。

洪高士尺牘

又與九峯書〔一〕

　　大容再拜上九峯先生足下：容，力闇友也。容既忝與力闇爲友，又因潘蘭公得聞我九峯先生有文有行，屹然爲江左師表，容之望風仰德之日久矣。況濫被力闇錯愛，訂交客邸，約爲兄弟。夫既僭以力闇爲弟，獨不可以力闇之兄爲兄乎？力闇既不以外夷爲陋，而不憚兄事我也，寧九峯乃以外夷爲陋，而不以弟畜我耶？相見之奇，不若未見者之相望相思爲更奇，此陸筱飲兄之〔二〕語也。容于力闇，則相見之奇者也；于九峯，則未見者之相望相思爲更奇者也。不審九峯以爲如何？嗚呼！力闇之高妙〔三〕，乃天下士也。顧以賤陋之身，乃抗顔而爲其兄，不亦僭乎？惟其新知之樂，生別之悲，至愛深情，銘入肺腑；森森典刑，寤寐在目；瞻望南雲，百憂彌襟。伏惟九峯，當有以諒此心也。容實陋夷也，時以國俗敦孝悌、遵詩禮，幼而習父兄之訓，長而賴師友之功，頗知聖賢之可學而至，義理之可講而明，氣質之可漸而變，嗜慾之可遏而消。是以忘其譾劣，妄有希覬。惟立志不堅，懶散成痼，奄過半生，無聞無得，悲歎窮廬，亦復何及。嗚呼！太平之門，菜市之橋〔四〕。所謂伊人，于焉逍遥。鶺鴒齊翼，常棣交輝。欲往從之，不能奮飛。豈不爾思，遠莫致之。悠哉悠哉，余懷之悲。伏願九峯鑑我衷曲，憐我孤陋，不拘詩文，惠我嘉訓。

得以寓目修省,晨夕警惕,俾勿卒歸於小人。不宣。

　　丙戌季秋,海東愚小弟洪大容拜上九峯長兄先生足下。〔五〕

【校注】

〔一〕洪大容編《杭傳尺牘》所收《與嚴九峯果書》與此書内容相同。此書信與上封《九月十日與鐵橋》同寫于丙戌年九月,並于次年七月寄到嚴果手中。《古杭赤牘》中收有嚴果對此信的答書原件。落款爲"丁亥季秋浙西愚弟嚴果拜上湛軒先生長兄足下"鈐有"嚴果"白方印、"九峯"朱方印。

〔二〕《與嚴九峯果書》無"兄之"。

〔三〕"嗚呼！力闇之高妙",《與嚴九峯果書》作"夙知力闇之高妙"。

〔四〕"太平之門,菜市之橋"指嚴誠故鄉居所。據《湛軒書》"乾净録後語"所記:"嚴誠,字力闇,號鐵橋。壬子生。居杭州城内東城太平門里菜市橋。嚴光之後。"

〔五〕《與嚴九峯果書》無此落款。

附鐵橋丁亥秋答書〔一〕

　　去秋承惠書,即于本年接閲,弟亦有寸楮布候,未審已得達否？頃奉手教,兼辱珍貺,欣踴恍惚,悸不自定。此書亦屬去年暮秋所發,至今秋始得快覯。萬里寄書,艱難乃爾,可勝惘然。比日想起居多慶,德業日新。訣别以來,每一念及,肝腸崩摧，相思之懷，彼此同之，不復覼縷。弟無他過人處，自覺差遠于齷齪之流。湛軒不以爲不肖，而曲加獎借，殊增顔汗。讀書，將以學爲聖賢。來書字字真切，使人若矇而瞭，若痿而起，謹當佩服勿諼。但弟年來多病早衰，如吾湛軒所云心界煩亂、志慮衰颯，大略相似。自省工夫進寸退尺，奈何奈何。因思此事正須朋友夾持，志氣方不頹落。如弟胸中未嘗不壁立千仞，然獨學無徒，又疾俗而不免于狥俗。泛泛悠悠，豪無把鼻，爲累于身心不少。

湛軒何以教我哉？古今人品分六等，極爲切當。然鄙見以爲上達下達，無中立之理，似不必立俗人一條。第五位即爲小人，第六位則改曰凶人。凶人不常有，而小人則滔滔皆是也。同流合污，避害趨利，非小人而何？貪鄙狗彘，慘毒蛇虺，非凶人而何？言小人，則俗人已該其中；而所謂善人者，益可危矣。蓋此六等，乃條析言之，其實天下祇君子小人兩途，不入于此，即入于彼。善人望聖人，雖有多少等級，而自聖人以至善人，得統名曰君子，而外此則皆小人矣。彼俗人者，不君子不小人，胡爲者耶？

爲學五種之弊，讀之毛骨俱竦。以弟自驗，大約近所謂蠧魚一途，可勝媿赧，未識湛軒自顧居何等也。

湛軒謂弟無一言規責，以致貴鄉士友疑其玩侮，此未悉吾輩交情，妄相猜度，不足與辨。以弟觀湛軒，實無滲漏之處可貢其狂言者，惟覺湛軒持論或有過高之處。曩在京師,蒙贈言有云:"最下者,著書以圖不朽。"夫古之聖賢,憂一時之不悟,立教以救一時,憂萬世之不明,著書以垂萬世,恐未可以爲最下也。或其病在"圖不朽"三字邪?孔子曰:"疾没世而名不稱焉。"三代而下,惟恐不好名,此非孔子之所謂名也?不知湛軒于世俗身後之名,竟能渾忘之否。此弟所不能無疑者也。

西湖諸勝,猝不易摹。近年因聖主南巡,郡人刻有新志,圖繪極精,卷帙少而梗概悉備,將來必當覓寄一部,以供卧遊。弟于富貴利達,實自淡然。然已七踏省闈,蓋有不得已者。前年乙酉赴試,自誓此次不中,決不再來,實懼失意之後,此心轉不能無動也。既而倖竊科名,亦復非其所樂,差喜得慰老親望眼而已。去春會試不售,胸中豪無芥蒂,同輩皆歎以爲難。此非矯制其情,不過看得此事甚輕耳。策馬南歸之後,家居半年,今春福建督學公遠走書幣,延爲塾師。弟本不敢違離親遠遊之戒,正緣家嚴謂不肖閒居無事,相促就道。其地處東南海濱,離家千七百里。幸家書一月一寄,差足放心,歲暮亦即束裝旋里也。

筱飲、秋庫,春正一別,迄今不知息耗。近聞秋庫於五月間又入京師矣。想渠自有書能言其詳也。弟何人,斯敢謂已能從事于古學?湛軒所稱,未免溢美,所不敢當。不過胸中稍具識見,不牽流俗,區區尚敢〔二〕自信。昔胡文定論心遠之義,舉上蔡語曰:"不爲嬰兒之態,而有大人之器;不爲一身之謀,而有天下之志;不爲終身之計,而有後世之慮。此之謂心遠。"〔三〕弟時時舉以自策,然以生平畏與物忤,漫無町畦,受侮不少。時復自懟,已不免于憧憧往來矣。湛軒教我:"刊落浮華,渾化渣滓。"此八字對症之藥,然而大難。昔人云:"一命爲文人,無足觀矣。"〔四〕弟正犯此病,蓋緣誤落塵網,不能自脱。即如詩文書畫之類,應酬紛煩,謝絶無術,明知作無益害有益,而遇小得意處,輒復沾沾自喜。此病根何時可除?湛軒幸痛切言之,弟不敢昧心以欺我良友也。

弟衰徵早見,入今年來,牙齒脱落太半,存者亦都動摇,髮雖未蒼蒼,而已種種矣。較之湛軒,更有甚焉。然謂此非遠到氣象,便生媿懼。此不必然。君子之爲學,俛焉日有孳孳,死而後已。願與湛軒勉之。吾輩稱兄弟,亦何必有故事可援。然如陶靖節詩云:"落地爲兄弟,何必骨肉親。"李白亦云:"異姓爲天倫。"其他見于史書者,如北周唐謹之于万紐于瑾,此類亦多,不能遍記。古人以兄事以弟畜之處,不一而足,必謂儒林未曾有者,既非莊士所爲,説亦太拘,且吾輩行之,即謂始于吾輩,亦無不可者。疑之者,何其不廣也。家兄天機清妙,舊聞弟所稱述,又見諸尺牘及弟所圖諸公小像,并劄記問答之語,久深欽慕,忽蒙惠書,喜出非望。湛軒又何嫌何疑,而慮其見訝哉。兒子年甫十一,姿質尚非庸鈍,然初學作文,無可觀者。過承長者垂念,極感極感。弟前在京邸,所作詩文,皆於人事紛雜之頃,荒率應命,湛軒當爲我藏拙,而乃令貴鄉士友齒冷,非所望也。

湛軒與弟,皆年近四十,進德修業,宜及此時。弟以爲且先理會變化氣質。弟亦知聖賢可學而至,而本性通脱,近于古之狂者,語言苦于率易,殊少厚重氣象,大是可憂。

湛軒性情無可議者,其所見似稍涉拘泥,聖人之道,下學上達之方,其行在孝弟、忠信,其職在灑掃、應對,其文在《詩》、《書》、《三禮》、《周易》、《春秋》,其用之身在出處、辭受、取與,其施之天下在政令、教化、刑法,其所著之書則皆以爲撥亂反正、移風易俗,以馴致乎治平之用,而無益者不談。其于盡性至命之説,必歸之有物。有則五行、五事之常,而不入于空虚之論,如是而已矣。

湛軒舉詞章、訓詁、記誦之事,皆以爲害道,弟不能無疑。程子雖言學有三等:詞章之學,訓詁之學,義理之學。夫詞章則誠靡矣,讀書豈能舍記誦?而訓詁二字,則經學之復明,漢儒訓詁之功尤偉,恐不可以厚非。牽于訓詁則不可耳。且以朱子命世大儒,何事不經。其鑽研閲歷,蓋涵養在主敬,進學則在致知,德性在是,問學在是。舍訓詁而邊空言義理,何以爲致知之本?以孔子生知之聖,猶曰好古敏求,曰多聞多見,豈皆支離者邪?楊子曰〔五〕:"多聞則守之以約,多見則守之以卓；少聞則無約也，少見則無卓也。"此其語有所自來，未可以其出于子雲而廢之也。明人發策，謂今之人不學，則借一貫以文其陋。無行則逃之性命之鄉，以使人不可詰。此雖指爲王氏之學者，然亦曲盡當日空疎講學者情事。

今湛軒有得于宋儒緒言，知安身立命之有在，則甚善矣。但吾輩胸中，斷不可先橫著"道學"二字，而思于古人中分一坐席。歷觀前史，祇有儒林、文苑二門，至《宋史》別列道學名目，貽譏識者。夫儒者雖有通儒、俗儒、小儒、大儒之別，然聖如孔子，亦適完其爲儒，儒之名至尊矣。而此外別有所謂道學先生，何爲者也？

王文成倡其新說，貽悮後人，誠爲可恨，然其事功自卓絕千古。今則道德一、風俗同之世，姚江之餘焰已息，久無異言橫決之患。吾輩爲賢者諱，正不必時借此以爲彈射之資。如宋之富彥國〔六〕、李伯紀〔七〕諸公，晚年皆篤信佛氏，安得以此而遂掩其爲一代偉人。正恐講道學先生，不能辦此軒天揭地事業也。弟此時已不爲異學所惑，豈故爲此兩岐之論，良欲吾湛軒于知人論世之際，少破其拘泥之見耳。若西林先生之佞佛，則其人不過博雅好古、隱居自得之君子，其生平亦無大可觀者，弟豈必爲之迴護哉？然亦無倡率鼓動之權，知交之中，強半皆非笑之者，可無慮其從風而靡也。只此老爲可惜耳。又有說者，以朱子之風力，欲攻韓侂胄〔八〕，乃以筮得遯卦而止。夫《易》以前民用也，非以爲人前知也。求前知，非聖人之道也。故《少儀》之訓曰："毋測未至。"弟前于《靈龕》一詩，發其狂談，亦此意也。

"明哲保身"四字，最易爲庸鄙者藏身藉口。馮道[九]事四朝十主，廉恥道喪，千古無兩，而先儒或有許其救世之功者，此豈可不嚴其辨哉。老莊皆天資超絶，度其人非無意于世者。不幸生衰季，而發爲汗漫無稽之言，大半憤時嫉俗，有激而云然耳。彼豈不知治天下之需仁義禮樂哉。蒿目傷心之至，或則慨然有慕于結繩之治，或則一死生而齊物我。而又立言詭異，其流弊至于申韓[一〇]之慘刻，王何[一一]之清談，遂不免爲異端首禍之人。然二千餘年來，排之者亦不一人，而其書終存，其書存而頗亦無關于天下之治亂。蓋自有天地以來，怪怪奇奇，何所不有，而人心之靈，又何所不至，自應有此一種議論。即如佛經，大半作于魏晉間文人之手，索隱行怪，聖人早預知之，而亦莫能禁也。故曰，後世有述焉，吾弗爲之矣。方今聖學昌明，吾輩直視爲姑妄言之書，存而不論可耳，必取其憤激駭聽之言如絶聖棄智、剖斗折衡之類，嘵嘵焉逞其擊斷，究竟何補于治？而老莊有知，轉暗笑于地下矣。此是講學習氣，人云亦云，落此窠臼，最爲無謂。此刻偶有所見，遂書以質諸湛軒，不審以爲何如。吾輩且須照管自己身心，使不走作。若扶正學、息邪說、正人心，雖有其責任，恐尚無其本領，遽以此自負，近于大言欺世，弟不敢也。

《發難》二條，極欲吐其胸中之見。計所書

又須千言。封函太厚，難寄。姑俟後信，亦欲攜歸，與筱飲共觀而後論定也。弟病瘧兩月有餘，今尚未痊，每日寒熱交作，執筆手顫，不能成字。雖累累長幅，而所懷猶未盡萬一。天各一方，惟有慟哭。冀爲道自愛。不宣。〔一二〕

《飛鳥》九章，古雅絶倫，真乃魏晉遺響，非虛譽也。申詠反覆，曠若復面。陶公有言："之子之遠，良話曷聞。"弟何以得此于湛軒哉。特其稱道太過處，殊非庸陋之所敢當。惟有晨夕玩誦，勉自策勵，以副厚期耳。亦欲作數語奉酬，病中心緒瞀亂，竟爾不能成章。想夜光亦不責報於魚目也。得書之夕，有拙吟二首，附錄呈覽，不計工拙，仰希照察。

【校注】
〔一〕此書信是嚴誠在丁亥年收到洪大容寄來書信的答書。當時嚴誠已染病在身，不久將返回杭州故里。此書信原件收入《古杭赤牘》中，抬頭題："洪湛軒尊兄手啓，丁亥九月朔日南閩寓館封。"落款爲："丁亥九月朔日書於福建福州使院。"信箋第一面鈐有"不二庵主"白方印。《湛軒書》收有《與鐵橋書》，爲此信的答書。
〔二〕"敢"，《古杭赤牘》作"堪"。
〔三〕《困學紀聞》卷一八："有問心遠之義於胡文定公者，公舉上蔡語曰：'莫爲嬰兒之態，而有大人之器；莫爲一身之謀，而有天下之志，莫爲終身之計，而有後世之慮，此之謂心遠。'上蔡即謝良佐（1050—1103），字顯道，號上蔡先生。胡文定公，即胡安國（1074—1138），字康侯，謚文定，學者稱武夷先生。"

〔四〕顧亭林引用《宋史》言劉忠肅戒弟子語："士當以器識爲先。一命爲文人,無足觀矣。"《顧亭林詩文集》(《與人書十八》)。

〔五〕"曰",《古杭赤牘》作"云"。

〔六〕富弼(1004—1083),字彥國。洛陽人。北宋名相,才華出衆,被范仲淹評價爲"王佐之才"。有《富鄭公集》傳世。

〔七〕李綱(1083—1140),字伯紀,號梁溪先生。常州無錫人。兩宋之際抗金名臣。著述有《梁溪先生文集》、《靖康傳信録》等。

〔八〕韓侂胄(1152—1207),字節夫,相州安陽人。南宋宰相,前後執政十四年,曾北伐攻金。韓侂胄反對道學,因而長期遭到程、朱門徒的反對。元代修《宋史》立《奸臣傳》,將他列入。

〔九〕馮道(882—954),字可道,號長樂老,瀛州景城人。五代宰相,曾效力于燕王劉守光,又先後效力于後唐莊宗、後唐明宗、後唐閔宗、後唐末帝、後晉高祖、後晉出帝、後漢高祖、後漢隱帝、後周太祖、後周世宗十位皇帝。囿於忠君觀念,歐陽修罵其爲"不知廉恥",司馬光斥其爲"奸臣之尤"。《舊五代史》有《馮道傳》。

〔一〇〕申韓,指戰國時期申不害(公元前385—前337)和韓非(公元前280—前233)的合稱,後世以"申韓"代表法家。

〔一一〕王何,指晉人王弼(226—249)和何晏(？—249),二人倡清談,爲魏晉玄學的創始者。

〔一二〕以上爲丁亥答書内容,《古杭赤牘》原件落款有以下内容:湛軒尊兄先生。愚弟嚴誠頓首再拜;尊公大人前望呼賤命請安。令叔大人不及專札,亦呼名候安;丁亥九月朔日,書於福建福州使院。鈐有"嚴誠"紅方印、"力闇"白方印。

又附南閩寓館簡寄湛軒二首[一]

京國傳芳訊,遥遥大海東。斯文吾輩在,異域此心同。情已如兄弟,交真善始終。相思不相見,慟哭向秋風。

見面悲無日,論心喜有書。來從萬里外,到及一年餘。激厲煩良友,衰遲感獨居。無聞將四十,忍使寸陰虛。

【校注】

〔一〕此二詩與《鐵橋丁亥秋答書》爲同一信箋。原箋收入《古杭赤牘》中,無題目,落款題有"後一日,誠再拜又書"。鈐有"嚴誠力闇"白方印。詩箋末另有嚴誠寫給洪大容的注文,内容爲:來書中分析之"析"誤作"拆";佔畢之"畢"誤作"俾"。并以奉聞。

另,李德懋《清脾錄》卷二《嚴鐵橋》中亦收錄此詩。《湛軒書》收錄《燕杭尺牘》中亦收入在《與秋書》(應爲《與秋庫書》)中,其附題《鐵橋臨終前一日寄詩》,應是誤記。

又附與秋庫書[一]

夏間曾有數行問訊,不知足下已復入都,遂

致相左。別逾三季,相思良苦。高雏〔二〕之遊,想非無謂,殊深快頌。比接年伯大人信寄到海東書數封,湛軒累累數千言,大率勉以聖賢安身立命之學,僕得之如獲異寶,不審足下書云何,將來當索觀也。僕羈栖閩嶠,業不增舊,形如槁木,心若死灰。陶公有言:"造夕思雞鳴,及晨願鳥遷。"〔三〕僕之所遭,實同斯境。視鮮衣怒馬馳騁于長安陌上者,真有春林秋棘之別矣。答東友書納上,煩于歲終彙寄封面,題署字樣,想不遺忘也。足下或尚留京師,亦當仍交徐郎兄〔四〕處,勿更與後來使臣相聞,非惟省事,佳遇正不必再也。迂陋之見,仰惟照察。肅此布候近安。不一。

【校注】

〔一〕此信爲嚴誠寄給友人潘庭筠的書信,嚴誠在丁亥收到洪大容信後,對洪大容信中所討論問題詢問潘庭筠的意見,以便回復洪大容。這封信與上封《鐵橋丁亥秋答書》一同附寄給了洪大容。

〔二〕"高雏",國史本作"京雏"。

〔三〕此句爲陶淵明五言詩《怨詩楚調示龐主簿鄧治中》中的兩句。原詩爲:"天道幽且遠,鬼神茫昧然。結髮念善事,僶勉六九年。弱冠逢世阻,始室喪其偏。炎火屢焚如,螟蜮恣中田。風雨縱橫至,收斂不盈廛。夏日長抱饑,寒夜無被眠。造夕思雞鳴,及晨願鳥遷。在己何怨天,離憂悽目前。吁嗟身後名,於我若浮煙。慷慨獨悲歌,鍾期信爲賢。"

〔四〕徐郎兄,指徐光庭,號朗亭,字堯鑑。徐光庭爲潘庭筠表兄,亦與洪大容有交流,同時也常代爲傳遞杭州三文人與朝鮮文人的來往書信。

又附與潘其祥年伯書

教範睽違,倏逾三季。邇想道體康寧,闔潭多慶,可勝頟頌。閏月間接手教,蒙轉頒海東諸札。謝謝！大哥入都,想[一]多得意。甚念甚念。來書一函,煩附入府報,即寄京師,是所切禱。肅此恭候近禧。臨風神溯。

【校注】
〔一〕想,國史本作"尚"。

附朱朗齋戊子正月寄湛軒書[一]

愚弟朱文藻頓首頓首,奉書湛軒先生足下。交友之道,致不一矣。有性命之交,有道義之交,有文字之交。下此爲徵逐讌會之交,趨勢附利之交。而其致交之繇,有神交,不必會面而神往者;有心交,一會面而留戀于心者;有形交,但以形相往來者;有迹交,雖名爲友而迹不同者。文藻于足下,惟神交與道義之交而已。文藻生本寒微,年十六痛遭失怙,家無督責之嚴兄,外無規勉之良友。稍知讀書,惟師古人,既而思擇友以爲助。敝廬去九峯、鐵橋居數十武,慕二君之爲人,往交之十數年如一日。急難相濟,疑義相析,文酒相樂。雖骨肉之愛,無此親者,此真所謂性命之交也。往歲丙戌,鐵橋在京師寄家書,備言得交足下顛末,文藻聞之,已知足下之爲人。既而歸[二],攜諸公贈答詩文尺牘,足下之作在焉。于是益傾倒于足下,而恨不能一見也。讀足下之文,又不禁熱淚涔涔,以爲古今來未有如此作合之奇、別離之苦者,而不意鐵橋之于足下遇之,而不啻文藻之于足下遇之也。故今日未與足下見而輒以書通者,實出于至性,不徒援足下之與筱飲、九峯書以爲例也。

　丁亥之春,九峯、鐵橋同客閩中。入夏,鐵橋染瘴,秋發爲瘧,百餘日而劇。閏秋之月,得足下丙戌九月所發書,凡三千六百餘言,而鐵橋答書亦二千六百餘言。因意兩人者,學術之正,識見之卓,議論之確,求之古人不易也。鐵橋作書方九月,時已病劇,足下觀其文字,有似不久人世者邪,而豈意力疾而歸,兩旬而歿,其速如此。嗚呼痛哉!疾革之夕,文藻坐牀側,被中出足下書,令讀之,讀竟淚下。又于被中索得足下所惠墨,愛其古香,取而臭之,仍藏之被中。而其時已手戰氣逆,目閉口斜,不能支矣。嗚呼!其彌留之情深如此。今日者思其精靈,或在天爲星辰,或在地爲河岳,或憑依于君側,或託生于東方,皆不可知。而要之兩人纏綿之意,可以傳之無窮矣。

鐵橋生平所作詩文,文藻爲鈔其全,得八卷,題曰《小清涼室遺稿》。其與足下及諸公贈答詩文尺牘,別彙爲一册,題曰《日下題襟合集》,附于本集之後。

鐵橋生一子,名昂,字千里,才十二歲。九峯患其單弱,益以所生次子名晨字旭初,立爲後。嗚呼!鐵橋有賢嗣,能寶先人之書矣。鐵橋歿後,其家郵書至閩中。九峯得書,即日束裝,戴星而奔。隆冬天寒,朔風刮面,沙雁叫霜,山鬼嘯月,輿夫絮輕,肩頹膝頓。加以嶺路極天,炬光閃目,稍一失足,一墜千仞。嗚呼!行路難,胡爲乎來哉!此情此境〔三〕,九峯獨知之,而以其爲鐵橋故,所當與足下共知之也。足下曾云:"兩地音書,一歲一度,若一度無書,則或死矣。"今鐵橋已歿,鐵橋之書不可復得矣。文藻今年三十有四,小鐵橋三歲,平時鐵橋以弟視文藻,足下又以弟視鐵橋,今日之所以妄通書于足下者,以爲足下亡一弟,又得一弟,或稍可以慰藉也。文藻學識不及鐵橋,而好學之志,或可幾其萬一。未審足下肯以愛鐵橋者愛文藻否也。文藻既自許與足下爲道義之交,則當講求聖賢之道,然見識淺薄〔四〕,自問人品即足下所謂玩索者流,非聖賢種子,所望足下之有以規勉之也。足下求道既深,則知人必審,文藻之爲人,足下雖未會面,自可覽書而得其概,如非可交之人,竟置之不理可也,若能不在棄置之列,則將來發書,乞惠一函,以永新好。

筱飲、秋庫二公,並文藻所深交,兩家音耗,亦可互藉以通問也。足下盛年，德業日富，自無所慮。然細味從前書意及觀鐵橋所畫小像，亦似胸有悒鬱，而體患屢弱者，守身之道，不可不慎。為道自愛之言，良有味也。區區之忱，如是而已。春風東來，臨書遙溯。不宣。乾隆戊子春正月二十五日，愚弟文藻頓首上湛軒先生足下。

【校注】

〔一〕此書信原件收入《古杭赤牘》原件中，落款題"乾隆戊子春正月二十五日，愚弟文藻頓首頓首上湛軒先生足下"，下鈐有"文藻"、"朗齋"白方印。信後另有附文：令叔相公泊養虛先生均所敬慕，然未敢妄通音問，惟乞道及耳。奉寄詩二首，另紙附呈。

〔二〕"既而歸"，《古杭赤牘》作"既而鐵橋歸"。

〔三〕"境"，國史本作"景"。

〔四〕"見識淺薄"，《古杭赤牘》作"見淺識薄"。

又附追次鐵橋韻奉寄湛軒[一]

放目懷君處，滄溟萬里東。音書初達意，言笑未曾同。自此交情始，安能寸楮終。千秋吾輩事，後世或聞風。

死別悲嚴二[二]，彌留示手書。痛心惟墮淚，瞑目不談餘。生豈投東國，魂應認爾居。海天文字在，墨瀋幸非虛。

【校注】
〔一〕此詩爲朱文藻悼念嚴誠的詩文,與上文書信爲同一書箋,《古杭赤牘》收録此詩文原件。原件詩題目爲《追次鐵橋二兄韻奉寄湛軒先生文藻拜藁》。詩題目下方鈐有"文藻"白方印;詩文後下方鈐有"朗齋"白方印。另,《燕杭詩牘》亦收有此詩,題爲《奉寄詩二首另紙附呈追次鐵橋韻》。
〔二〕"嚴二",爲鐵橋别號。嚴誠别號另有"不二先生"等。

戊子中秋寄哭鐵橋文〔一〕

海東洪大容,聞淛〔二〕杭故友嚴力闇先生不幸短命死,於邑悲哀,如喪右臂。顧煢煢哀苦,言不暇文,謹具香燭,侑以鯗魚十箇,賻幣一段,奉托令兄九峯先生,一陳于靈筵,冀以少叙終天之訣。嗚呼哀哉!力闇竟棄予而死耶。嗚呼惜哉!力闇而止于斯,豈非命耶?嗚呼痛哉!天之荼毒予者,亦孔之酷矣。伏惟尊靈,鑒此苦情。

【校注】
〔一〕《杭傳尺牘》、《燕杭詩牘》中收入此文,俱題名爲《祭嚴鐵橋文》。
〔二〕"淛",同"浙"。

與九峯書[一]

　　孤子大容稽顙再拜上[二]九峯先生足下。今首夏貢使自京還，獲承去歲季秋尊札，仍見潘蘭公在京覆書，聞令仲弟鐵橋入冬自閩歸，仍不起疾。真邪？夢邪？此何報也！頃承鐵橋閩館寄書，中言兩月病瘧，尚未痊可，豈以此竟不淑邪？抑別有他祟邪？夭壽固有定命，而南方瘴癘，水土不并，抑人事之不能無餘憾邪。痛哉痛哉，此何報也！伏惟天倫至愛，道義湛樂，半體之痛，何以堪勝！大容亦于去歲仲冬，罪逆不死，禍延先考，呼天崩割，至痛在心。惟恨萬里無便，末由號訴于鐵橋也。豈意鐵橋先已棄世，兩幅細書，與訃俱至，使苦塊殘喘，重抱此無涯之悲也。嗚呼！鐵橋胡寧忍予？容[三]與鐵橋各生天涯風馬牛不相及之地，邂逅萍水，犁然心會，破中外之拘，忘鈍敏之別，虛心求助，實有遠大期許。今天實不仁，事乃有大謬。嗚呼！孰謂鐵橋而止于斯邪？以鐵橋之才之志，上可以統承先賢，下可以汛掃文苑，達可以黼黻皇猷，窮可以啓牖後進。今不幸短命，無所成而死，天乎，惜哉！蘭公書不報月日，想渠遠聞，亦未得其詳。不審自閩何時返宅，諱在何日，臨没精神治亂如何，亦有何顧言否，幸仍便略示之。賢侄支保否，舊誼所在，實傷念不置。其氣質強弱、性靈昏明并如何。伏想愛而能誨，不使爲喪父長子也。煢煢哀苦,不暇爲哀誄文字,抑或禮制所禁。惟于鐵橋,義均同胞,幽明之間,不可無一言爲訣。謹具數語,不敢依祭文格例。以一種土物,聊備奠儀。望九峯曲察愚衷,爲之酌酒,一陳于靈筵或墓道而焚其紙,庶不負交真善始終之句。痛哉痛哉! 外有《農巖雜識》、《三淵雜錄》各一册,原欲奉寄鐵橋,輒此附呈。并前去《聖學輯要》一書〔四〕,望九峯收領,或爲多聞之一助。待賢姪頗有見識,好看吾學文字,并以傳之,如何? 且煩鐵橋詩文,或已刊布,幸以數本見惠。頃聞鐵橋以京邸筆談有劄記成書,望〔五〕勿揀緊歇,望謄惠一本。鐵橋身後士友間輓誄詩文,亦并投示〔六〕。自餘臨紙血泣,神識荒迷,不知所云。惟未死之前,有便附書,無便懷德〔七〕,以所以事鐵橋者事九峯。惟冀寬抑保重,上慰慈念,下慰遠懷。伏庸懇禱,不次,謹疏〔八〕。伏惟鑑察。

戊子中秋,海東愚小弟孤子洪大容疏上九峯先生座前。

令尊老先生前,妄具慰狀。賢姪處亦有一疏,望并考納。

鐵橋詩札謄本一册附上,而字畫舛訛頗多,忙未讎校,諒之。〔九〕

【校注】

〔一〕此書信是洪大容在戊子年中秋收到朱文藻和嚴果書信之後的答書。《杭傳尺牘》中收有此文,題名爲《與九峯書》。
〔二〕《杭傳尺牘》脱"上"字。
〔三〕"容",《杭傳尺牘》作"大容"。
〔四〕"一書",《杭傳尺牘》脱。

〔五〕"望",《杭傳尺牘》脱。
〔六〕"投示",《杭傳尺牘》作"謄示"。
〔七〕"懷德",《杭傳尺牘》作"馳想"。
〔八〕"伏庸懇禱,不次謹疏",《杭傳尺牘》脱。
〔九〕"戊子中秋"至"諒之"文字,《杭傳尺牘》未收録。

與嚴老先生書〔一〕

孤子洪大容稽顙再拜言。不意凶變,令仲子鐵橋賢友奄忽違世。承訃驚怛,不能已已。伏惟先生有子如鐵橋而遽見碎折于膝下,理之所不忍,情之所不堪。哀痛摧裂,何以勝任。不審邇來尊體保重。伏乞深自寬抑,努力餐飯,以慰渠平日孝思。鞠育遺孤,勉三遷之教,不絶其讀書種子。老先生止慈之仁,孰大于是?大容與鐵橋,偶值萍水之會〔二〕,終成性命之交。想渠過庭,已有導〔三〕達,生離轉成死別,至恨均于幽明。萬里異域,抱此悲苦,此振古所未聞,不可與俗人語也。且大容罪逆深重,亦于去歲仲冬〔四〕,禍延先考,侍奠窮廬,萬事廓落,慘慘哀疚。宜死不死。先考平日愛鐵橋之才學,中心懸慕,不啻若飢渴也。今承鐵橋寓閩時手札,終于先考請安鄭重。數月之間,人事變遷,至于此極。執紙號慟,五内崩裂。悠悠蒼天,此何忍哉!山海隔遠,面訴無日。瞻望血泣,書不盡意。荒迷不次,謹疏〔五〕。伏惟鑒察。海東晚生孤子洪大容疏上嚴老先生服前〔六〕。

【校注】
〔一〕此書信是洪大容得知嚴誠去世後寫給嚴誠父親的書信,與上封寫給嚴果的書信同時發出。《杭傳尺牘》收入此信,題名爲《與嚴老伯書》。
〔二〕"之會",《杭傳尺牘》作"之合"。
〔三〕"導",國史本作"遵"。
〔四〕"且大容罪逆深重,亦于去歲仲冬",《杭傳尺牘》作"且大容於去歲仲冬,罪逆深重。"
〔五〕"謹疏",《杭傳尺牘》脱。
〔六〕"海東晚生孤子洪大容疏上嚴老先生服前",《杭傳尺牘》無。

與嚴秀才書〔一〕

孤子大容稽顙言。大容與先丈,有七日雅會于京邸,終託同胞之契。尊〔二〕雖幼年,想已耳熟。四月因潘公書,承聞先丈奄忽違世,驚怛震剥,如夢如疑,痛哉痛哉!恭惟冲齡弱質,罹此凶毒,思慕號絶,何可堪居。日月流邁,歲星將周,感時〔三〕罔極,當復如何?不審邇間孝履支安。大容罪逆不死〔四〕,亦于客歲仲冬,禍延先考。晨夕攀擗,無所逮及。惟依恃慈闈,僅不滅性,他何足言。嘗承教先丈,稱尊資質尚非庸鈍,知子莫如父,況先丈之明乎？有德無祿,必有不食之報,況先丈之純明而不澤垂後昆,昌大家聲乎？嗚呼！先生有絶倫之才,超俗之識；獨行不懼之節,憂天下、慮萬世之志,不幸中途奄逝[五],齎志泉塗。斯文之將喪,士友之無福,痛哉痛哉！人有百行,惟孝爲本；孝有百端,述事爲大。今尊年未成童,志嚮想亦未定,宜不足與語此也[六]。惟勿以童幼自解,勿以年富自寬,絶嬉戲,劬經籍,深慕永懷,惟先人是思。循此以往,年日益長,識日益透,則述事之責,方大有事在,亦將無待於人而欲罷不能矣。及其時也,後死者將以一悲一喜,而以平日所聞于先丈者,稱述贊揚,樂爲之助焉。惟努力也。餘冀支保,上慰慈念。萬里隔遠,各在哀疚,末由相握一慟。臨風號隕,不知所云,荒迷不次。疏式。戊子仲秋,孤子洪大容疏上嚴秀才大孝哀次[七]。

　　如有便,不計工拙,必以手書賜答；就傅後讀過諸書及見在書課,并詳示之。

【校注】

〔一〕此信爲洪大容寫給嚴誠之子嚴昂的書信。此信與前文《戊子中秋寄哭鐵橋文》、《與九峯書》、《與嚴老先生書》爲同一時期所寫,並同時發給嚴誠家人。《杭傳尺牘》收入此信,題爲《與嚴昂書》。嚴昂的答書以及下文《九峯庚寅十二月答書》一起收録在了《古杭赤牘》中。

〔二〕"尊",《杭傳尺牘》作"君"。

〔三〕"感時",《杭傳尺牘》作"哀痛"。

〔四〕"不死",《杭傳尺牘》作"深重"。

〔五〕"奄逝",《杭傳尺牘》作"薨逝"。

〔六〕"今尊年未成童,志響想亦未定,宜不足與語此也",《杭傳尺牘》無。

〔七〕"疏式。戊子仲秋孤子洪大容疏上嚴秀才大孝哀次",《杭傳尺牘》脱。

附九峯庚寅十二月答書〔一〕

　　愚兄嚴果頓首上。湛軒賢弟先生足下。嗚呼蒼天,慘毒交集。君抱終天之慟,果遭半體之傷。玄節〔二〕悲風,酸聞萬里。痛思尊先丈老先生,右族耆英,樹德海表,徒以鯉庭之稱述,致縈弱弟于懷思,倘鐵橋鶴馭東遊,必能謁老成于仙島,而罄生前之欽慕矣。果驚聞哀訃,神思摧傷,本擬勉製誄辭,敬陳奠悃,伏計歲時歷久,已逾服闋之年,恐于禮制不符,轉嫌冒昧。惟有臨風於邑,仰溯寸忱。

　　兹惟足下孝本天性,慕積終身,罔極之報靡涯,三年之哀宜節。嗣親繼志,爲道愛身,上慰慈闈,興居定能善攝也。前蒙百朋遠錫,寵賜手書正在,酬答無方,難名狂喜。而自鴒原負痛,復荷深情。書函奠禮到時,恰值亡弟禫除祔廟之日。遂邀同人,襄行祭禮,爇香燃燭,點茶奠幣,春酒注爵,鮡魚陳饌。初獻則果攝足下主祭,讀足下文;亞獻則果命長子昶攝養虛先生主祭,讀養虛文；終獻則襄祀同人讀文致祭文見外集。觀祭士友，肅聆哀詞，感頌高誼。禮成之後，本當即奉答書，緣來教索觀鐵橋遺稿，未有刊本。友人朱朗齋力任重鈔，因復詮次鐵橋詩文、試帖、畫録并士友哀輓及自來與諸公往來詩文、尺牘，都爲一集，鈔録至今，始得告竣。

果以駑鈍之資，不中策勵。自鐵橋亡後，堂上嚴慈痛惜不已，果思慰藉親心，勉力應試，今秋[三]獲舉于鄉。自分年已五旬，志靡上進，謬廁賢書，益深媿悚。兹乘公車北上，親攜鐵橋全集奉書納上。并念鐵橋彌留，神戀手教，知其魂魄依附，定係仙鄉。生無再見之期，殁或有依歸之願。因倩奚友，摹一小像，裝册附呈，雖面目失真，冀足下因畫思人，如鐵橋之親陪左右也。

承賜家父慰書，舍姪訓詞，感謝不盡。家父天懷曠達，當鐵橋亡時，固多哀悶，而善自排遣，今賴康居。頃因歲暮，諸家事尚藉指揮，冗忙不及答書。舍姪年漸長成，而秉體羸弱，易感寒暑，課讀苦功，不能耐久。去年果自督課，旋以易子而教之義，別從塾師，而優恤意多，受益處少。一切經書卒業，詩文完就之處，舉無可報命，書字亦拙劣，不足塵覽，深負長者垂注。賴其天姿尚屬醇正，將來不至無成，待其知識漸開，能領略教言，益自奮勉，則荷長者之裁成功鉅矣。

承頒《聖學輯要》四册，《農巖雜志》、《三淵雜録》各一册，并《鐵橋遺唾》一册，俱已收領，玩味無窮，洵皆讀書有識之言。惜栗谷先生全書未見,而《農巖》、《三淵》兩書,未詳作者何人,從前尺牘中,均未道及,無從攷稽,惟于展卷時景仰名賢,肅容敬對而已。録本楷法精妙,又添傳家之珍。而《遺唾》一編,家藏遺稿中多所未備,幸得藉此補足。里中士友,求觀諸册如寶球琳,借鈔無虚日,而寒家什襲甚固,辭不示人。雖以舍姪幼穉無知,獨能于此知所秘惜也。敢此厚愛,本欲稍備土儀,冀申謝意,惟是關山迢遠,一編之託,尚恐無覓便之期,敢以土苴之微,上累星架,側想知己,遠亮艱難,自不必以世俗責報之常情相測也。

來教詢及鐵橋歸時殁時期候情事,今已詳見外集并朗齋書中,兹不復贅。朗齋一書,封函之後,覓寄無由,久滯懷袖。渠爲人亦重友誼、好古學,與足下氣類相感,通書自不容已,兹附原書呈覽。

竊讀來教,至"有便附書,無便懷德"二語。不覺掩書拊几,失聲傷懷。鐵橋與足下,爲終古不再見之人。而果與足下,又爲終古不能見之人。不再見者,有一見之足慰;不能見者,則并此一歲一度之書,而至于無便而懷德,其痛尚可言耶?雖然,吾輩舉止須合聖賢之矩度,不取兒女之眷戀。此事緣起,本出于意外,則將來究竟,必終有已時。〔四〕恭惟貴國爲東海屏藩,世效恭順,車書王會,歲不愆期,中外之拘,在所不計。而盛朝寬大,艸野儒臣,尤當以循分之度仰報聖明。從此各務前修,力圖進業,嚮學不衰,即所以默酬良友。果心中惟時時存湛軒諸公,湛軒心中惟時時存鐵橋與果。至交誼之篤,本不在書札之有無也。天下惟情之至者乃能出忘情之語,足下諒之。

養虛先生無書奉寄,祈爲道達。陸公館食京雒,順赴禮闈;潘公于己丑會試後,以精楷入選,名籍中書,亦在候期會試。此二公者,知爲足下所深念,故以相聞。含悲作書,雜亂無次。筆不盡意,伏惟鑒察。不宣。庚寅十二月望日,果再頓首。

承來教,屢以兄稱果,足下既以弟畜鐵橋,果何敢客氣,不以弟視湛軒耶?重于情而忘其僭矣。

來教承索詩文,拙詩無可觀者,聊附一紙,以答遠懷。

【校注】

〔一〕《古杭赤牘》中收錄此書原件,落款題有"庚寅十二月望日果再頓首"。落款處鈐有"嚴果"白方印、"九峯"朱方印。
〔二〕"玄節",《古杭赤牘》作"元節"。
〔三〕"今秋",《古杭赤牘》作"今年"。
〔四〕"時",《古杭赤牘》脱。

附九峯追次鐵橋韻,寄湛軒〔一〕

海天不識路,無夢到遼東。終古形骸隔,開

械氣類同。懷思千寫一,酬答始爲終。已矣君休念,雲分萬里風。

星軺歸客笥,吾弟有遺書。人去傳真在,情留不盡餘。守身圖德業,撫姪保興居。只此酬良友,千秋誼不虛。

【校注】
〔一〕《古杭赤牘》收有此二詩,與上封《附九峯庚寅十二月答書》爲同一信箋。詩題目爲《追次鐵橋原韻寄湛軒》。詩文後鈐有"嚴果"白方印、"九峯"朱方印。

日下題襟集

附錄一

清人嚴誠的生平、文學活動及著述

　　乾嘉時期是清代學術和文學發展的鼎盛時期,從地域上來看,江浙一帶尤爲興盛。當地人才輩出,酬唱賡和,詩文創作風氣興盛。這些文人學者中既有成就傑出的鴻學碩儒,也有隱逸山水之間的一般才人學士。嚴誠(1732—1767)作爲浙江錢塘出身的一般士人,工詩文,擅長篆刻、書畫。因在三十六歲時身染重病而致英年早逝,未能在仕途和學術上施展自己的抱負。對於其生平事迹,在清代及當代的學界亦都未能引起足夠的重視。而嚴誠在去世後,嚴誠友人朱文藻爲其整理了遺稿《嚴鐵橋全集》,不過這部詩文集在當時未能刊布,現今在中國本土也未見有鈔本傳世。值得慶幸的是,朱文藻在整理完嚴誠的遺稿後,曾經抄錄副本一部,寄送給朝鮮友人洪大容,洪大容在保管這些文獻的過程中,得以爲周邊同人抄錄或選編,後世學者亦得以傳抄流布。嚴誠雖然在清代學壇沒有較大的影響,但從十八世紀中期開始,一直到現代的韓國學界,都對嚴誠懷有極深的感情。這種感情,一方面有對嚴誠才藝的讚許,也有對他英年早逝的痛惜;另一方面是對嚴誠與朝鮮洪大容交流佳話的艷羨,也有因嚴誠與洪大容的交流影響所促進的嘉道以來清代學壇和朝鮮學壇緊密交流,以及對朝鮮學壇進一步發展的肯定。不過,從現今中韓學界的相關研究情況來看,對於嚴誠本人、本事卻知之甚少,在此有必要對嚴誠的生平及文學活動做一些探討。

一、嚴誠生平小傳和年譜

關於嚴誠的生平履歷、文藝思想等方面的情况，嚴誠友人吴綸在嚴誠去世後所作《嚴先生小傳》[1]一文記載詳備：

> 嚴先生仁和人，名誠，字力闇，一字鐵橋，與兄九峯先生齊名。年十八遊于庠，喜讀佛氏，後悉悔棄，獨慨然志聖賢之所志。性高曠，不受羈束，人恒疑其狂。然自守有素，與人言真率無所畏，卒未嘗迕人意。至於慎出處，審取舍，剛毅廉潔之概，一見於歌詩。其行事落落不求人知，故人亦不盡知也。
>
> 其學自六經子史及六書七音篆刻圖畫，以至百家雜伎之説，無所不通。尤善八分，家藏漢魏石刻數十種，日臨撫之。嘗自跋其書曰："今世稱隸書必以鄭簠、萬經，然予觀二人所作，蕩軼規矩，無足論；顧苓、朱彝尊庶幾知用古法，又葸弱不振。"其鑒別如此。年既壯，益鋭意理學。篋中惟程朱書，復舉上蔡語以自勵曰："不爲嬰兒之態，而有大人之器；不爲一身之謀，而有天下之志；不爲終身之計，而有後世之慮。"雖未竟其學，要非當世所及。其爲文多講求身心性命之業，累數千百言不能自休。
>
> 乙酉領鄉薦，丙戌試禮部不第。其明年，應南閩學使聘。因人遠遊非其素志，重念兩親不得奉養，不欲久居，竟以成疾。歸，未幾卒于家。平生無他嗜好，得高麗墨數十笏，臨殁猶撫弄之。詩文多散佚。殁後，九峯先生收葺爲如干卷。年三十六。子二：長曰晨，次曰昂。吴子曰："余嘗登先生之堂，見先生所顔居曰'不二'；又大書壁曰'懲忿室'，欲矯輕警惰。"及觀其自勵語，固知先生志不在凡近

---

[1] 嚴誠《嚴鐵橋全集·外集》，朱文藻編，韓國首爾大學圖書館藏鈔本。

也。倘天假以年,其樹立尚可量與。世盛稱其詩文書畫之工,然亦未有真能愛之者。嗚呼！自先生死,其鄉之有志於學者希矣。

與吳綸所作小傳內容側重不同的嚴誠行略,在嚴誠去世後其友人朱文藻編輯的《嚴鐵橋全集》之《外集》中所錄"小傳"、"行狀"以及"挽辭"中記錄詳實,朝鮮友人洪大容、金在行等人交流資料《湛軒燕記》、《乾净衕筆譚》等來往手札原件和筆談資料中亦有描述。此外,洪大容好友如李德懋、朴趾源等人也作有"嚴鐵橋"相關傳記。現把這些相關文獻綜合陳述,整理爲"嚴誠年譜"。爲求詳瞻覈實,在嚴誠的生平事迹考證部分凡涉及有關引用資料與出處,也盡量附於原文。

雍正十年壬子(1732)　二歲

雍正十年壬子四月十一日,嚴誠生。妻蔣氏,爲省齋先生孫女。

嚴果《仲弟鐵橋行略》(《嚴鐵橋全集·外集》):弟生于雍正十年壬子四月十一日,卒于乾隆三十二年十一月五日,年三十有六。

父,涵斯公。

嚴果《仲弟鐵橋行略》(《嚴鐵橋全集·外集》):始祖德成公自明初遷杭,傳十世至曾王父紉菴公,研經積學,工詩、古文。遭明季避地山陰,國朝康熙丁巳舉博學宏詞科。

母,茅太孺人。

嚴果《仲弟鐵橋行略》(《嚴鐵橋全集·外集》):家大人年三十家母茅太孺人始來歸,太孺人爲前明見滄先生六世孫,外曾王父雪鴻公,外王父桐村公並以詩學名聞於時。太孺人處閨閣之中,仰承家學,夙嫻詩禮。

兄,嚴果。長嚴誠十歲。

據嚴果《仲弟鐵橋行略》:(生果)後十年生弟。弟名誠,字力闇,一字鐵橋,天資穎異。

(朝鮮)李德懋《青莊館全書》卷三十二《清脾録》:鐵橋兄九峯名果,高雅絶俗,與弟齊名,時人比之機、雲,軾、轍。

弟,名正。早夭。

據嚴果《仲弟鐵橋行略》:季弟名正,亦極聰慧,方學語時,弟與嬉戲,輒出所畫,玩弄不釋手。其後,季弟八歲而殤。

子女,有一子昂,後立侄子晨爲長嗣;一女阿清,早夭。

據嚴果《仲弟鐵橋行略》:(誠去世時)昂才十一歲,家大人慮其年弱,命果次子晨立爲長嗣,俾奉弟婦定省,輔弱姪成立。又生子一女,一並早殤。
《嚴鐵橋全集》册一,有嚴誠作《夢亡女阿清》詩。

乾隆三年戊午(1738)　七歲
六、七歲出就外傅,一年中兩經成誦。暇時作小畫山水人物。

乾隆八年癸亥(1743)　十二歲
作《某先生遇鬼論》。

乾隆十年乙丑(1745)　十四歲
爲家計,服習市易,因勤於讀書,復實之家塾,師從錢塘孫雙樹[1]、鄭筠谷[2]兩先生。二十歲左右，參加鄉賢詩社"西溪吟社"。學詩于沈超[3]門下。

  據嚴果《仲弟鐵橋行略》：年十三，其父爲治生之計，讓子蚤諳經濟世務，實之肆中，服習市易。然于市中把卷，入夜苦讀。從師于錢塘孫雙樹、鄭筠谷兩先生。

  據嚴果在《仲弟鐵橋行略》中記錄："（十三）至二十歲間，與沈畊寸、其弟子沈玉屏、菊人、胡莩唐雲溪、朱朗齋[4]並授受以詩。與石屋沈桐谿、皐園王古鋠、城南魏柳洲[5]、北墅何春渚、紫陽孫綠天半峯等以詩歌往來，爲西溪吟友。"

乾隆十七年壬申（1752）　二十一歲

  赴童子試，列郡庠。

---

[1] 雙樹爲孫建號。孫建，字卓如，號雙樹，錢塘諸生。學書於鄭筠谷。著《嶺雲集》、《跖餘集》。雙樹先生學書於城東鄭筠谷先生。先生重其品，敬禮之，延課其子禮恭。同里倡和者魏柳洲、沈桐溪、嚴古緣、鐵橋、沈畊寸、沈玉屏、施淡珍、張東表、陳云渚諸君，不可指數。是時予與胡莩唐、沈菊人皆在童年，不敢比于授簡分箋之列，然心艷之，私相砥礪，學爲詩。蓋東城詩學之盛，實是雙樹先生倡率之也。參見《兩浙輶軒錄》卷二十四。
[2] 筠谷爲鄭江（1682—1745）號。鄭江，字璣尺，號筠谷，浙江錢塘人。康熙五十七年進士，改庶吉士，充《明史》館纂修。歷任考官，督學安徽，進侍讀《修明史綱目》纂修官。有《筠谷詩鈔》七卷、《書帶草堂詩文集》四十餘卷、《春秋集義》二十卷、《詩經集詁》四卷、《禮記集注》四卷，《清史列傳》有傳。與當時名士厲鶚、全祖望等人交遊密切。
[3] 沈超，號畊寸，錢塘仁和諸生。嚴誠、嚴果、朱文藻等當地儒生都同學詩于門下。《清代學人列傳》朱文藻條："師沈畊寸先生衰疾困頓，躬視湯藥者十餘年，比卒，營喪葬備至，行誼類漢人風。"記有沈超一些生活事迹。
[4] 朱文藻（1735—1806），字映漘，號朗齋，仁和人。精六書、《説文》、《繫傳》、《佩觿》、《汗簡》、《鐘鼎款識》、《博古圖》著書，無不貫串源流，會其指要，又能手親摹寫，非徒以行聲點畫自名小學者可比。
[5] 魏之琇（1722—1772），浙江杭州人，字玉璜，號柳州。布衣，少孤貧，傭于當鋪，夜自苦讀醫書，歷二十年，無師而通，遂以行醫爲生。工詩詞，能畫。有《續名醫類案》、《柳州醫話》、《柳州遺集》。《中國歷代人名大辭典》見錄。《晚晴簃詩匯》卷九十七收其小傳和詩。

日下題襟集

乾隆十八年癸酉(1753)　二十二歲
　　娶蔣氏,蔣氏爲省齋先生孫女。癸酉迄己卯,屢躓場務。
乾隆十九年甲戌(1754)　二十三歲
　　參加"培風吟會"詩社。

　　　清人胡敬所編其父胡濤年譜《先大夫蓻唐府君年譜》[1]"甲戌(胡濤)二十一歲,八月"條,記錄了"培風吟會"詩社成立之事。

乾隆二十一年丙子(1756)　二十五歲
　　春正月二十日,參加培風詩社,作《西溪探梅圖記》。
乾隆二十五年庚辰(1760)　二十九歲
　　春,染咯血。秋,患髀創。兄果赴秋試。明年,疾愈。八月中嚴誠參加"培風吟會",後此詩社改名爲"瓣香吟會"。
乾隆二十七年壬午(1762)　三十一歲
　　潘廣文南廬延至障南學舍。
乾隆二十九年甲申(1764)　三十三歲
　　參加瓣香吟會活動,在近云山舍舉行詩會。
乾隆三十年乙酉(1765)　三十四歲
　　乙酉,秋試,舉於鄉,赴鹿鳴宴。

　　　《浙江鄉試硃卷》[2]:中試第六十九名。嚴誠,杭州府學增廣生,民籍,習《春秋》。

──────────
[1]　(清)胡敬輯《先大夫蓻唐府君年譜》,清道光五年刻本。
[2]　此部《浙江鄉試硃卷》現藏美國哈佛燕京圖書館,爲當時嚴誠和朝鮮使臣順義君在丙戌年二月初交往時所贈,二十世紀初被日本學者藤塚鄰收藏,後傳入燕京圖書館。硃卷內題下有小注:"使臣順義君與此舉人相親,持此硃卷而來,三人皆不中會試云。"對於此硃卷與朝鮮洪大容等人的關係,可參見韓國鄭珉教授《十八世紀韓中知識人的文藝共和國》(韓國:文學園地,2014)頁二十七至頁三十相關介紹。

乾隆三十一年丙戌(1766)　三十五歲

丙戌,赴禮闈,報罷。丙戌二月初一日,朝鮮燕行使臣中的裨將李基聖前往琉璃廠購買眼鏡,在店中偶遇嚴誠、潘庭筠。李基聖欲購買嚴誠所戴眼鏡,嚴誠慷慨相贈。李基聖回館後告知洪大容,遂在初三日一起拜訪了嚴誠、潘庭筠。在此後的二月中一個月內,一行人開始了密切的筆談、信札等交流。具體内容可參看本書以及洪大容整理本《乾净衕筆譚》等相關記録。

乾隆三十二年丁亥(1767)　三十六歲

丁亥春,赴閩。是歲,兄果館督閩學使王公署中,公聞弟名,欲令子師事之。閱三月而染瘴,六月而瘧,作九月而疾。輿兩旬而歸,歸兩旬而殁。卒于乾隆三十二年十一月五日,時年三十六。

丁亥冬,友人朱文藻(朗齋)彙鈔鐵橋詩文若干卷爲《鐵橋全集》。

> 嚴果《仲弟鐵橋行略》:時子昂十一歲,以果次子晨立爲長嗣。有女早殤。晨初聘許氏星河先生女,繼聘潘氏秉中先生女。昂聘王氏琬華先生孫女、友仁先生女。
>
> 十二月十二日,兄果接到嚴誠伏枕手書,知其病危,日夜兼程,奔走二千多里回杭。

乾隆三十三年戊子(1768)　去世後一年

戊子十二月六日庚申,殯于八蟠嶺之西。瓣香吟會同人爲嚴誠舉行殯祭。

> 《鐵橋全集·外集》載朱文藻《舉殯祭文爲瓣香吟會同人作》:乾隆三十三年,歲次戊子,十二月乙卯朔三日丁巳,沈鵬、魏之琇、沈紹湘、鮑廷博、蔡源、張陳典、何琪、胡濤、朱文藻、孫咸寧、陳駟、孫晉寧、朱尚林,致祭于鐵橋二兄先生。

乾隆三十四年己丑(1769)　去世後二年

瓣香吟會同人祭奠。

《鐵橋全集·外集》：朱文藻《祔廟祭文爲吟會同人作》：維乾隆三十有四年，歲次己丑，十一月己卯朔越十一日己丑，瓣香吟友沈鵬、魏之琇、沈紹湘、蔡源、胡濤、朱文藻、孫晉寧、陳駰。

由以上"嚴誠小傳"和"嚴誠年譜"内容，可知嚴誠是一位志向高遠之人。因家世衰落，少時爲生計曾從事集市商販一類的工作，因好學不輟得以續學，後因會試不舉隨其兄遠赴閩地，却在當地意外染病離世。嚴誠在三十五歲進京科舉前，都是在故鄉錢塘一帶進行學習、文化活動，通過嚴誠在經史、詩文、藝術等方面的成長經歷，可以看出清代錢塘地方士人的教育和文化生活實態。下面就嚴誠所參與的鄉里師友同門的文學創作活動作一具體探討。

二、嚴誠的文學創作活動

嚴誠生前在詩文方面的主要活動主要參加了鄉賢同人之間的詩社，經筆者考證可知主要有"西溪吟會"（又稱"西溪吟友"）、"培風吟會"和"瓣香吟會"。西溪吟會是嚴誠與業師沈超及同人之間的一個詩會。西溪歷來是文人雅士的聚集之地，對於西溪的來歷和風景，明朝田汝成（1503—1557）在《西湖遊覽志》、明末清初張岱（1597—1679）在《西湖夢尋》[1]中都有

---

[1] 張岱《西湖夢尋》卷五："粟山，高六十二丈，周回十八里。山下有石人嶺，峭拔凝立，形如人狀，雙髻聳然。過嶺爲西溪，居民數百家，聚爲村市。相傳宋南渡時，高宗初至武林，以其地豐厚，欲都之。後得鳳凰山，乃云：'西溪且留下。'後人遂以名。地甚幽僻，多古梅，梅格短小，屈曲槎枒，大似黄山松。好事者至其地，買得極小者，列之盆池以作小景。其地有秋雪庵，一片蘆花，明月映之，白如積雪，大是奇景。余謂西湖真江南錦繡之地，入其中者，目厭綺麗，耳厭笙歌，欲尋深溪盤谷，可以避世如桃源、菊水者，當以西溪爲最。余友江道闇有精舍在西溪，招余同隱。余以鹿鹿風塵，未能赴之，至今猶有遺恨。"

描述。西溪一帶寺庵密集,唐宋至明清都是文人聚集之地,更是明末遺民隱逸之所。張岱在《秋雪庵詩》[1]中記西溪詩:"古宕西溪天下聞,輞川詩是記游文。"關於文人在西溪一帶的詩文聚會,在清初亦有沈德潛、王士禛、朱彝尊等名家結社爲"西溪吟社"。嚴誠參加的"西溪吟會"應是受先賢影響與師友和同人的詩文創作聚會,其創立具體時間現未能詳考,只知大致的活動時間爲乾隆十年乙丑(1745)至乾隆二十一年(1756)之間。據嚴果在《仲弟鐵橋行略》中的記錄,可知嚴誠在十三歲至二十歲之間曾頻繁參加西溪吟會的活動:

> (嚴誠十三)至二十歲間,與沈畊寸、其弟子沈玉屏、菊人、胡葑唐、雲溪、朱朗齋並授受以詩。與石屋沈桐谿、皋園王古銕、城南魏柳洲、北墅何春渚、紫陽孫綠天半峯等以詩歌往來,爲西溪吟友。[2]

朱文藻在《西溪吟友詩鈔序》[3]中亦記錄嚴誠參加西溪詩社以及詩文創作的情況:

> 鐵橋名誠,字力闇,九峯弟。初從孫雙樹先生游。雙樹先生善詩,門弟子學詩皆蚤。鐵橋既能詩,九峯亦樂爲之。于是昆弟倡和一室,余師畊寸先生素好詩,聞之,遂往來贈答,興劇豪。其時玉屏兄弟、葑唐及余亦交相鼓舞,姑不論何者爲詩,而蕡蕡作之,其後並漸入蹊逕,此西溪吟友學詩之由也。鐵橋蚤歲爲諸生,頗不喜作制藝,然才氣浩瀚,偶然得意,蘸筆疾書,無不痛快。

---

[1] 張岱《秋雪庵詩》(《西湖夢尋》卷五):"古宕西溪天下聞,輞川詩是記游文。庵前老荻飛秋雪,林外奇峯聳夏雲。怪石棱層皆露骨,古梅結屈止留筋。溪山步步堪盤礴,植杖聽泉到夕曛。"
[2] 嚴果《仲弟鐵橋行略》,見《鐵橋全集·外集》。
[3] 朱文藻《西溪吟友詩鈔序》,見《鐵橋全集·外集》。

西溪吟友詩社參加者主要是當地鄉賢,其中有嚴誠業師孫建(號雙樹),嚴誠兄嚴果,嚴誠摯友及學詩同門朱文藻(號朗齋)、沈紹湘(號玉屏)、沈萌(號菊人)、胡濤(號葑唐)等十餘人。這些師友同人在西溪的詩會活動,胡濤在《先大夫葑唐府君年譜》乾隆二十一年"丙子二十三歲條"中有以下記錄:

> 嚴丈鐵橋《西溪探梅圖記》:乾隆丙子春正月二十日,沈耕翁、桐溪、玉屏、菊人、魏柳州、胡葑唐、朱朗齋、兄九峯及予九人出北關訪何春渚[1]高士。

嚴誠詩文集《嚴鐵橋全集》中收有嚴誠在九年之後的甲申年(1764)六月廿七日所作《西溪探梅圖贈胡葑唐》一文,其中文首追憶參加乾隆丙子春正月二十日的西溪詩會活動人物事迹與胡濤所輯《先大夫葑唐府君年譜》中所記内容相同。《西溪探梅圖贈胡葑唐》文中還詳細記錄了甲申年,即嚴誠參加此次西溪詩會九年之後詩社同人的境况:"耕翁老病且死;桐谷屏居龍井山中,居然一老爛頭陀,人事都絶;柳洲窮棲市門,樵蘇不爨;玉屏奔走衣食,漂泊無定居;其弟菊人以縱酒成疾死,玉屏方爲捃拾其詩;春渚饑驅山左;朗齋久客靖江,混迹傭保;予兄弟則皆頽然一老,諸生浮湛俗間。"進而發出"九年以前諸人者文酒過從,旬月之間蓋數面焉。而九年以後,星離兩絶,至於如此可感也"的感嘆。可以想見,嚴誠參加的西溪吟社因爲參加社員的故去、離散,此詩社在甲申年之前已經不能再如常舉行聚會。

又據朱文藻《碧溪草堂文集》之《西溪懷舊詩鈔序》[2]中所記:

> 詩十二家,首爲沈畊寸先生,次爲沈桐溪、魏柳州、嚴九

---

[1] 何琪,字東甫,號春渚,錢塘布衣。書法似董其昌,尤工八分,以世鮮識者,故不輕作。與丁敬善,故刻印類之。有《小山居詩集》。
[2] 胡敬編《先大夫葑唐府君年譜》,清道光五年刻本。

峯、沈玉屏、嚴鐵橋、何春渚、胡葑唐、沈菊人及文藻凡十人。皆丙子春日同游西溪者。自是吟會數舉,大都不外此西溪舊侶也。

朱文藻回憶的西溪吟友聚會,其中十人爲固定的參會者,西溪吟會亦編有《西溪懷舊詩鈔》,但未見傳本。

嚴誠在參加西溪吟友詩社活動的相近時期亦參加了"培風吟會"的詩會活動。培風吟會起始緣及詩會的舉辦情況,《先大夫葑唐府君年譜》"甲戌二十一歲"八月條所記朱文藻在二十二年之後的乾隆乙未(1776)所作《培風會稿跋》云:

> 甲戌之秋,嘗集同人飲酒賦詩爲培風會。預會者吾師沈畊寸先生、魏柳州,嚴九峯、鐵橋昆弟,沈玉屏、菊人昆弟,胡葑唐、云溪昆弟,自家兄逸庵及余。會無定期,月或連舉。吟罷輒飲,或醵錢酤市,或斗酒謀婦,大都豪興勃發,叫嘯酩酊,則畊寸草堂爲多。屈指去年,廿有二年,存者惟九峯及葑唐昆弟與余四人而已。此册爲余所藏,書之以示後人。乾隆乙未,十一月二十七日,文藻跋。

這篇朱文藻跋文亦收録在其詩文集《碧溪草堂文集》中,由朱文藻所記内容可知培風詩會開始於甲戌年(1754)秋天,參加人員與西溪吟友大多重複,亦是嚴誠兄弟和師友同人之間的吟詩聚會,這個詩會的活動大約持續了有六年。據現今可考内容知乾隆二十五年庚辰年(1760)八月"培風吟會"改名爲"瓣香吟會"。據《先大夫葑唐府君年譜》"庚辰二十七歲"八月條記載:

> 府君筆記,先是甲戌歲,沈畊寸師集同里魏柳州,嚴九峯、鐵橋、沈桐溪、何春渚暨及門三四人,爲培風詩會。及是,改爲曰瓣香。

培風吟會改名爲瓣香吟會後，其參加人員大致和西溪吟會相同，多數爲嚴誠師友和同門。在乾隆二十九年(1764)甲申正月，瓣香吟會曾在近云山舍舉行。《先大夫莳唐府君年譜》"甲申三十一歲"條：

> 其後畔寸草堂，般若、點石二庵亦如之。是歲，主其事者爲孫丈半峯，與會者沈畔寸、魏柳州、王古銕、沈桐溪、嚴九峯、鐵橋、朱朗齋諸丈及府君凡九人。會無常所，亦無定時，今可考者止此數集耳。

瓣香吟會在畔寸草堂、般若庵、點石庵都曾有集會，《先大夫莳唐府君年譜》中亦有記載，此三次集會的時間在乾隆二十九年甲申(1764)至乾隆三十一年丙戌(1766)之間。嚴誠去世之後，這些同人曾在戊子年(1768)舉行吟會紀念嚴誠[1]。因嚴誠在丙戌春赴京參加會試，當年回鄉後又赴閩地至次年去世，嚴誠應只參加了丙戌之前舉行的瓣香吟會活動。此外，瓣香吟會在乾隆四十五年(1780)由胡濤主導改爲"古歡吟會"，參加人員也有變動。

由以上嚴誠參加的鄉賢及師友之間的三個詩會，可得知嚴誠在成年之後至三十五歲赴京會試之前，在鄉間與師友、同門之間所進行的詩文聚會活動，亦可以得知嚴誠的詩文、書畫等技藝正是得益于這些師友同人的輔導切磋，才有如此高的造詣。

三、嚴誠的著作及影響

嚴誠在參加會試之前，在鄉間主要參加了"西溪吟會"、"培

---

[1] 吳穎芳《戊子人日瓣香吟會用杜工部追酬故高蜀州人日見寄韻哭輓鐵橋二兄》，《嚴鐵橋全集》第三册，頁二十。

風吟會"和"瓣香吟會"等詩會的創作活動。在參加詩會活動的過程中,嚴誠創作了大量的詩文和書畫作品。《嚴鐵橋全集》中所收《小清涼室遺稿》的詩文作品大都是嚴誠參加詩會活動過程中的詩作,亦或與這些詩會同人之間的贈答酬唱詩文以及互贈畫作中的題詞。對於嚴誠在詩文方面的成就以及品行閱歷等情況,朱文藻所題《嚴鐵橋全集叙》中有如下描述:

> 嚴鐵橋名誠,字力闇,浙江仁和東里人。文藻性命之友也。舉孝廉,卒年三十六。工詩善畫,所著雜稿未經手定,余取其詩分爲二編,擇其尤曰"詩選";其次則曰"詩存";其在可刪與介于刪存之間者,不與焉。文多隨手散棄,隨所見收之,彙爲一編;試帖爲功令所重,格律工整,是所手定者,全録爲一編;既善畫,則有題畫詩文,亦别爲一編,曰"畫録";至友朋題贈哀輓諸作,則題曰"外集";與朝鮮諸公往來諸作,仍原題曰"日下題襟集"。其全集如此。余既爲之手録一通藏于其家矣,乙丑之冬,洪君湛軒書來索觀遺集,復爲手録以貽之。
>
> 欽惟我國家右文稽古,重道崇儒,養士之恩,至優且渥,海内人文蔚起,士風丕振。京師爲首善之地,萬國車書,四方輻輳,英賢薈萃,難以名數。而朝鮮諸公入貢神京,慕盛朝之文物,觀上國之休光。雖未得全攬羣英,而偶有所遇,如睹祥麟威鳳,驚喜交集,此實朝廷文教覃敷,足以感召遠慕。如鐵橋者,蓺何足云。湛軒諸人一見鐵橋,情親意摯,愛如弟昆。鐵橋人品真醇,無愧端士。而觀諸人之知重鐵橋,足徵其沐浴皇仁尊隆,聖治悦服之誠,可想見矣。文藻草茆陋儒,慕此盛事,敬爲踴躍,書於卷首。乾隆三十五年,歲次庚寅,十二月立春日。

對於嚴誠詩文水平的評價,稍後的清代文人也曾對嚴誠的詩文有所評論。清人方薰(1736—1799)在《山静居詩話》中就嚴誠詩文評道:"錢唐嚴鐵橋,夢亡女阿清詩曰:'哀樂中年有萬端,不堪夢裏見金鑾自注樂天有《哭金鑾子》詩。久知賤女成吾錯,秖覺生兒似汝難。惆悵今宵空會面,沉吟往事欲摧肝。刹那縱識浮漚幻,孤枕殘燈自寡歡。'三四一氣轉落,出之至情,此種詩雖前人未易多得也。鐵橋名誠,性憨直,朋友有過,輒面責不諱,人多難堪。然年逾弱冠,書無不讀。惜早亡,不得竟其所學耳。又《題高其佩畫狗歌》云……詩亦奇倔。"對嚴誠的詩文、人品都給予了極高的評價。

嚴誠不僅詩文創作受到清代文人的讚賞,其書法、繪畫、篆刻等方面也有很深的造詣。清人馮金伯(1738—1810)在其《墨香居畫識》卷四中記嚴誠:"嚴誠,字立菴,號鐵橋。浙江仁和人。乙酉舉人。詩學韋柳,古隸仿蔡邕、韓擇木。畫山水,專摹一峯老人,澄瑩蒼渾,非僅獵皮毛者。惜蚤卒。"另外,清人蔣寶齡(1718—1841)編撰《墨林今話》[1]卷五記有《鐵橋畫在子久雲林間》云:

> 仁和嚴果,字敏中,號古緣,乾隆庚寅舉人。弟誠,字立菴,號鐵橋,乙酉舉人,並篤學有盛名,工詞章,兼善六法。古緣畫師檀園,不假規摹,胸中自具丘壑。晚益深詣,朋好求索,雖抱病亦強爲之,未嘗拂人之請。鐵橋畫在子久、雲林間;尤精六書,工篆楷,宗法漢晉,得者重之;詩則一本性情,《枕上漫興》句云:"題詩慣遣兒尋筆,讀書時勞婦啟櫥。"惜早卒。著作極富,聞多未刻者。

此外,清人李濬之所編《清畫家詩史》、曹銓署所編《國朝書畫家筆錄》、盛叔清所編《清代畫史增編》中亦有對嚴誠書畫的簡略評論;嚴誠在篆刻和書法方面亦有所成就,其草隸及篆刻皆古致秀勁,印作曾被選入汪啓淑所編《飛鴻堂印譜》,汪氏《續印人

---

[1] 蔣寶齡編《墨林今話》,同治十年掃葉山房刻本。

傳》中亦收有《嚴鐵橋傳》。近年黃嘗銘所編《篆刻年歷1051—1911》[1]書中亦收有嚴誠"且將尊酒慰平生"、"守本分"印文。

嚴誠畫作現今筆者寓目者有嚴誠在丙戌年二月所作《秋水釣人》、《雲山策杖》兩幅,乃當時在京時贈送給朝鮮洪大容等友人後被攜帶回朝鮮,現藏于韓國澗松美術館。這兩幅畫作在澗松美術館舉辦的二〇一二年十月秋展"明清時代繪畫"主題的展覽中曾展出。《秋水釣人》畫右上題有嚴誠引魚玄機《賦得江邊柳》詩句:"葉鋪秋水面,花落釣人頭。"落款有"鐵橋寫意"。鈐有"鐵橋"白方印;《雲山策杖》左上題有"臨米海嶽意"、"鐵橋"。鈐有"鐵橋"朱長印。[2]

嚴誠不僅在當時的清代學壇爲學人稱許,在朝鮮學壇的影響更爲廣泛。首先是與嚴誠交往最爲親密的友人洪大容,其在《乾凈錄後語》中對嚴誠的詩文才藝、思想品格等有如下評述:

> 中國之人才多出于南方,南方之人才多出于江浙。蓋山川之明秀,地理有不可誣也。(中略)嚴誠,字力闇,號鐵橋,壬子生,居杭州城内東城太平門里菜市橋,嚴光之後。鐵橋瘦削多骨格,英特峻潔,傲視一世,及其聞善言而見善行,愛好之出于至誠。才識超詣,信筆成文;辭理暢快,燦然如貫珠。其志亦未嘗以此自多也。鐵橋才高識敏,于王、陸及佛學皆已遍讀之而窮其説矣,其得之于心學亦不淺矣。今則自謂所好而亦不能無宿處之難忘,未知早晚成就將何以究竟也。鐵橋始聞余論斥王、陸及佛學,頗有不悦之色。當其時,有問而多不肯答,有答而多不肯詳,間以玩世不恭之語。觀其意,蓋嫉世之不識何狀而徒人云亦云者。特是以於余頗有傲色,此其氣質之偏處。雖然,余之

---

[1] 黄嘗銘編《篆刻年歷1051—1911》,臺灣:真微書屋出版社,2001。
[2] 對於嚴誠畫作的介紹,亦可參考韓國鄭珉教授上揭書六十六至六十八頁。

所以喜之深而謂其可與友者,亦以此也。其後,見余之議論平淡務實,而不事浮躁矯激之習,然後亦以余爲異於紛紛之輩,而情好日密矣。[1]

洪大容一行與嚴誠的交往以及對嚴誠文采的讚譽,也得到洪大容周圍友人,如李德懋、朴趾源、南公轍等人的讚美。南公轍認爲嚴誠詩"皆清古",贊嚴誠"真風流佳士也"[2]。而李德懋在個人編輯的詩話集《清脾録》中專列"嚴鐵橋"條,對嚴誠的詩學及思想皆有好評:

嚴誠字力闇,號鐵橋,浙江錢塘人。雍正壬子生。深於性理之學,工文章,善隸書,畫亦入品。金養虛、洪大容入燕時,鐵橋與陸筱飲、潘秋庫證交於金、洪。鐵橋資甚醇美,初嗜禪悦、主陽明,好讀《楞嚴》,自詫曰:"危病垂死之際,讀《楞嚴》,禪益身心,亦一貼清涼散也。"覺得地、水、風、火四大假合,何事不可放下,竟以此愈疾。秋庫嘲之曰:"嚴兄每日必誦《大悲咒》。"鐵橋稍惡然。湛軒嘗學於渼湖先生,法門謹嚴,遂諷之曰:"晚逃佛老,何傷於終歸醇如?"鐵橋自此感悟,頗改前所爲而能歸正,其爲人之樂易可知也。嘗自造二句書于卧室云:"存心總似聞雷日,處境常思斷氣時。"又謂湛軒曰:陸放翁詩云:"醉猶溫克方成德,夢亦齋莊始見功。"弟嘗服膺此言,亦可知其用功之精苦也。每與湛軒書,必曰:"天涯知己,千古所無。感激之極,手爲之顫。惟有彼此默默,鑒此孤忱。"其篤於朋友之

---

[1] 洪大容《湛軒書》外集卷三,《乾净衕後語》。
[2] 南公轍《潘、嚴二名士詩牘紙本》(《金陵集》朝鮮純祖二十二年(1822)印,全史字本):"嚴誠力闇各體詩九首,書牘七道。(中略)詩皆清古,與香祖和鸚鵡詩尤妙(録原詩略);書牘學晉人,蕭散懇款。清人集中亦罕見如斯墨妙矣。于書無所不覽,尤嗜《虞初志》諸書。真風流佳士也。"

際,蓋亦知性人也。[1]

在朝鮮學壇,有關嚴誠和洪大容等人的交往佳話一直傳承不息。洪大容的孫子洪良厚在出使清朝時也積極尋找杭州三文士的後人,以續舊好。後來洪良厚得以和潘庭筠的後孫潘恭壽等人交流,洪良厚的友人,當時的朝鮮文人金永爵在出使清朝時與吳昆田筆談時也談到嚴誠與洪大容的交流,對嚴誠的詩文和人品都給予了好評。二十世紀初流亡到中國,定居南通的朝鮮詩人金澤榮在給中國友人蔣瑞藻的《寄浙江蔣孟潔瑞藻》中也讚美嚴誠曰:"錢塘烈士鐵橋翁,殉墨奇談滿海東。"[2]可見,嚴誠其人、其學在朝鮮學壇產生的廣泛而深入的影響。

嚴誠作爲清代一位普通的士人,因其英年早逝,在短暫的一生中未能在政治和學術上建立世人矚目的豐功偉業。不過作爲清代,尤其是清朝嘉道以後,受到良好的人文素養教育的一代士人,其在詩文、書畫、金石、篆刻方面都表現出了優異的稟賦,如果能天假以年,想必也會成爲當時的傑出學人。

嚴誠作爲一介赴京科舉的普通士人,他在京期間,與朝鮮使節的奇遇所引發的交流和產生的影響是多元的,尤其是嚴誠與朝鮮學人在交流的過程中所展開的諸多議題都值得後人深思。而我們應該以怎樣的方式和態度去還原或揭示那個時代一般士人的文學、文化、學術等活動的面貌,以及古代中韓文人在交流的過程中所產生的共鳴和碰撞、他們對於古今學問的探討和發展,都是後代學人需要思考的問題。《日下題襟集》所收錄的詩札筆談文獻就是記錄十八世紀中韓學人之間言行、思想等方面的生動素材,是一部值得作深入研究的文獻寶庫。

---

[1] 李德懋《青莊館全書》(奎章閣藏抄本,《韓國文集叢刊》)卷三十三"清脾錄"。
[2] 金澤榮《韶濩堂詩集》卷六,一九二二年鉛活字本。

《日下題襟集》的成書及
傳入朝鮮的過程

《日下題襟集》收録了朝鮮洪大容(1731—1783)在乾隆三十一年(1766)出使到達燕京時與清朝嚴誠(1732—1767)、潘庭筠(1742—?)、陸飛(1719—?)三位杭州士人之間的交流詩牘。要了解這部詩文集的成書及傳入朝鮮的過程,有必要先了解朝鮮使臣和清朝士人之間交流的過程。

一、朝鮮洪大容一行的燕行及
與清人交流始末

乾隆三十年(1765)十一月二日朝鮮冬至兼謝恩使團一行離開漢陽,在十一月二十七日渡過鴨緑江,十二月二十七日抵達北京。此次出使的正使爲順義君李烜(1712—?),副使是參判金善行(1716—1768),書狀官執義是洪檍(1722—1809)。另外,還有緊隨三使臣的金善行的堂弟金在行和洪檍的侄子洪大容,後兩人是作爲子弟軍官的身份跟隨出使的。而第一次與嚴誠相遇的李基聖,則是以正使的軍官嘉善前僉使的身份跟隨出使清朝。關於六位朝鮮使臣的生平因朝鮮史料記録不詳,大致情況可由嚴誠友人朱文藻整理的《日下題襟合集》中"鐵橋曰"的記述得知,現把這些資料一併整理如下:

鐵橋曰:安義節制使李基聖,彼國皆稱之曰李令公,年五十五歲,古君子也。乾隆三十一年,歲在丙戌,正月二十六日,李公初與余遇於京師琉璃廠書肆,方買《昌黎全集》,見余眼鏡,愛之不忍釋手,索紙作書,欲以多金相易,余遂脫手贈之,不受其金而歸。已置之矣,忽於二月初一日早遣使到寓,云已覓余數日不得,心甚怏怏。今始得之,幸毋他往,午後當來。余待之至後,李公果來,具道思慕之意,古情古貌,鬱勃可愛。茶話移晷,出彼國所產紙墨、摺疊扇以及丸藥數劑見贈,余亦報之以香扇等物焉,此緣起也。笠子制度精密,乃其私居之冠。屨極大,以革為之。武官皆銳頂,綴以金銀而系以孔雀翎。文臣則祇平其頂而已,有大禮則紗帽圓領。士人亦方巾海青。悉沿舊制。而我朝一聽之,具見忠厚寬大之至矣。

鐵橋曰:順義君李烜,國君之弟,號爲君者,猶中國之親王也。詩極高妙,草書入晉人之室。順義君以親王兼宰相,蓋正使也。金、洪二秀才引余及蘭公入見之,則副使金、洪二公皆在焉,所謂三大人也。順義君本別居一院,以見余二人,故來就副使之室,意極謙和可親。三公者坐榻上,余二人亦坐榻上,中陳一几,以便作書。而二秀才者,雖弟姪之親,竟侍立終日焉。即令公等(李令公外,又有安令公)入語,亦無有敢坐者,彼國之禮如是也。蘭公方與金宰相問難不休,而順義君則題二詩邀余和,余走筆應之。俄頃間而順義君已再疊韻,余亦再疊韻,往復數四,每人得十四首焉,連書於一紙上。余欲攜之歸,而順義君已令人匿去矣,亦一奇人也。

鐵橋曰:禮曹判書金善行,字述夫,號休休先生(其家有休休窩),宰相也。儀觀甚偉,亦工書。禮曹判書云者,猶中國之禮部尚書也。金宰相衣冠狀貌乃類世所畫李太白像,胸襟磊落,議論高曠,遍問中華山川名勝,往復殆數萬言。蘭紙亘丈者,盡十餘幅,而尤詳於江浙等處。聞西湖之勝,嘆羨不置,自恨不得生其地。字畫秀勁可玩,雖縱宕不羈，而書及"天子"及"國家"等字，則必莊楷。臨別乃云："千里觀光，大非容易，二兄所以慰父母之心而爲門戶之計者在此。旅邸易疎筆硯，二兄春闈之捷，固意中事，恨遠人不日將歸，不及親見，即區區亦更無入京之勢。惟冀二兄或有奉勑海東之役，再謀良晤耳。"蘭公至爲感激淚下，而金公亦黯然之色焉。

鐵橋曰：書狀官執義洪檍，高士從父也。字幼直，狀元及第。執義者，三品官，猶古中國之御史中丞而今之都察院也。洪公拱坐榻上，看金公與余二人問答疾書，都無一語，間一捉筆，亦數字耳。然筆勢蒼秀雄奇，亦學晉帖者。余意洪公簡默淡泊，大異乎金公之爲人者。次日，忽遣人持書到寓，淋漓數百言，極致鄭重之意，具道所以傾倒于余二人者甚至。而贈余以繭紙百番，倭紙數十幅，螺鈿烟筒二枝、墨二笏、筆二管、鰒魚二掛、簡帖、封套各二十副，彩箋四十幅，清心丸、安神丸、紫金錠等數劑（此物在彼國亦寶貴之極，無從購求者也），摺疊扇三柄。下至僕從，亦人與扇三柄，蓋與彼二公者無以異焉。此余信筆所書，皆紀實之語，以備將來覽觀焉。

鐵橋曰：金秀才在行，字平仲，號養虛，年四十五歲，清陰先生姪曾孫也，金宰相之弟。本秀才而作戎裝者，因願見中華風物，故隨使來而改服耳。每自譁曰武夫武夫云，豪邁倜儻之士。工詩善草書，不修邊幅，舉止疏放可喜。二月初三日，金、洪二君訪余及蘭公于寓舍，蓋有感於李公之言也。命紙作書，落筆如飛，辨論朱、陸異同及白沙、陽明之學至數千言，談古今治亂得失，具有根底。翼日往訪之，握手歡然，傾吐肝膽，令人心醉。金、洪二君，頻來寓舍，每談竟日，白全帖子盡七八紙，或十餘紙，至其歸時，必藏弃而去，問之，則云："必與三大人看也"。故凡我輩所談，所謂三大人者，無不知之。

鐵橋曰：洪高士大容，字德保，號湛軒，年三十六歲，亦秀才,洪宰相從子,歷世貴顯。高士獨慕元寂,隱居田間,於書無所不通,善鼓琴,彼國皆敬其人。此公獨不作詩而深于詩,非不能也,其家法殆如此耳,其叔父丞相亦然。金秀才稱之爲豪傑之士,本貴冑,居王京,自以不慕榮利,退居于忠清之壽村,與農夫雜處,構愛吾廬,偃仰其中。善觀天文,精騎射及摸著。暇則焚香讀書、鼓琴自娛而已。于書無所不觀,與之議論,皆見原本。自恨生長異域,未見中華人物,得叔父奉使之便,自請隨行。其志頗高遠,具詳所寄書中。初來見訪,亦裝詭托武臣,翼日見之,乃易儒服,恂恂如也。設飯相款,余與蘭公,爲之一飽。飯時每人橫一短几,上列衆羞、一銅盂飯,不設筯而用匙。食必先祭,坐則如今人之跪,皆古禮也。流連至暮,問答極多,不能悉記。後云:"君等不能再來,僕更圖走訪。然終歸一別,不如初不相逢。"彼此揮淚而別。二月初八日,過余邸舍,談心性之學,幾數萬言,真醇儒也。才固不以地限哉!我輩口頭禪有愧多矣。十二日,又來寓舍,蓋三過矣。談數萬言,不可悉記。惟云:"我輩終古不復相見,痛心痛心!然此是小事。願各自努力,以無負彼此知人之明,此是大事。無悠悠忽忽,錯過此生,異日各有所成,即相隔萬里,不啻旦暮接膝也。"又云:"我國每年入貢,音書可一年一寄,若不見我書來,是我已忘却二兄,或死矣!"〔1〕

《日下題襟合集》中嚴誠所記錄的朝鮮六使臣的簡歷各有側重:首先記錄了朝鮮六使臣的生平、外貌、文采及喜好;又分別記述了嚴誠與他們之間的交往經過。對洪大容和金在行這兩位没有官職的士人,嚴誠與他們交往最爲密切,對他們的描寫也更爲詳細。嚴誠用詳略得當的語言,生動地描述了朝鮮六使臣的言行。李基聖作爲第一個與嚴誠結識的朝鮮裨將,雖然集子中

---

〔1〕《日下題襟合集》朱文藻引用"鐵橋曰"簡介朝鮮六使臣部分。

未收録其詩文，不過也詳細交代了他們在琉璃廠的相遇過程，以及李基聖重新找到他時互相交流的生動場面[1]。嚴誠對正、副使和書狀官三大使臣的描寫尤爲形象，非常清晰地勾畫出了朝鮮士大夫的言行舉止及在學術和文學方面的良好素養。因現今韓國所存文獻中對以上六位朝鮮文人未見有詳細記載，嚴誠所記録的這些内容是不可多得的重要史料。

與六位朝鮮使臣交往的清人嚴誠、潘庭筠、陸飛的生平簡歷，筆者在上文中對嚴誠的生平及著述做了一定的考證。而對潘庭筠和陸飛二人，只能根據現有清人史料中的零星記載來了解他們的一些情況[2]。不過在朝鮮學壇，他們因和洪大容等人的交流而備受矚目。洪大容編輯的《乾浄衕筆譚》中有對這三位清人的描述：

> 中國之人才多出於南方，南方之人才多出於江浙。蓋山川明秀，地理有不可誣也。陸飛，字起潛，號筱飲，乙亥生。居杭州湖西大關内珠兒潭，陸贄[3]之後。筱飲爲人短小，狀貌豐偉，喜言笑，雜以諧謔。善飲酒，飲終日不亂。詩文書畫俱極其高妙，惟任真陶瀉而已，不事雕飾以求媚於世，亦未嘗以此加諸人。天性不拘小節，非醇乎儒者。雖然，豪而有制，不至於縱；曠而有節，不至於蕩。即杯樽

---

[1] 朝鮮方面介紹洪大容與清人交流的相關記録較多，朴趾源撰有《洪德保墓誌銘》(《燕巖集》卷二)。

[2]《浙江鄉試硃卷》中有嚴誠、潘庭筠、陸飛鄉試中試記録；清人蔣寶齡的《墨林今話》中有對嚴誠、嚴果、陸飛的優秀文采及書畫成就的贊美；法式善的《梧門詩話》中有對陸飛書畫才能的褒揚之詞；清人潘曾瑩所著《小鷗波館駢體文鈔》中亦撰有《陸筱飲傳》，文中對陸飛詩文書畫才能描述甚詳。朝鮮文壇對清杭州三文人和洪大容的交流記録較多，如朴趾源、李德懋等人都撰文記録了他們的事迹。

[3] 陸贄(754—805)，字敬輿。吴郡嘉興(今浙江嘉興人)，唐代著名政治家，文學家。大歷八年(773)進士，中博學宏辭，貞元八年(792)任宰相。因與裴延齡不和，被貶充忠州，永貞元年卒於任所。有《陸宣公翰苑集》問世。

諧笑之際,亦溫溫簡重,甚有貴人氣象。不特二人者之所仰重,其器重風味,可謂世間之奇事也。

嚴誠,字力闇,號鐵橋,壬子生。居杭州城內東城太平門裏菜市橋,嚴光[1]之後。鐵橋瘦削多骨格,英特俊潔,傲視一世。及其聞善言而見善行,愛好之出於至誠。才識超詣,信筆成文,辭理暢快,燦然如貫珠,其志亦未嘗以此自多也。鐵橋才高識敏,於王、陸及佛學皆已遍讀之而窮其說矣,其得之於心學亦不淺矣。今則自謂無所好,而亦不能無宿處之難忘,未知早晚成就將何以究竟也。鐵橋始聞余論斥王、陸及佛學,頗有不悅之色。當其時有問而多不肯答,有答而多不肯詳,間以玩世不恭之語,觀其意,蓋嫉世之不識何狀而徒人云亦云者也。是以於余頗有傲色,此其氣質之偏處。雖然,余之所以喜之深而謂其可與友者,亦以此也。其後見余之議論平淡務實而不事浮躁矯激之習,然後亦以余為異於紛紛之輩,而情好日密矣。

潘庭筠,字蘭公,號秋㡏,壬戌生。居杭城大街三元坊北首水巷口,潘岳之後。秋㡏年最少,瀟灑美姿容。性穎發,好諧謔。詞翰英達,操筆如飛,直翩翩佳子弟爾。氣味昭朗,對人開心見誠,不修邊幅,為可愛也。

此三人者,其資性雖不同,才學有長短;要其內外一致,心口相應,無世儒齷齪粉飾之態則一也。三人雖斷髮胡服,與滿洲無別,乃中華故家之裔也。吾輩雖闊袖大冠,沾沾自喜,乃海上之夷人也。其貴賤之相距也,何可以尺寸計哉? 以吾輩習氣,苟易地而處之,則其鄙賤而輘輷之,豈啻如奴僕而已哉! 然則三人者之數面如舊,傾心輸腸,呼兄稱弟,如恐不及者,即此氣味,已非吾輩所及也[2]。

---

[1] 嚴光,東漢高士,字子陵,會稽余姚人。少有高名,與漢光武同遊學。及光武即位,乃變名姓,隱身不見。詳見《後漢書‧嚴光傳》。
[2] 《乾凈衕筆譚》後語。

從朝鮮六使臣和清人杭州三才互相結識的過程來看,朝鮮使臣李基聖是燕行使一行與嚴誠等人結交的媒介。李基聖在北京琉璃廠爲購買眼鏡而結識了嚴誠,金在行、洪大容在其引見下得以結交。之後,朝鮮三大臣又相繼見到了杭州三才子並且進行了交流。乍看起來,他們的相遇和結交具有很大的偶然性和戲劇性。不過,他們得以建立起持續的交流關係卻具有其必然性。洪大容在個人編輯的《乾浄衕筆談》中有這樣的記錄:"乙酉冬,余隨季父赴燕,自渡江後所見,未嘗無創覩。而乃其所大願,則欲得一佳秀才會心人,與之劇談。沿路訪問甚勤,居途傍者,皆事刀錐之利。且北京以東,文風不振,或有邂逅,皆碌碌不足稱。"從這條材料來看,洪大容出使清朝是有個人目的的,即爲了"得一佳秀才,與之劇談"。而洪大容在赴京沿途也一再留意,目的是想結交一些中國文人,但對他們的文化水平之低下感到非常失望。當他在京城遇到嚴誠和潘庭筠這樣的江南才子,可謂大喜過望。尤其是嚴誠慷慨地把自己的眼鏡贈送給了李基聖,這種樂善好施的君子之風,使得洪大容對嚴誠更是產生了由衷的好感。所以,這些朝鮮使臣和清人得以交往,其主要的原因是洪大容本來就懷有結交中國士人的強烈願望。

李基聖在丙戌正月二十六日在琉璃廠認識了嚴誠、潘庭筠,二月初一日拜訪了嚴、潘二人,初三日洪大容、金在行拜訪了嚴、潘。在二月中,這些朝鮮使臣和嚴誠、潘庭筠,還有稍後來京的陸飛一共相見了七次。他們見面後多以筆談形式進行交流,討論了有關學術、宗教、文學、女性、政治等問題。在這一個月裏,嚴誠和潘庭筠也回訪了數次朝鮮使臣,這是嚴誠、潘庭筠和朝鮮三大臣李烜、金善行、洪檍得以進行詩文酬唱的機緣。而在這一個月中,即使因故不能見面筆談,他們也幾乎每天傳遞詩文或書劄來傳達自己的生活和活動情況。這期間他們也不斷托付對方爲自己撰寫詩文、書畫、題跋,也有爲對方贈送的書畫題寫詩文。這期間的詩文、書信等交流資料一部分由嚴誠保留下來,嚴誠去世後由朱文藻編輯成《日下題襟集》初編本,稍後增補編成《日下題襟集》。

二、《日下題襟合集》《日下題襟集》的成書及傳入朝鮮過程

乾隆丙戌(1766)二月底洪大容離開北京,之後他和杭州三士人之間也繼續保持著書信往來。嚴誠在次年丁亥隨其兄嚴果客居閩地,因染病十月返回故里後不幸離世。在嚴誠去世後,他的友人朱文藻曾對嚴誠、潘庭筠、陸飛與朝鮮六使臣交往的詩文及書信資料進行了兩次編輯工作,先後編輯成《日下題襟合集》和《日下題襟集》。在具體討論這兩部集子的成書過程之前,首先對嚴誠友人朱文藻的生平及編纂這部集子的緣由作一探討。

朱文藻(1735—1806),字映滽,號朗齋,清仁和人(今浙江杭州人)。他是嚴誠、嚴果兄弟的同里鄉人,亦是學問同門,共同參加過詩社的創作活動。朱文藻從小酷愛讀書,涉獵百家書籍。著述宏富,亦編輯有大量的書籍,如《碧溪草堂詩文集》、《碧溪詩話》、《碧溪叢鈔》《東軒隨錄》、《東城小誌》、《東皋小誌》、《金鼓洞誌》、《嘉定餘杭縣誌》、《康熙仁和縣誌》、《吳山城隍廟誌》、《崇福寺誌》、《續崇福寺誌》、《金箔考》、《苔譜》、《續禮記集説》、《説文繫傳考異》、《鑒公精舍納涼圖題詠》、《厲樊榭先生年譜》等行於世[1]。

作爲清代著名的學者、藏書家、校勘學家及書畫家,朱文藻學識淵博,既精通六書金石之學,又通史學,兼工詩文。朱氏曾在同邑汪氏振綺堂藏書樓校勘群集,後經大學士王傑引薦,入

---

[1] 朱文藻生平簡歷《中國地方志集成》"浙江省專輯"(上海書店,1993)部分有説明簡介,可供參考。

京協助《四庫全書》的編校工作。朱文藻曾與阮元、孫星衍研討金石,合作編成了《山左金石誌》。晚年,朱文藻先後參加了阮元主持的《兩浙輶軒錄》、王昶纂修的《金石萃編》等書的編寫工作。由朱文藻的文采和學術資歷來看,他是具備爲嚴誠編輯這部集子的水平的。不過,考量到乾隆中期因修纂《四庫全書》而掀起的"文字獄"餘波未平,當時普通士大夫對於結交外國使臣還極爲避諱。雖然嚴誠和潘庭筠、陸飛在當時都還未科舉出仕,對於結交外國使臣似乎沒有太多顧忌,但在談及當朝弊政時,潘庭筠頗爲小心,每次都會及時銷毁筆談稿紙。由此可以質疑,朱文藻是否沒有考慮到這些政治因素,而貿然去編輯嚴誠與朝鮮使臣的詩文資料呢?朱文藻編輯《日下題襟合集》的緣由可以由他所題序文得知:

  歲在丙戌,吾友嚴鐵橋偕陸筱飲、潘秋庫赴公車至京師,寓南城之天陞店。偶過書肆,邂逅朝鮮行人李基聖,見鐵橋所帶眼鏡,愛之,鐵橋舉以相贈。歸,言於正使李烜、副使金善行、洪檍及金副使弟在行、洪副使姪大容,皆心慕之。越數日,李公訪得鐵橋所寓,來相見,談竟日歸,益傾倒之。由是諸人願見如渴,而金、洪二君欽慕尤甚。既而二君來,鐵橋、秋庫亦偕往,筱飲以事不及赴,故贈答書畫,終於隔面。當時彼此問答,言語不通,率假筆劄,都爲攜去,所存者僅遣伻來致之詩箋尺牘。而又多爲秋庫所藏,鐵橋得者,十不及四五。是歲夏五,鐵橋歸檢以示余。觀其楮墨,寫作之精,已足珍玩,而至其深情難別,淚隨墨和,又能規諫愷切,絶無浮諛。吾輩同里閈,事徵逐,聚首二十年,中間喜悲離合之故,往往淡漠置之。而諸人者,遠在海隅,一朝萍合,乃至若是用情之深。交友本至性,豈以地限哉!今年鐵橋客閩,閏秋之月,秋庫得洪大容去秋所寄書及墨,函致客中,幾四千言,而其時鐵橋染瘧兩月,力疾答書,亦幾三千言,闡道析疑,語語痛快。十月既望,鐵橋疾巫旋里,兩旬而没。易簀之日,招余坐床第,被中出洪書令讀之,視眼角,淚潸潸下。又取墨嗅之,愛其古香,笑而藏之。時已舌僵口斜,手顫氣逆,不能支矣。悲夫!今猶子奏唐,收拾遺稿,乞余編次,余感鐵橋彌留眷眷之意,因先取其所存諸人墨迹編録一册。凡鐵橋所與贈答詩文,悉附入,故本集不載。而筱飲數詩存者亦録之,其在秋庽處者未及也,題曰《日下題襟合集》。集凡五人,金、洪二君交情猶摯,列於前。李、金、洪三使,但詩文往來,列於後。李基聖無詩文,以其爲緣起之人,故列小像於首。元本次序如此。卷中缺字,蓋字迹草書不可識者,而義晦者,亦彼國文理然也。乾隆丁亥十二月立春前三日　朱文藻述。

此序文是朱文藻在乾隆丁亥(1767)十二月二十七日所寫。文中詳細敘述了嚴誠與朝鮮使人的交流過程,朱文藻和嚴誠的親故關係,編輯《日下題襟合集》的過程以及集中所收録的詩文內容。由此可見,朱文藻之所以要編輯《日下題襟合集》,其中既有嚴誠之子"乞余編次"的原因,又有"感鐵橋彌留眷眷之意",而"先取其所存諸人墨迹編録一册"。朱文藻既爲嚴誠的英年早逝而感到痛心,也爲鐵橋彌留之際對朝鮮友人的"眷眷之意"感動。而他的這種感情,也不是泛泛之交所能具有的。朱文藻和嚴誠、嚴誠之兄嚴果的深摯親情可以根據他寄給朝鮮洪大容的書信內容窺見一斑:

> 文藻生本貧寒,年十六痛遭失怙。家無督責之嚴兄,外無規勉之良友,稍知讀書,惟師古人,既而思擇友以爲助。弊廬去九峯、鐵橋去數十步,慕二君之爲人,往交之,十數年如一日。急難相濟,疑義相析,文酒相樂,雖骨肉相愛,無此親者,此真所謂性命之交也。……鐵橋生平所作詩文,文藻爲鈔其全,得八卷,題曰《小清涼室遺稿》。其與足下及諸公贈答詩文尺牘,別匯爲一册,題曰《日下題襟合

集》。附於本集之後。……乾隆戊子春正月二十五日愚弟文藻頓首上湛軒先生足下。[1]

這封書信是朱文藻於上年的十二月編輯完《日下題襟合集》之後,在次年乾隆戊子(1768)春正月二十五日寫給洪大容的,這是一封寫給洪大容的通好信。在信中,除向洪大容表達了自己對摯友嚴誠早逝的悲痛之情,朱文藻還表示自己會如同嚴誠一樣願意和洪大容建立密切的交往關係。因此,他非常詳細地敘述了自己和嚴誠兄弟非同一般的親情,這也是他整理嚴誠詩文集的重要原因。值得註意的是,朱文藻在書信中道明了自己整理的嚴誠遺稿名稱是《小清涼室遺稿》,而嚴誠和朝鮮友人的往來酬答詩文集名稱則爲《日下題襟合集》。

據朱文藻所題《日下題襟合集》序文以及寄給洪大容的書信内容,可知朱文藻編完《小清涼室遺稿》和《日下題襟合集》後,並沒把這兩部集子寄送給洪大容。之所以得出如是判斷,是因爲洪大容在戊子(1768)中秋寄給嚴誠之兄嚴果的信中有拜托郵寄嚴誠詩文集的請求内容:

> 且煩鐵橋詩文,或已刊布,幸以數本見惠。項聞鐵橋以京邸筆談有劄記成書,望勿揀緊歇,謄寫一本。鐵橋身後士友間挽誄詩文,亦並謄示。鐵橋詩劄謄本一册附上,而字畫舛訛頗多,忙未讎校。諒之。[2]

從這封書信的内容可以明確得知朱文藻雖然在丁亥十二月之前已經完成了《日下題襟合集》的編輯,但並沒有把這部集子直接寄給洪大容。洪大容在此後發給清人的信件或自己的詩文集中也沒有涉及收到《小清涼室遺稿》和《日下題襟合集》的相

---

[1]《日下題襟集》收錄朱文藻寄洪大容書信。
[2]《杭傳尺牘·與九峯書》,此信寫於戊子中秋,即一七六八年九月。

關記錄。而洪大容編輯的"鐵橋詩刳"謄本一冊指的是洪大容攜帶歸國的在燕京與嚴誠交流的過程中保存下來的鐵橋詩文,即後文中朱文藻增補《日下題襟合集》時所征引的"鐵橋遺唾"。

嚴果在庚寅(1770)十二月寫給洪大容的回信中,除了說明對洪大容寄贈書冊的感謝之外,主要是交代增補本《日下題襟集》的編纂以及鐵橋遺集郵寄的過程:

> 緣來教索觀鐵橋遺稿,未有刊本。友人朱朗齋力任重鈔,因復銓次鐵橋詩文試帖畫錄并士友哀挽,及自來與諸公往來詩文尺牘,都爲一集,抄錄至今,始得告竣。果以駑鈍之資,不中策勵。自鐵橋亡後,堂上嚴慈痛惜不已,果思慰藉親心,勉力應試,今秋獲舉于鄉。自分年已五旬,志靡上進,謬廁賢書,益深愧悚。茲乘公車北上,親攜鐵橋全集,奉書納上。並念鐵橋彌留神戀手教,知其魂魄依附,定系仙鄉,生無再見之期,歿或有依附之願。因倩奚友摹一小像,裝册附呈。雖面目失真,冀足下因畫思人,如鐵橋之親陪左右也。……承頒《聖學輯要》四册,《農巖雜誌》、《三淵雜誌》一册,并《鐵橋遺唾》一册,俱已收領。玩味無窮……而《遺唾》一編,家藏遺稿中多所未備,幸得藉此補足。[1]

從以上嚴果寫給洪大容的信中也可獲知嚴誠的詩文集在當時沒有刊布的事實。洪大容此次寄給了嚴果一些朝鮮人的詩文集,而且也把自己整理的《鐵橋遺唾》一册寄給了嚴果。而嚴果所說"家藏遺稿中多所未備"的即指之前朱文藻編輯的《小清涼室遺稿》和《日下題襟合集》中所沒有收錄的內容,嚴果是在收到洪大容寄來的《鐵橋遺唾》後才"幸得藉此補足"。此次朱文藻編輯的詩文集就是《鐵橋全集》五册(封面題簽爲"鐵橋全

---

[1]《日下題襟集·九峯庚寅十二月答書》,此信寫於庚寅十二月十五日。

集",書内題爲"嚴鐵橋全集"。第四、五册爲《日下題襟集》對於這部詩文集的編纂情況,朱文藻在《鐵橋全集》序文中亦有陳述:

> 嚴鐵橋名誠。……所著雜稿未經手定。余取其詩分爲二編,擇其尤曰"詩選",其次則曰"詩存"。其與朝鮮諸公往來諸作,仍原題曰《日下題襟集》,其全集如此。余既爲之手録一通,藏於其家矣,己丑之冬,洪君湛軒書來,索觀遺集,復爲手録以貽之。[1]

朱文藻在《鐵橋全集》的序文中説己丑年(1769)冬天洪大容來信索要嚴誠遺集,並且寄贈給洪大容手録《嚴鐵橋全集》副本。對於相關内容,朱文藻在《日下題襟集》的序文中有如下記録(《嚴鐵橋全集》第四册):

> 己丑之冬,洪君湛軒寄來《鐵橋遺唾》一册,校舊稿,闕者悉補入,有不同者,詳註於下。庚寅十二月立春日文藻又記。

朱文藻在庚寅(1770)十二月立春日前完成了《日下題襟集》(包括《清涼室遺稿》)的編輯,嚴誠之兄嚴果在庚寅年十二月給洪大容的信中明確説明要把《鐵橋全集》和嚴誠的小像一起攜帶到京師,以便郵寄給洪大容。但是這部《鐵橋全集》最後傳遞到洪大容的手中卻費了很多的周折和時日。在甲午(1774)之夏,嚴果寫給洪大容的信中講述了《鐵橋全集》郵寄過程中遭遇的困難:

> 往歲辛卯果赴北闈,曾攜帶鐵橋遺集並附答書,置行笥

---

[1]《鐵橋全集叙》。

中。終以無便覓寄,仍秘歸裝。思念于兹,無路申達,此心耿耿,寤寐爲勞。今春,忽有都門寓客歸杭,齎到三河孫蓉洲先生書,中有足下去冬所寄手書一函。……今奉上鐵橋詩文,并《日下題襟集》一格抄録,共裝五册。此集人間祇有三本,一即此本也。書雖不工,足下想必寶之。外有鐵橋遺照册葉一本,亦附上。其朱朗齋戊子奉書一函,并果庚寅前書,雖已纂入《題襟集》中,原書今亦附上,希一併收覽。[1]

《鐵橋全集》在庚寅年十二月編輯完後,第二年嚴果曾攜帶至京並打算郵寄給洪大容,可惜因未能找到傳遞的人員,只能再攜帶回杭州。四年之後嚴果收到洪大容的信件,才又尋覓轉交的人員以備能郵寄出去。嚴果找到轉交的"中間人",一名是孫有義(號蓉洲),一名是鄧師閔。孫有義家居三河縣,是朝鮮使臣往返的必經之路,孫有義和朝鮮文人的交往也頗爲頻繁,可是嚴誠的詩文集在甲午年因没有找到合適的傳遞人,没能被轉寄到朝鮮。此後,丁酉年(1777)洪大容曾收到鄧師閔的來信,説明《鐵橋全集》和其他資料都寄存在孫有義處。在戊戌年(1778)朝鮮李德懋出使北京時才從孫有義處收到了《鐵橋全集》和嚴果贈送的物品,李德懋在個人所記《入燕記》中記録了相關情况:

夕抵三河。前日宿三河,書狀忘置《楊椒山集》、《陳其年集》而去。主人出示二集,可見中原人之有信也。孫有義字心裁,號蓉洲,居三河,洪湛軒之所親也。昨夜,余逢蓉洲於通州。蓉洲以爲洪公前托余得湖州士人嚴鐵橋誠遺集及小照,我已得之,寄置於三河塩店吳姓人,君過三河,可以取之,歸傳洪公。及到三河,館之比鄰孫嘉衍,即蓉洲

---

[1]《燕杭詩牘》嚴果與洪大容書(1774夏)。

之從弟也。塩店吴姓人已聞朝鮮人將回,置蓉洲所托鐵橋遺集、小照於嘉衍之家。余乃索來,此亦奇也。誠字力闇,乙酉歲,湛軒逢陸飛、潘庭筠及誠於燕市。誠有志於爲己之學,湛軒尤所眷眷者也。不數歲,誠病瘵而死,遺書湛軒,言甚悲惻,絶筆也。湛軒求其遺集及小照凡十年,今始得之,若有數存焉。蓉洲亦醇謹,有長者風。〔1〕

李德懋回到朝鮮後把從孫有義處寄存的嚴誠遺集和手札都轉交給了洪大容。洪大容在給孫有義的信中也講到了已經收到鐵橋遺集的内容:"戊戌七月,因頒朔便附緘。秋,晚貢使回,乃李懋官傳來正月廿五手翰。浙西封緘,並已收領。"〔2〕可以得知,這部集子從編輯完成直至轉交到洪大容的手中,經歷了八年之久,而洪大容托付嚴果編輯鐵橋遺集的請求則是在十年之前。可以想象,洪大容在收到已故摯友的詩文遺集後,會何等感慨。

三、小　　結

　　乾隆三十一年(1766),嚴誠與朝鮮使臣洪大容一行相識于北京,次年嚴誠病逝後朱文藻在十二月底編輯完《日下題襟合集》。又明年,洪大容在得知嚴誠去世後整理編輯了嚴誠的部分詩文《鐵橋遺唾》寄送給了嚴果。朱文藻在庚寅年(1770)十二月前增補編成《日下題襟集》,抄録《鐵橋全集》副册試圖郵寄給洪大容,因郵寄不便,當年未能郵寄出。戊戌年(1778)朝鮮李德懋出使清朝時受洪大容的囑托去孫有義處取得《日下題襟集》和嚴誠遺稿帶回朝鮮,在戊戌年秋天轉交到了洪大容手中。

────────
〔1〕《入燕記》六月十七日條(《青莊館全書》卷六七)。
〔2〕《湛軒書・答孫蓉洲書》。

從《日下題襟合集》到《日下題襟集》的成書以及它們傳入朝鮮的過程，清晰地展示了十八世紀中韓兩國文人在交流的過程中進行的詩文作品的創作、文獻的編纂、兩國間流通的具體樣貌。而這兩部詩文集作爲朝鮮和清人文學、文化交流的結晶，在其編輯過程中也經歷了朱文藻的整理初稿、洪大容提供相關資料、朱文藻二次完成增補稿的過程。從以上成書過程和流通細節也可洞悉另外一個事實，即文學作品的產生至流通文本的完成，因參與者的多樣性和複雜性，導致了文學作品和流通文本存在的諸多問題。其中，尤其值得注意的是就這兩部集子在成書之後，又經歷了朝鮮、清朝、日本學人的傳抄和傳藏的情況。其情況之複雜，影響之深遠，可見一斑。兩部集子的傳抄情況，則可參考下篇文章的内容。

《日下題襟合集》與
《日下題襟集》的傳抄本

一、引　　言

　　朝鮮洪大容跟隨冬至兼謝恩使使行團在乾隆乙酉（1765）十一月二日離開漢陽，十一月二十七日渡過鴨緑江，十二月二十七日抵達北京。跟隨使行團出使的裨將李基聖在琉璃廠購買眼鏡時遇到了嚴誠、潘庭筠，嚴誠把自己的眼鏡贈送給了李基聖，之後李基聖介紹洪大容、金在行與嚴、潘認識，開始了他們的交往。次年，因嚴誠的早逝，嚴誠與朝鮮友人的交流詩牘由友人朱文藻在乾隆丁亥年（1767）十二月底之前編輯成册，命名爲《日下題襟合集》。次年，洪大容請求嚴誠之兄嚴果寄送嚴誠的遺稿，並寄送給了嚴果個人整理的一部嚴誠的詩文資料《鐵橋遺唾》。朱文藻在《日下題襟合集》的基礎上重編並補充了這些詩文資料，後命名爲《日下題襟集》，這部詩文集是朱文藻在庚寅年（1770）十二月立春日之前完成，並附録了嚴誠的個人遺稿《小清涼室遺稿》，與《日下題襟集》合編爲《鐵橋全集》五册（第四、五册爲《日下題襟集》），抄録副本寄送給了洪大容。洪大容友人李德懋在戊戌年（1778）出使北京時攜帶回朝鮮。

　　前文對這兩部詩文集成書過程的考察，可知《日下題襟合集》由朱文藻在乾隆丁亥年底編輯成册後没有寄送給朝鮮洪大容，只有朱文藻在乾隆庚寅年底編輯成册的《日下題襟集》在戊戌年傳入到了朝鮮。由至今爲止筆者經眼的這兩部集子的傳抄本可以得知,《日下題襟合集》在朱文藻編輯完之後由後代學者不斷傳抄,而《日下題襟集》在傳入朝鮮之後由朝鮮學者或者在朝鮮的日本學者傳抄。迄今爲止筆者調查到中國所藏《日下題襟合集》三種抄本;韓國和美國等圖書館藏有《日下題襟集》四種抄本。對於以上部分抄本的情況,朴現圭教授在《日下題襟集編纂和版本》一文中曾介紹了韓國檀國大學、朝鮮史編修會、首爾大學、哈佛燕京圖書館所藏《日下題襟集》的四種抄本及北京大學圖書館所藏《日下題襟合集》一種抄本的基本情況[1]。韓國鄭珉教授在《十八世紀韓中知識人的文藝共和國》一書中介紹了哈佛燕京圖書館和檀國大學所藏抄本的情況[2]。韓國天安博物館在二〇一二年舉行開館四周年紀念展覽中也展出了檀國大學和朝鮮史編修會圖書館所藏《日下題襟集》的抄本。本文在以上研究的基礎上擬對這些抄本的傳抄情況做進一步的梳理和探討,同時也對筆者經眼的中國國家圖書館和上海圖書館所藏《日下題襟合集》的傳抄情況作一介紹。以上幾種傳抄本也是本書的幾種重要參校本,在此有必要對這些參校本做一些梳理,以便於參照。

二、中國所藏《日下題襟合集》的三種傳抄本

迄今爲止,筆者僅發現中國三所圖書館所藏清人朱文藻編輯初稿本《日下題襟合集》的傳抄本三種,現把這三種抄本的情況整理如下:

---

[1] 朴現圭《日下題襟集編纂和版本》,韓國:《韓國漢文學研究(第47輯)》,2011。
[2] 鄭珉《十八世紀韓中知識人的文藝共和國》,韓國:文學園地出版社,2014。

(一) 北京大學所藏《日下題襟合集》抄本

此抄本是清人羅以智[1]在道光庚戌年(1850)的重抄本,最近由北京大學影印出版[2]。抄本共三册,抄紙無欄無界,每頁十行二十一字,註釋小字雙行。卷首有朱文藻《日下題襟合集》序。後有詩文目錄,次爲詩文内容,最後有羅以智跋文。《日下題襟合集》中收録内容統計如下:

> 李基聖:小像。
> 金在行:小像;詩十七首,其中有嚴誠的和詩四首,十首爲在京時所作,三首爲歸國後所作;尺牘八篇,附詩四首。尺牘有金在行所寫七篇,嚴誠回復一篇。附詩有陸飛二篇,嚴誠二篇。
> 洪大容:小像。無詩(畫説:"此公獨不作詩而深于詩,非不能也。");尺牘(二册)十六篇;别紙一篇,其中包括:《發難》一篇,四言詩九章,嚴誠書劄三篇,《和八景詩》八首、附詩三首,陸飛詩一首,金元行《論性書》一篇。
> 李烜:小像;詩二十五首,其中包括嚴誠、陸飛和答詩十一首;尺牘五篇,都是在京時的往來書信。
> 金善行:小像;詩十三首,其中有嚴誠的六首和答詩;尺牘六篇,附詩三首。
> 洪檍:小像;尺牘三篇,嚴誠、陸飛的附詩二首。

羅以智抄録這部集子的經過,由羅氏跋文可以詳細得知:

---

[1] 羅以智(1788—1860),字鏡泉,號學博、恬翁。新登(今浙江富陽)人。清代藏書家、文學家。工於詩文,善校勘。家有"恬養齋""太和堂""香影庵",藏書甚豐。藏書印有"江東羅氏所藏"、"武林羅氏所藏""鏡泉過眼"等,著述有《金石取見録》《宋詩紀事補》《詩苑雅談》《怡養齋詩集》等。具體内容可參考:李玉安《中國藏書家通典》,北京:中國國際文化出版社,2005。

[2] 參見《北京大學圖書館藏朝鮮版漢籍善本萃編》,重慶:西南師範大學出版社,2014。

日下題襟合集,不分卷。鄉先輩嚴鐵橋、陸筱飲、潘秋庸三先生與朝鮮使臣贈答詩篇及尺牘,兼繪小像,凡六人。朱朗齋先生文藻從嚴先生所編録之。夫交道之廢替已久矣,今之所謂尚風誼、通聲氣者,大率挾勢利禄,互爲援系。不然,讌飲笙歌,共徵逐,逞一時之豪興,情相狎而相昵。抑或學士文人,模範山水,觴詠風月,性靈陶寫,傳爲美談。至於賦河梁之恨,寄雲樹之思,何嘗不千里一心,盟貞金石焉。然而善則相勸,過則相規,輔身心性命之學,勗窮達出處之志,蓋闕如也。觀夫三先生則不然,往來酬酢,浮英華,湛道德,觀摩者學問,引重者志行。欣慕之不已,益加以愛敬;愛敬之不已,益加以砥礪。籲友道之正,視古人其無忝也歟! 向使東國使臣,徒遇風雅之才,彼不將坐井觀天,夜郎自大哉? 幸而得三先生之人品足以礱攝之。且見我中華衣冠文物之盛,比比皆然,洵非小邦之人所可以魚呿而鳥瞰者也。嚴先生與潘先生書有云:"勿更與後來使臣相聞,非惟省事佳過政不必再也。"嚴先生能持大體,其卓識更夐乎遠矣。行己有恥,使於四方,不辱君命,若三先生者,可謂士矣! 予於振綺堂汪氏[1]見朱先生手抄是集,假録副本,缺者不敢補,疑者不敢改。嚴先生名誠,陸先生名飛,潘先生名茂才。本末詳朱先生序中,不復及。予友陳二山觀酉[2],曾從高太史使琉球,其國之大臣、子弟秀出者無不從二山學,歸以詩文誇示予,且欲舉前人撰述中山事證諸親見聞者,爲補正疏誤處,冀予助其

---

[1] 振綺堂,位於浙江杭州市。藏書豐富,其傳人歷經多代,主要有汪憲(1721—1782),其子汪汝瑮、汪璐,汪誠及其子汪遠孫(1794—1836)等,其藏書在咸豐年間因太平天國戰爭遭受極大損失。光緒間,汪康年曾用活字輯印《振綺堂叢書》二集二十五種。參見任繼愈《中國藏書樓》,沈陽:遼寧人民出版社,1999,第1439頁。
[2] 陳觀酉,字仲博,號二山,錢塘諸生。工楷書,山水宗法黄公望,著《含暉堂遺稿》。《墨林今話》《清畫家詩史》有傳。

成。既而遊江右,去年遽殁於客邸。予憾未能如朱先生之親侍嚴先生疾,搜采遺墨,俾流傳於後世之人,輒不禁感慨希噓,因沘筆而附識之。道光庚戌秋七月朔。羅以智跋。[1]

羅以智與朱文藻、嚴誠都是浙江同鄉,因此羅氏稱杭州三才爲"鄉先輩",這也應是他爲保存鄉邦文獻而抄録此集的目的之一。雖然在跋文中羅氏似乎流露出一些輕視朝鮮文化的態度,但他對朝鮮和清人交往的君子之風還是頗爲贊賞。最後羅氏又反觀自己對友人陳二山的離世没有盡到如"親侍嚴先生",且又未能爲之"搜采遺墨,俾流傳於後世之人",心中生出"不禁感慨希噓"的愧疚之感。可以看出,羅氏作爲藏書家和校勘學家,在抄録文獻的過程中也摻雜了諸多個人情感。羅氏所抄寫的這部《日下題襟合集》是在"振綺堂汪氏見朱先生手抄是集",進而"假録副本"的。朱文藻曾在汪氏振綺堂做館師,與汪氏族人交往密切[2],汪氏振綺堂所藏《日下題襟合集》很可能是朱文藻生前所留抄稿。

北京大學古籍部所藏此抄本中鈐有羅氏和後世藏書家的多方印記。此抄本跋文末有"羅以智印"白方印、"竟泉"朱方印,卷首鈐有"羅林羅氏校本"朱方印。册末部分有蔡鴻鑒[3]的"蔡秋蟾青箱長物"、"秋蟾"朱方印、"碧玉壺蔡鴻鑒校書讀

---

[1] 北京大學藏本《日下題襟合集》羅以智跋。
[2] 據《清代學人列傳》可知朱文藻"嘗館汪氏振綺堂,任校讎之役者三年",後由汪氏引薦入京師佐修《四庫全書》。
[3] 蔡鴻鑒(1854—1881),字薰卿,號季白、琴笙,别號秋蟾。浙江寧波人,後遷居上海。藏書家,在上海建有墨海樓、二百八十峯草堂藏書樓。鎮海藏書家姚燮大海山館藏書在道光二十一年(1841)流入墨海樓甚多,而天一閣和抱經樓部分藏書亦爲其收藏。1929年其後裔因經商破産,把墨海樓的藏書出售給寧波李慶城。民國十九年把墨海樓改名爲萱蔭樓,解放後李慶城把藏書捐給政府,現分别藏於北京圖書館和浙江圖書館。蔡鴻鑒曾編有《墨海樓書目》四册,其孫蔡同常編有《明存閣善本書目》。後人王榮商曾編有《墨海樓觀書記》。

書之印"長朱方印。原文中又有"嚴可均之印"[1]朱方印、"鐵橋"白方印。卷首等處有李盛鐸[2]的"李盛鐸家藏文苑"長白印、"德化李氏凡將閣珍藏"朱方印、"木犀軒藏書"朱方印、"木齋審定"朱方印、"墨海樓"白方印、"芸香館珍藏書畫印"白方印、"李印傳模"白方印,又有李盛鐸之子李滂的"李滂"白方印、"少微"朱方印,另外還有"北京大學藏"朱方印。從以上藏書印也可以看出,此抄本由羅以智抄錄之後,又經歷了蔡鴻鑒、李盛鐸等藏書家之手,最後才傳入到北京大學古籍部。

(二)中國國家圖書館藏《日下題襟合集》抄本

中國國家圖書館藏《日下題襟合集》抄本一册。此抄本與北京大學古籍部藏本內容相同,卷首爲朱文藻序,次爲目錄,後爲詩文,册末亦有羅以智跋文。不過,跋文後無羅氏印記,似據北大羅以智抄本的重抄本,抄者不詳。此抄本中在朱文藻序文下端鈐有"吳興劉氏嘉業堂藏"朱方印,爲藏書家劉承幹[3]的

---

[1] 嚴可均(1762—1843),字景文,號鐵橋。浙江吳興人,嘉慶五年(1800)舉人。清代文獻學家、藏書家,建有"四錄堂",藏書兩萬餘卷。按:嚴可均1843年去世,羅抄本却成書於1850年,故此印頗有可疑,或書商誤認嚴誠爲嚴可均(二人同姓且均號"鐵橋"),故僞造印章以冒充嚴可均手稿。

[2] 李盛鐸(1859—1934),字義樵、椒微,號木齋,別號師子庵主人、師庵居士,晚號麃嘉居士。江西德化(今九江)東鄉譚家畈人。藏書家、校勘學家、目錄學家,建有木犀軒藏書樓,另有廬山李氏山房、麟嘉館、蟫英館、凡將閣等藏書處。藏書印有德化凡將閣珍藏、李印傳模、師子庵主人、木齋宋元秘籍、李氏家藏文苑、李氏玉谿、木齋審定善本等印。李盛鐸藏書的一部分由其子李滂(字少微)在1939年出售給北京大學圖書館,另一部分出售給了美國哈佛大學。北大圖書館有《李盛鐸藏書目錄》《木犀軒藏書題記及書錄》,版本學家趙萬里編有《北京大學圖書館李氏藏書目》(1948),張玉範著有《李盛鐸及其藏書》等,可以了解李盛鐸藏書的詳細情況。

[3] 劉承幹(1881—1963),浙江吳興人,藏書家、刻書家。藏印有:翰怡欣賞、承幹鈐記、劉印翰怡等。刻書有:《嘉業堂叢書》五十六種,《吳興叢書》六十四種等。具體內容可參考任繼愈《中國藏書樓》第1769頁。

藏書印。下方鈐有"字静持號禹笙"朱方印,爲丁日昌[1]的藏書印。可知這部抄本曾由丁日昌和劉承幹收藏。另外,此抄本因有部分字詞有朱筆修改,修改之處是抄録者所爲還是藏書經手人所爲,還不能斷定,有待進一步發現旁證材料,再作探討。

(三)上海圖書館藏《日下題襟合集》抄本

此抄本爲一册,卷首有朱文藻序,次爲詩文目録,後爲詩文内容,最後爲羅以智跋文。此抄本收録詩文内容亦與北大藏本《日下題襟合集》相同。册頁題有"庚午春仲確重裝",又有"勞權咸豐二年"校記。卷首有如下題記:

> 同治八年五月廿九日歸安凌大塵遺自廣陵郵贈,蔣確記於聽雨軒。
> 嚴誠字力闇,號鐵橋,錢塘人。乾隆乙酉舉人,卒年三十六。予於莫子偲師齋中見手校《商子》五卷。
> 潘庭筠字蘭公,又字蘭坨,號秋庫,錢塘人。錢塘乙酉舉人,戊戌進士,授編修,改監察御史。
> 陸飛,字起潛,號筱飲,仁和人。乾隆乙酉解元。
> 乙酉浙江正考官曹秀先,副考官錢大昕。

由以上題記内容可知,此抄本曾由勞權[2]在咸豐二年(1852)批校。卷首和目録及跋文部分都鈐有勞權印文:丹鉛精舍、漚喜亭、勞權之印、巽卿、勞巽卿、蟫盦、蟫叟。

由題記内容亦可知此抄本爲凌大塵在同治八年(1869)五

---

[1] 丁日昌(1823—1882),字禹生、雨生,號持静,清代軍事家、政治家,洋務運動主要人物。丁日昌喜好藏書,有藏書樓實事求是齋,後改名爲百蘭山館,又命名爲持静齋、讀五千卷書室。編有《持静齋書目》五卷。具體内容可參考任繼愈書第1593頁。

[2] 勞權(1817—?),字巽卿,藏書印有:丹鉛精舍、漚喜亭、勞權之印、巽卿、勞巽卿、蟫盦、蟫叟。勞氏三兄弟有藏書樓丹鉛精舍,又稱學林堂、鉛槧齋、拂塵掃葉之樓。具體内容可參考任繼愈書第1601頁。

月二十九日郵寄給蔣確[1],蔣確在庚午(1870)春又重新裝幀。此抄本原文中鈐有蔣確、叔堅、蔣叔堅印文。抄本册末有羅以智跋文,可推測此抄本也是以羅氏抄本爲底本的重抄本。

從以上北京大學圖書館、中國國家圖書館和上海圖書館所藏三部《日下題襟合集》抄本的抄寫情況來看,北大藏本應是羅以智親録稿本,此稿本抄寫的底本也應是朱文藻所編《日下題襟合集》稿本。而中國國家圖書館和上海圖書館都是以羅以智抄本爲底本的重抄本。

以上三種抄本的抄寫者也都是清代著名藏書家和校勘學家。朱文藻作爲此詩文集的編輯者,其自身也是這部詩文集的傳播者。尤其是其中的抄録人或藏家中羅以智、勞權、蔣確都是浙江人,和嚴誠以及朱文藻都是同鄉關係,可見這部《日下題襟合集》抄本在浙江當地傳播的較爲廣泛。朱文藻在編輯完《日下題襟合集》之後,嚴誠之兄嚴果在庚寅年(1770)十二月寫給朝鮮洪大容的信中提及:"里中士友求觀諸册,如寶球琳,借鈔無虚日",認爲"寒家什襲,甚固辭不示人,雖以舍侄幼稚無知,獨能於此知所必惜也"。雖然嚴果想秘不示人,但也没能阻擋住這部詩文集在當時和後代藏書家手中的傳播。另外,從這部詩文集被清人藏書家傳抄和收藏的歷程,也可以洞悉這部詩文集其文獻價值的重要性。

三、《日下題襟集》四種傳抄本

《日下題襟集》是在《日下題襟合集》的基礎上進行重編和增補的。其重編的最大特點是重新調整了朝鮮六使臣的排列順序。另外,對收録作者的稱謂也進行了修正。《日下題襟合集》中對朝鮮使臣的稱號爲:李睡隱,金休休,洪幼直,金養虚,

---

[1] 蔣確(1837—1879),字叔堅,號石鶴。書畫家,松江人。

洪湛軒。而《日下題襟集》中則稱官職：順義君，金宰相，洪執義，金秀才，洪高士。由稱號變爲稱呼官職，應該是考慮到這部詩文集將寄送給朝鮮洪大容，是以表示對朝鮮士人的尊敬。

《日下題襟集》在《日下題襟合集》的基礎上增補的詩文內容有：李炘詩四首，尺牘七篇；洪檍尺牘二篇；金在行詩三首，尺牘三篇；洪大容尺牘二十五篇。從兩部集子的數量差異來看，《日下題襟集》在《日下題襟合集》的基礎上增補的數量和規模較大。這些增補的內容大都來源於洪大容寄給朱文藻的《鐵橋遺唾》，增補部分都以小註說明。如：李炘詩部分的《附鐵橋次韻答詩三首》中小註曰："原註：在館倡和十四首，惜不能記矣，此特錄其中之三首云。文藻按：《遺唾》亦只載此三首。"從這些增補的內容可以得知，朱文藻在洪大容寄來的《鐵橋遺唾》的基礎上，對《日下題襟合集》進行了重編和補充。這部重編增補本《日下題襟集》在寄送到洪大容的手中之後，在當時的朝鮮學壇影響深遠，也被重抄並保存了下來，爲我們研究這部詩文集的具體內容提供了寶貴的文獻依據。下面就看《日下題襟集》的四種抄本情況。

（一）韓國檀國大學淵民文庫藏《日下題襟集》抄本

淵民文庫藏《鐵橋全集》爲朱文藻所編，由嚴果寄送給洪大容的謄錄副本。其中《日下題襟集》是《鐵橋全集》五册中的第四、五册。淵民文庫僅存《鐵橋全集》三册（第三、第五册遺失），故《日下題襟集》僅存第四册，第五册不存，收錄了洪大容的詩文書信。

此部函套題簽題有：鐵橋全集。題箋下端有小字："共五册，中二册欠。壬寅初夏寒泉堂主人題。"

《日下題襟集》封面題簽：鐵橋全集四。內頁題：嚴鐵橋集。後有：第四册目，日下題襟集，李令公、順義君、金宰相、洪執義、金秀才。後爲：日下題襟集敘。後依次收錄詩牘內容。抄本的抄紙四周單欄，有界；抄寫每頁七行、每頁十六字，夾注爲雙行小注。抄本中字句有訛誤處由朱筆標點，在眉批處題有改正文字。

淵民文庫所藏《鐵橋全集》曾由洪大容的後人收藏,二十世紀初洪大容後人洪思直把這部詩文集出售給了外部機關,在一九六二年轉入藏書家李聖儀的華山書林書店,又很快傳入到李家源手中,檀國大學的這部抄本爲李家源先生去世後後孫捐贈。朝鮮總督府在1935年5月出版的《朝鮮史料集真》中曾介紹過此部詩文集,幷收錄有《日下題襟集》中的畫像。

(二) 國史編纂委員爲圖書館所藏《日下題襟集》抄本

國史編纂委員會圖書館所藏《鐵橋全集》爲全五册抄錄本,第四、五册爲《日下題襟集》。此鈔本與淵民文庫所藏本抄寫形式和内容一致,即使淵民文庫本誤抄改寫部分也一應照錄,可知應是以朱文藻所贈副本爲底本的重抄本。此抄本爲日本編修委員會在1935年12月抄錄。抄本每册末頁都題有抄錄人李錫烈[1]在1935年12月謄寫字樣,有日本學者中村榮孝在1937年10月11日檢閱題記。

(三) 首爾大學中央圖書館所藏《日下題襟集》抄本

首爾大學中央圖書館所藏抄本《鐵橋全集》共五册,第四、五册爲《日下題襟集》部分。抄紙無欄無界,每頁十行、每行二十字,註小字雙行。每册最後一頁都鈐有"昭和十年三月洪氏所藏寫本ヨリ謄寫ス"長方形圖章,是日本朝鮮史編修委員會的專用圖章,可知此抄本是1935年3月日本朝鮮史編修會抄錄本。

首爾大學中央圖書館所藏《日下題襟集》第四册和淵民文庫所藏《日下題襟集》第四册相比對,這兩種抄本的抄寫形式完全相同。文中的脱字、誤字等部分也都在眉批處做了相同的訂正。根據首爾大中央圖書館所藏抄本和淵民文庫所藏洪大容後孫贈本的抄錄情況,可以推測出當時朝鮮史編修委員會是以洪大容後孫所藏副本爲底本的重抄本。

(四) 哈佛大學燕京圖書館所藏《日下題襟集》抄本

此抄本亦爲《鐵橋全集》的全抄本。其中《日下題襟集》抄

---

[1] 李錫烈(1884—?),日本殖民朝鮮時期的朝鮮民族獨立運動者。

本共四卷,分上下兩册。抄本每頁十二行,每行二十字,註小字雙行。此抄本用紙爲日本學者藤塚鄰的專用稿紙,稿紙版心題有"望漢廬用箋","望漢廬"是日本學者藤塚鄰當時居住在朝鮮漢城時期的書齋。此抄本抄寫字迹不一,可能藤塚鄰曾請他人代録。又據哈佛燕京圖書館記録,知此抄本爲1956年11月26日被哈佛燕京圖書館收藏。

以上四種《日下題襟集》的傳抄本中除去檀國大學淵民文庫藏本爲朱文藻編輯抄録副本之外,其他三種都是在戊戌年(1778)秋天傳入朝鮮後,在二十世紀初被重新抄録,其抄録底本同爲朱文藻編輯的原稿副本。以上抄本中只有檀國大學淵民文庫藏本中遺失了其中第三册、第五册,其他三種抄本都是五册本的全本。值得注意的是,以上抄本中有三種重抄本都是日本學者主持抄録,日本學者主持抄録的三種抄本中只有個别字詞的差異,在内容形式上完全一致,推測應都是依據淵民文庫本爲底本的重抄本。

四、小　　結

通過對《日下題襟合集》和《日下題襟集》傳抄本的收藏和傳抄經過的考察,可以得知這兩部詩文集在當時都未能刊印發行。朝鮮洪大容在給朱文藻的書信中曾經討論過《日下題襟集》的修訂以及刊印問題:"題襟集雖是外國情事,或不免忌諱訾貶,而亦不啻爲一部異書。則删煩就簡,以附原集。付之後人,斷不可已,未知九峯諸議云何?"[1]但因各種緣由,朱文藻和嚴果都未能讓《嚴鐵橋全集》或《日下題襟集》刊刻問世。

《日下題襟合集》和《日下題襟集》是十八世紀朝鮮燕行使

---

[1]《杭傳尺牘·答朱朗齋文藻書》,《湛軒書》外集卷一,一九三九年鉛活字本。

和清人直接交流的文學和文化結晶,在當時的歷史和文化背景之下,這兩部詩文集的成書和傳抄也折射出了當時國際間文學、文化、學術等交流環境的複雜性。通過這兩部詩文集的七種抄本的傳抄歷程,也可以讓我們具體地了解到十八世紀至二十世紀以來中、韓、日三國學者對這兩部詩文集的收藏和抄錄所花費的精力和心血。雖然這三國的學者在收藏和抄錄的過程中,可能多少都懷有私人的目的和情懷,但他們對這些文獻的保存和傳承所做出的貢獻無疑都是值得肯定的。

此外,和這兩部詩文集有著緊密關聯的則是以洪大容爲首的朝鮮燕行使所攜帶回去的一部分詩文資料,這些資料中的一部分也由洪大容歸國後進行了系統的整理,關於洪大容整理編纂的與清人之間的詩牘和筆談資料的情況,請參閱下文的內容。

洪大容所編與清代
文人往來書信文獻

朝鮮文人洪大容燕行使一行在乾隆三十一年丙戌二月在北京與杭州三文士嚴誠、潘庭筠、陸飛等人進行了頻繁的交流。洪大容回國後對自己保存下來的與清人之間的交流手札、筆談等資料進行了系統整理。洪大容整理的文獻有如下幾種情況：第一，洪大容歸國後在不同時期整理的清人寄給他的手札原帖系列，如《古杭文獻》、《樂敦墨緣》、《薊南尺牘》等；第二，洪大容在世時整理選編的與清人之間的往來書信選本，如《乾凈附編》、《乾凈後編》、《杭傳尺牘》等；第三，洪大容編撰的與清人之間進行的筆談資料，如《乾凈衕筆譚》、《乾凈筆譚》等；第四，洪大容編撰整理的燕行日記體裁的燕行日記，如《湛軒燕記》、《乙丙燕行録》等。因本書《日下題襟集》在校注過程中所參校的文獻資料涉及以上四種情況。限於篇幅，本文只對洪大容整理的這些手札原件與書信選本系列作一些探討，對於其他相關文獻，日後另擬文考述。

一、洪大容所編與清人
往來手札文獻概況

洪大容編選的手札帖原件和書信選本，根據筆者所經眼的相關文獻，大致可以分爲三種情況：一是洪大容在乾隆三十一年（1766）夏天回到朝鮮後，隨即開始整理的《古杭文獻》原札系列;二是在清人嚴誠去世之後,洪大容著手編纂的《乾净會友錄》、《乾净筆譚》文獻,這些筆談記錄中亦收錄了在京期間往來手札的内容;三是在一七六八年至一七七八年之間整理選編的《乾净後編》、《乾净附編》系列詩牘選本系列。此外,洪大容亦爲友人金在行編輯了《燕杭尺牘帖》。對於《乾净筆譚》系列中的書信和《燕杭尺牘帖》所收信札,限於篇幅,本文擬不做深入探討。本文僅對洪大容個人整理的與清人來往手札帖和書信選本作如下梳理:

(一) 洪大容所編與清人往來手札帖

現今爲止韓國學界所公開的洪大容編輯的清人手札帖原件有七册,韓國基督教博物館所藏六册都收錄在了最近該館整理翻譯出版的《中士寄洪大容手札帖》[1]中,共三種六册:《樂敦墨緣》一册、《古杭赤牘》三册、《薊南尺牘》二册;韓國翰林大學博物館所藏一册《薊南尺牘》。鄭珉教授在《崇實大學基督教博物館所藏〈中士寄洪大容手札〉六册的特點和資料價值》解題[2]中對韓國基督教博物館所藏六册手札帖的基本内容和文獻價值做了初步介紹。筆者曾在《十八世紀中韓文人交流墨緣:〈中士寄洪大容手札帖〉》一文中對以上七册手札原件的内容和傳承情况作了進一步的梳理和考察[3],在此就不再對這些手札資料的内容進行詳細討論,僅爲了便於理解這些手札帖的内容和其他書信選本之間的關係,對此七册手札帖的内容做簡略梳理如下:

《樂敦墨緣》:一册。藏於韓國基督教博物館。此帖收錄了嚴誠等清人在乾隆三十一年(1766)至乾隆四十三年(1778)間

---

[1] 韓國基督教博物館在2016年2月韓文翻譯、彩色影印出版了《中士寄洪大容手札帖》(韓國基督教博物館出版社,2016.2),其中包括《樂敦墨緣》、《古杭赤牘》、《薊南尺牘》三種六册。
[2] 《中士寄洪大容手札帖》(韓國基督教博物館出版,2016.2)。
[3] 拙稿《十八世紀中韓文人交流墨緣:〈中士寄洪大容手札帖〉》,《温州大學學報(社會科學版)》,2016年第6期。

發給洪檍及其子洪大應(葆光)的十六封書信。另有潘庭筠、嚴誠、鄧師閔等之間的唱和詩文十數篇。內容主要是在京期間及歸國之後的問候，間有對學術和文學的討論。

《**古杭赤牘**》：二冊。現藏韓國基督教博物館。第一冊收錄了九封書信。這些書信是杭州士人嚴誠、潘庭筠、陸飛，以及嚴誠之兄嚴果、潘庭筠表兄徐光廷在洪大容回國之後的乾隆三十一年(1766)八月至三十四年(1769)五月寫給洪大容的書信。內容主要是離別後對洪大容的思念，拜托洪大容編輯朝鮮詩文集，對兩國學界所關心的學術問題進行討論等；第二冊收錄有四封書信，是嚴誠離世後其兄嚴果、嚴誠之子嚴昂、朱文藻寄給洪大容的書信和次韻詩。這些書信是在嚴誠去世之後的乾隆三十三年(1768)寫就，因當時郵寄不便，直到乾隆四十三年(1778)七月才和嚴誠的詩文集《鐵橋全集》一起轉交到了洪大容的手中。

《**薊南尺牘**》：現學界公開的有韓國基督教博物館所藏一匣三冊，韓國翰林大學博物館所藏一匣一冊。韓國基督教博物館所藏三冊中第一冊收有五封書信和兩件附箋問目，其中第一封和第二封落款是洪大容，文中夾雜有補錄的一些問目答語，懷疑此封信是洪大容自己所保存的發送給清人孫有義的書信底稿。另有一文應是洪大容抄錄孫有義回復的答目內容。此外主要是乾隆三十九年(1774)至四十三年(1778)間孫有義和鄧師閔寄給洪大容的書信；第二冊收錄有八封書信和一件附箋答目；第三冊收有八封書信和附箋詩文，冊首是潘庭筠寄手札，後面收錄的則是鄧師閔在同年所寫書信。之後則收錄了姚廷亮、徐光庭在乾隆四十二年所寫手札，以及嚴誠之兄嚴果在乾隆四十年一月所寫手札。這些手札都是在乾隆四十二年三月一起通過鄧師閔之手轉寄給洪大容的。

韓國翰林大學博物館所藏一冊《薊南尺牘》中收錄了清人周應文、鄧師閔、孫有義、趙煜宗、朱德翽、翟允德等清人發送給洪大容的二十餘封書信。此部《薊南尺牘》手札和前面所言基督教博物館所藏《薊南尺牘》帖應爲同一匣,在流散出去後又做了重新裝幀。

以上七册是現今學界已經公開的,也是洪大容在世時編輯裝幀的與清人來往手札原件。此外,洪大容曾在《乾净筆譚》中談到自己曾編輯有《古杭文獻》之説,陸飛在回信中亦有要求修改手札帖題名的要求[1]。鄭珉教授在解題中認爲洪大容編輯的《古杭赤牘》應是參考了陸飛的意見,把原定的題目"古杭文獻"改成了"古杭赤牘",遂判定韓國基督教博物館藏《古杭赤牘》二册乃《古杭文獻》的一部分。[2] 筆者認爲,這種説法值得商榷,因《古杭文獻》是洪大容歸國之後隨即編輯整理的與清人的手札原件,這些手札原件應是洪大容和清人在京時與清人杭州三文人之間的來往手札和詩文。而現存《古杭赤牘》則收録了洪大容歸國之後的來往書信。所以,現存《古杭赤牘》應不是《古杭文獻》改題後的詩牘帖,這兩部所收詩牘內容在時間上應不重複,應是洪大容在不同時期編輯的兩種不同詩牘帖。[3]。

又據洪大容編撰的《乾净衚筆譚》中收録與清人的往來手札和詩文作品,可以統計出洪大容在京時與杭州三文人之間的來往手札和詩文約有五十餘通。而後人抄録本《燕杭詩牘》[4]中收録的一部分手札和詩文也是在京時的往來作品,其中包

---

[1] "弟以四月十一日渡鴨水,以五月初二日歸鄉廬。以其十五日,諸公簡牘俱粧完,共四帖,題之曰'古杭文獻'。"(洪大容《與潘秋庫庭筠書》,《湛軒書》卷一)。"從蘭公處已得見致渠手札,所云古杭文獻與會友録,具見不忘故人。第文獻則不敢當,飛意竟從老實題曰'杭友尺牘';'乾净衚'不雅,擬易之曰'京華筆譚'何如?"(一七六七年初陸飛致洪大容書信《湛軒賢弟啓》)
[2] 韓國基督教博物館編《中士寄洪大容手札帖》,韓國基督教博物館出版,2016,第9—10頁。
[3] 筆者在《十八世紀中韓文人交流墨緣:〈中士寄洪大容手札帖〉》(《溫州大學學報(社會科學版)》,2016年第6期。)中曾認同鄭珉教授在〈中士寄洪大容手札帖〉解題中的觀點,認爲《古杭赤牘》是《古杭文獻》改名後所定,在此特作訂正。
[4] 《燕杭詩牘》首爾大學奎章閣藏本。

括：陸飛給洪大容手札三封和詩一首，給洪檍詩一首。陸飛給金在行手札二封，詩一首。潘庭筠給洪大容手札一封，詩一首。潘庭筠給洪檍手札二封，詩一首。潘庭筠給金在行手札三封，詩六首。潘庭筠給李烜詩三首。嚴誠給洪檍詩一首，給金在行詩一首，給李烜手札二封和詩四首。由以上杭州三文士與洪大容以及金在行、洪檍和李烜的手札和詩內容與《乾净衕筆譚》中所言及的手札和詩文相比較，可知洪大容所編輯的只是清人寄給他的一小部分。所以說，洪大容給潘庭筠的書信中所提及的《古杭文獻》四帖，其規模和數量應該更爲豐富。對於"古杭文獻"原帖的具體數量，還有待於這批文獻面世之後再作進一步的討論爲宜。

（二）洪大容所編與清人往來尺牘選本

洪大容在乾隆三十一年夏天回到朝鮮後就開始系統整理和清人之間的交流書信原件及相關燕行文獻資料。洪大容在整理裝幀手札原件文獻的過程中，對這些手札原件資料也分別進行了選編抄錄，其中編纂的書信集有《乾净附編》、《乾净後編》、《杭傳尺牘》等。這些書信選本現都以抄本形式存世，先介紹這些選本的大致內容：

《乾净附編》：《乾净附編》現藏於韓國基督教博物館。抄本，共二卷，一册，一百六十五張。

《乾净附編》第一卷收錄，內容如下：

《晚含齋藏杭人詩牘（洪檍）》：

筱飲畫梅扇；題畫贈西湖大略附詩而別；鐵橋書；又（書）；次休休公原韻敬呈洪大人；次韻公和；秋庫書；敬和原韻。

共收有書信三封，詩五題九首。

《睡隱藏杭人詩牘（李烜）》：

筱飲題畫扇;題畫蘭;鐵橋書;又（書,共六封）;日前酬和諸詩衡口信筆_{甚愧,蕪率歸來,大半遺忘。承命復書,謹鈔三首就正,知不足共大雅軒傑也};詩三首;奉和鸚鵡原韻二首;次題扇見贈韻;和次金碩士韻;再疊前韻;次韻敬酬;秋庫奉和鸚鵡詩二首;奉和;奉和。

共收有書信七封,詩十一題十六首。

《養虛藏杭人詩牘（金在行）》：

　　筱飲書;送養虛兄別;和蓮扇題;鐵橋書;南岡書_{見後編};養虛堂記_{見原編};奉和養虛二首;敬次清陰韻和養虛;養虛過訪寓廬即事有作原韻;酬養虛留別韻;酬養偕湛軒再造寓廬劇談竟日乃次清陰韻;簡寄養虛;平仲過訪寓廬走筆作畫有題;南岡寓館簡寄養虛二首_{見後編};秋庫書;又（書）;又（書）;次韻奉贈_{七律};簡寄_{五絕};養虛雨堂爲金丈平仲所居不能蔽風雨賦詩志慨;奉和養虛城南見訪之作;題畫;丙戌戊子兩書_{見後編}。

共收有書信八封,詩十六題十八首,記文一篇。

第二卷收錄內容如下：

　　蓉洲答書（甲午正月）;和乾坤一草亭詩;蓉洲答書（甲午五月）;七政聚會;周漢唐宋明星聚附考;梅軒答書;汶軒答書;塩店答書;與蓉洲書（甲午十月）;與梅軒書;與汶軒書;與塩店書;周步仙書（乙未正月）;與蓉洲書（乙未二月）;與汶軒書;汶軒答書（乙未四月）;蓉洲答書;梅軒答書;塩店答書;蓉洲答書（乙未八月）;與鄧汶軒（乙未閏十月）;與孫蓉洲書;與趙梅軒書;與塩店書;蓉洲答書（丙

申四月);蓉洲與李白石書;塩店答書;與鄧汶軒書(丙申十月);與孫蓉洲書;與塩店書;郭淡園答楚亭書;塩店答書(丁酉三月,此書與丙申四月"塩店答書"重複);鄧汶軒答書;姚禮門與鄧汶軒書;嚴九峯與鄧汶軒書;塩店答書;徐忠書;潘秋庫韓國巾衍集跋;潘秋庫炯菴園亭詩評;與蓉洲書(丁酉四月);與徐忠書;蓉洲書(丁酉十月);與蓉洲書,與汶軒書。

以上《乾净附編》第一卷收錄了洪檍、李烜、金在行三人與清人嚴誠、陸飛、潘庭筠之間的來往書信十八封,唱和詩三十二題四十三首,記文一篇。從以上書信和詩文内容來看,第一卷前一部分主要是朝鮮三大使和杭州三文士在北京時的往來手札和詩文。由洪大容在每人題目下所註"晚含齋藏杭人詩牘"、"睡隱藏杭人詩牘"、"養虛藏杭人詩牘"亦可得知,洪大容是在歸國後整理個人所藏與杭州三才往來書信詩文的同時,有目的地整理抄錄了三大使所藏的和清人來往書信及詩文資料;第二卷收錄的洪大容與清人在甲午(1774)至丁酉(1777)年間來往書信,主要是《薊南尺牘》原札中的與河北三河縣孫蓉洲等人的來往書信。

因洪檍、李烜所藏與清人往來書信詩文的原札下落不明,洪大容抄錄的内容是否與原件完全一致還未可知。不過,從金在行與杭州三才的書信詩文原札高麗大古籍部所藏《中朝學士書翰錄》中收錄手札和詩文原件來看,洪大容整理的這些詩文數量更多,收錄内容爲全面。也可以從另一個側面看出,金在行收藏的這部手札帖,應只是選出了金在行與清人來往書信中的一部分,並非全部内容。

此外,由抄本内題"湛軒集",可推測此書信選本應是洪大容整理個人全集中的其中一部。而"乾净附編"由題意可推斷應是和"乾净筆譚"内容相關,或是可以理解爲"乾净筆譚相關内容的附錄"。由這部詩牘選本内容來看,洪大容應是在整理

"乾浄筆譚"系列文獻時,把與"乾浄筆譚"相關的資料悉數進行整理,作爲"附錄"内容另編成册。而這部詩牘選本最大的特徵就是可以補充洪大容編輯的手札原件和《乾浄衕筆譚》中未收録的内容,具有很大的文獻價值。此外,這部選本詩牘前都有發信的時間以及附録了郵寄使行的相關記載,對於洪大容與清人來往書信的具體時間和發送信息等相關内容的考察提供了豐富的信息。

《乾浄後編》:此本現藏於韓國基督教博物館。二卷二册,草稿本。此選本中收録的書信和詩文依次如下:

第一册:與筱飲書;與鐵橋書;與秋庫書;與徐朗亭書;與筱飲書;明禮洞夢遇記;與鐵橋書;與九峯書;與秋庫書;與徐朗亭書;與秀野書;秀野答書;擬答秀野書;答内兄書;秀野答書;答秀野書;鐵橋書;秋庫書;朗亭書;秋庫與養虚書;與筱飲書;與鐵橋書;中庸疑義;與秋庫書。

第二册:海東詩選序;海東詩選跋;寄陸飛詩十首;寄嚴誠詩十首;寄秋庫詩十首;寄秋庫詩六首;明紀輯略辨説;洪花浦奏請日録略;與朗亭書;筱飲書;鐵橋書;九峯書;秋庫書;鐵橋與養虚書;與筱飲書;與秋庫書;與九峯書;祭鐵橋文;與嚴老伯書;與嚴昂書;筱飲書;哭鐵橋;籠水閣記;秋庫答書;與秋庫書;與秋庫書;與筱飲書;與九峯書;與秋庫書;與九峯書;嚴九峯與鄧汶軒書;九峯書;追次鐵橋原韻寄湛軒;朱朗齋書;九峯書;嚴千里書。

《乾浄後編》第一册收録了二十二封書信,兩篇文章;第二册收有二十二封書信,七篇文章及五題三十七首詩。從所收録的書信和詩文内容來看,這些書信都是洪大容歸國後與杭州三才等清人的來往書信和詩文,而其中一些序跋文章,如《海東詩選序》,《海東詩選跋》等也與清人贈送書册或在往來書信中討論的内容有關,並不是無故選録。此册第一卷所收一部分内容中,《與筱飲書》《與鐵橋書》《與秋庫書》部分内容重複。

對於這部書信選集的編纂時期,從此册卷尾所題"戊子三月初三日始書"來看,應是指洪大容在戊子(1768)年之後收到的書信,具體編輯截止年限則未有註明,從收録書信的截止日期爲丁酉(1777)年十月爲止來看,這部書信選集至少在丁酉年十月之後編輯完成。

《杭傳尺牘》:此本抄本有韓國基督教博物館藏抄本和一九三九年鉛印本《湛軒書》收録本。韓國基督教博物館藏本爲一册。此册所録書信次序和内容與《湛軒書》外集收録的《杭傳尺牘》内容相同。顯然,《湛軒書》收録的《杭傳尺牘》可能是以此抄本爲底本印行的。

《杭傳尺牘》只收録了洪大容發送給清人嚴誠、陸飛、潘庭筠等人的書信三十三封。此處的"杭傳"應是"傳到杭州的尺牘"之意,因《湛軒書》是洪大容個人詩文集,這部《湛軒書》只收録洪大容所寫信件也很容易理解。另外,因洪大容對自己編纂的每一種書信選集都有了分類,而對書信原帖和書信選集的編纂次序、體例和旨意有所不同,因此《杭傳尺牘》應是洪大容有目的的選録書信選本中的一種。

洪大容在世時編輯裝幀的《古杭文獻》、《古杭赤牘》、《樂敦墨緣》、《薊南尺牘》系列原帖都是在不同時期進行整理的,這些手札帖根據收發信人的地域差異和時期進行了分類整理:"古杭"手札帖系列是洪大容與杭州三文士嚴誠、陸飛、潘庭筠之間的往來書信;"薊南"手札帖系列是洪大容與薊州三河縣的孫蓉洲、鄧師閔等人的往來書信;"樂敦墨緣"因大都是洪檍與清人三文士之間的書信,題名較爲抽象。

洪大容編輯的《乾净附編》和《乾净後編》也是按内容進行了分類處理。其中《乾净附編》應是在編撰《乾净筆譚》的基礎上,有意識地添加了洪檍、李烜、金在行三人與清人嚴誠、陸飛、潘庭筠之間在京的書信和詩文,並且收録了與三河縣諸人的來往書信;《乾净後編》則是洪大容在歸國後收録的與杭州三文士以及其他清人之間的來往書信和詩文,從時期上來看都晚於《乾净筆譚》的收錄内容;洪大容編輯的《杭傳尺牘》則是個人發出的信件,對於個人的書信資料進行了單獨編輯。以上手札原帖和系列選本之間自成體系,内容上雖然有所重複,但從文獻編撰的體例、内容來看,洪大容是有目的有次序地對個人燕行文獻進行的系統整理。

又,因現今爲止對於《古杭文獻》還不能確定其詳細内容,只能推測這些手札原件以及書信選本《乾净附編》、《乾净後編》有著一定的呼應關係。洪大容後孫在一九三九年印行《湛軒書》時也應是考慮到了這些因素,亦或是遵從了洪大容自己的編纂旨意[1],才把《杭傳尺牘》編入到《湛軒書》中。

洪大容編輯整理的手札原帖現在確認的有七帖,約有七十餘封書信和二十餘篇詩文。此外,現今學界未能確認的"古杭文獻"是在京時洪大容和杭州士人嚴誠、潘庭筠、陸飛等人往來手札,也可以由洪大容編撰的《乾净筆譚》内容統計出大約有五十餘封。洪大容與清人之間來往手札文獻,有必要進一步發掘和整理相關文獻來進一步把握其具體規模和數量。

二、洪大容編纂與清人往來書信文獻的經過

洪大容在乾隆三十一年夏天歸國之後就著手整理編纂了燕行系列文獻,加之乾隆三十一年之後與清人之間的來往書信,之後又對乾隆四十三年收到的書信進行了分類整理。可以看出,洪大容在病重之前(1780年患病)一直對與清人之間的

---

[1] 現今發現的洪大容編纂的手札原件和書信選本,都未收錄洪大容的序跋,故不能確切把握洪大容的編纂意圖和標準。因現發現的洪大容編輯的燕行文獻並非全部,即使1939年活字本《湛軒書》的印行是否遵從了洪大容編纂個人詩文集的旨意,在現階段也不能下定論。

來往文獻做整理。對於洪大容編纂燕行有關文獻的經過，因這些手札帖和書信選本中都未收有洪大容個人序跋，不能確切把握其宗旨，不過通過他與清人的來往書信以及友人題寫的相關文獻中的序跋文字亦可以洞悉相關細節。綜合洪大容整理編輯的與燕行有關的筆譚和書信文獻的目的和過程，大致可以整理爲以下三點：

第一，爲了懷念清代友人，達到覩物思人的目的。對於這種説法，洪大容在與清人潘庭筠的書信中亦有提及：

> 弟以四月十一日渡鴨水，以五月初二日歸鄉廬。以其十五日，諸公簡牘俱粧完，共四帖，題之曰"古杭文獻"；以六月十五日，而筆談及遭逢始末、往復書劄並録，共成三本，題之曰"乾净衕會友録"。當時晚暑，蟬聲益清。每以便服緇巾，燕坐於響山樓中，隨意翻閲，樂而忘憂，撫其手澤，如見伊人。是所以謂朝思暮遇也。[1]

從以上洪大容與潘庭筠的書信中可以看出，洪大容在乾隆三十一年五月回到故鄉就立即著手編輯他與嚴誠、潘庭筠、陸飛之間的來往書信《古杭文獻》四帖，以及筆譚記録《乾净衕會友録》三册。整理這些文獻的目的是爲了便於"隨意翻閲"，以達到覩物時"如見伊人"之目的。

第二，洪大容編撰這些書信和尺牘文獻，也有因嚴誠亡故，爲了贈送給嚴誠之兄嚴果等周圍友人，有安慰嚴誠親友和懷念故人之意。

> 至若鐵橋之生死恩愛，無異天倫。觀《題襟集》，敍其臨没留戀，如是悱惻，足下見之，當亦爲之愴心。如弟之蒙

---

〔1〕洪大容《與潘秋庫庭筠書》，《杭傳尺牘》，《湛軒書》（1939年活字本）卷一。

此之愛者,其將何以爲情耶?此覆九峯、朗齋諸公書,幸因便附去。就中《乾凈筆譚》三本,其遭遇始末,略具梗概,足下勿嫌開坼,暇日一覽,閑中消遣,或勝於稗官陳談耶。覺我行穢,足下自道,宜有此言。但人生品質,各有長短。至若德器温醇,氣誼沖真,簡而有文,淡而不厭,弟所心附於蓉洲,豈敢漫爲諛辭,苟以容悦耶![1]

以上引文中所言"題襟集"即是清人嚴誠在去世之後,其友人朱文藻代爲整理的《日下題襟集》。此詩文集序文中記錄了嚴誠在臨終時懷揣洪大容所送硯墨而終的事情,而這部詩文集在乾隆四十三年秋天寄送到洪大容的手中。洪大容看到嚴誠的遺物和詩文,其悱惻之情可以想見。洪大容整理的《乾凈筆譚》三册中不但收録了洪大容在京時與杭州三文人之間的筆譚記録,也有他們之間傳遞書信、酬唱詩文的具體過程和内容。洪大容托三河縣的孫蓉洲寄送給嚴誠之兄嚴果,也是爲了安慰其失去手足的悲痛心情,以懷念嚴誠的音容笑貌之意。

而清人朱文藻在嚴誠去世之後,也是爲他們之間的真情交流所感動,編輯了他們之間的交流書信和詩文集《日下題襟合集》,其序云:

當時,彼此問答,言語不通,率假筆札,都爲攜去,所存者僅遣伻來致之詩箋尺牘,又多爲秋庫所藏,鐵橋得者十不及四五。是歲夏五,鐵橋歸,檢以示余。觀其楮墨,寫作之精,已足珍玩。而至其深情南别,涙隨墨和,又能規諫愷切,絶無浮諛。吾輩同里閈,事徵逐,聚首二十年,中間喜悲離合之故,往往淡漠置之。而諸人者,遠在海隅,一朝萍合,乃至若是用情之深。交友本至性,豈以地限哉!(中

---

[1] 洪大容《答孫蓉洲書》,《杭傳尺牘》,《湛軒書》外集(1939年活字本)卷一。

略)悲夫！今猶子奏唐收拾遺稿,乞余編次,余感鐵橋彌留眷眷之意,因先取其所存諸人墨迹編録一册。〔1〕

朱文藻不僅認爲這些詩牘"寫作之精,已足珍玩",更爲友人嚴誠在臨終時的"眷眷之意"所感,才編輯了這部《日下題襟合集》並在洪大容提供資料之後增補而成《日下題襟集》,最後把《日下題襟集》寄送給洪大容也是爲了寬慰其思念亡友之心。

第三,爲了保存和傳承與清人之間的交流文獻,使這些文獻能傳之於中朝兩國,以達到不朽於天下之目的。

對於保存和傳承他們之間的交流文獻,洪大容在北京時與清人的交流過程中雙方似乎已經達成共識。洪大容在北京和嚴誠、陸飛的筆譚過程中曾經做過專門討論,其内容如下:

> 平仲紙四本畫完,各有題詩。平仲曰:"奉歸東國,宣揚於儕類,藏之篋笥,傳之不朽。兩兄非但爲中州之名士,抑永作海東之聞人矣。"力閽曰:"弟等雖無足輕重,然愛慕二兄之極,有此良會,即二兄亦不朽於弊邦矣。方將以洪兄之尺牘、金兄之詩箋裝裱珍藏,傳示子孫。或他日妄有著述,此段佳話,亦必言之津津,使後人之想望二兄,亦如吾輩之仰慕清陰先生也。"蘭公曰:"即爲三大人手迹,亦必傳之不朽也。"力闇曰:"固然。"〔2〕

平仲金在行在筆譚中直言希望嚴誠、陸飛不僅作中州之名士,也希望他們能永作海東之聞人。嚴誠也希望金在行和洪大容能"不朽於弊邦"。並且讓這些手迹"傳示子孫",傳之不朽。他們的這些帶有"立言"的儒家傳統思想也反映出雙方已經意識到這些交流文獻的重要性,這也是洪大容歸國後在不同時期專

---

〔1〕朱文藻《日下題襟合集》序,北京大學古籍部藏抄本。
〔2〕洪大容《乾浄衕筆譚》二月八日條,《湛軒外集》卷二。

附 錄 一

門對這些文獻進行系統整理的重要因素。

洪大容對於編纂整理這些書札帖和選集的標準没有明確表示,不過在其《乾净録後語》中有對編輯整理這些文獻情況的説明:

> 但其談草多爲秋庫所藏,是以録出者,惟以見存之草,其無草而記得者,十之一二。其廿六日歸時,秋庫應客在外,故收來著頗多,猶逸其三之一焉。且彼此惟以通話爲急,故書之多雜亂無次。是以雖於其見存者,有問而無答者有之,有答而無問者、有語而没頭没尾者亦有之。是則其不可追記者棄之,其猶可記者,於三人之語,亦略以數字添補之,惟無奈其話法頓失本色,且多間現疊出,或斷或續,此則日久追記,徒憑話草,其勢不得不爾。[1]

以上陳述雖然是編撰《乾净筆譚》的情況,同時也折射出因洪大容個人攜帶回去的草稿、手札等資料不全,在編纂這些文獻時已經不能完全展示當時他們交流的實態,也導致了這些文獻中存在的諸多問題。而對手札書信的編輯情況,洪大容也在給金在行所題的《金養虚在行浙杭尺牘跋》中有所透漏:

> 一朝具韉韋入燕都,與浙江三人相得甚歡。三人者皆許其高而自以爲不及也。又以其豪爽跅弛,無偏邦氣味,益交之深如舊識也。今見帖中諸書可知也。三人者皆漢晉故家之裔,風流雋才,又江表之極選。今平仲之見稱許如是,從此平仲之詩,可以膾炙於華人口吻,而養虚之號,可以不朽於天下矣。
> 是行也,余實與之終始焉。其詩札固不止此,歸後多散失,其僅存者又貧不能爲粧,余挈取而編帖以歸之。始吾

---

[1] 洪大容《乾净録後語》,《湛軒外集》卷二。

213

輩歸後,東人之務爲索論者謗議紛然。嗚呼! 局於小者不足以語大,拘於近者不足以語遠。養虛其以此帖束之巾衍,勿示非其人也。[1]

從以上跋文中可知,洪大容不但編輯裝幀了個人所收與清人交流的尺牘,同時也爲友人金養虛(在行)選編裝幀了他收藏的書信資料。洪大容也明確説明"其詩札固不止此,歸后多散失",體現了洪大容因尺牘文獻的極易散失,自己未能作全面整理的遺憾之情。

三、洪大容編纂與清人往來書信的特徵及意義

洪大容的燕行以及與清人的交流所促成其編撰的這些手札帖、書信選本文獻資料是研究十八世紀朝鮮和清朝文化、學術等方面的寶庫,在歷史、文學、書藝等方面都體現了重要的文獻價值。限於篇幅,本文中只就這些文獻的特徵和價值簡略歸納爲如下三點:

第一,洪大容整理和保存的這些書信原札和詩牘選本是十八世紀清人和朝鮮文人直接交流的結晶,爲當代和後世了解和研究十八世紀清人和朝鮮文人的交流實態提供了不可或缺的素材。他們的"天涯知己"式的交流方式以及流露出的真摯情感,不但感動了洪大容和清代友人,也爲承接前代的友好交流傳統,爲後世繼承和發揚兩國的友好交流關係起到了積極的推動作用。

對於洪大容和清人的交流佳話,在當時的朝鮮和清人之間流傳頗廣,李德懋(1741—1793)在其文集中論及清人潘庭筠時

---

[1] 洪大容《金養虛在行浙杭尺牘跋》,《湛軒書》內集卷三。

附錄一

曾道:

> 湛軒先生奇士也。遊燕而歸,每説筱飲、鐵橋、秋庫三先生,風流人物,照耀江左。仍示其談録及詩文墨迹,不佞欣然欲起舞,悽然又泣下。以其朋友之感,藹然觸發,自不覺其如此也。[1]

洪大容和清人的交流不但在當時影響深遠,也對後代朝鮮士人和清人的交流起到了媒介作用。成大中(1732—1812)在《青城集》中曾兩次提及此事,《書金養虛在行浙杭尺牘跋》中對金在行和洪大容在清朝所受禮遇以及他們的才能得到了清人的認可和繼承、發揚了清陰金尚憲與清人的友好交流傳統等都給予了極高的評價:

> 金養虛與洪湛軒隨至使入燕,遇杭州貢士嚴誠、潘庭筠、陸飛三子者,一見相合,畫二公像藏之,萬里寄書,如門庭然。潘、陸後皆登第,潘已顯揚臺省,陸則歸隱西湖,江浙稱其高;獨嚴誠者早夭,臨殁,出二公像見之,噓欷而絶。後之入燕者,與潘翰林交,必援二公而爲介,然交好無間,終不如二公時。夫湛軒入地,固足取重,養虛則直一窮士爾,欹崎歷落,不得志於世。其以詩酒自命者,適足見姗於後生。而及與三子者遇,取重也如此,蓋其胸懷之虛曠,有以致之。而無亦不得於我者,適以得於彼耶?抑吾因此而有感也。夫三子之文章書畫,並中國之選也。方其聚飲於燕市也,風流氣岸,殆將傾一世而右之,其於外國之士何有,而顧乃禮下之已甚,死生之際,尚此忍忘,非大國之人然乎哉?世之挾才地而驕人,切切以爲高者,視此足以知

---

[1] 李德懋《潘秋庫庭筠》,《青莊館全書》(《韓國文集叢刊》二五七)卷十九,《雅亭遺稿》十一。

愧也。然華人甚重清陰,遇我人則必問。養虛,清陰族孫也,三子者之重之,其亦以是夫? 苟其然者,是乃我國之重也,豈特二公爲哉?[1]

另外,成大中在《醒言》中也對洪大容與清人的交流對後世兩國文人之間的交流影響有所敘述:

> 洪湛軒大容、金養虛在行,嘗隨使入燕,遇潘德園庭筠。庭筠錢塘人也,應舉至都,見二人歡甚,許以海外神交。及李懋官德懋、朴在先齊家至燕,則潘已登第爲庶吉士,交之比於洪、金。在先復入,則庭筠爲陝西御史,而洪、金並已歿矣。[2]

洪大容作爲十八世紀和清人友好交流的典型,對十九世紀清人和朝鮮文人的交流起到了橋梁作用,尤其是洪大容的友人李德懋、朴齊家等人與清人的交流都是在洪大容的直接引介下進行的。

第二,洪大容和清人的交流書信以及筆譚資料在當時的朝鮮和清人之間流播甚廣,在後世學者中也有諸抄本行世。洪大容同代學者和後人對這些交流文獻的品評,也促進了中韓兩國交流文學的創作和批評的發展。

洪大容編纂的與清人之間的書信及筆譚資料,在當時朝鮮士人之間傳閲流布,洪大容的友人李德懋不但對杭州三文士的文采風流給予了很高的評價,爲他們的交流文獻墨迹中的深情深受感動,乃至受他們的影響編纂了一部《天涯知己書》,對於個人編纂這部書的原因,在這部書信集的序文中有說明:

---

[1] 成大中《書金養虛在行浙杭尺牘跋》,《青城集》(《韓國文集叢刊》二四八)卷八。
[2] 成大中《醒言》,《青城集》(《韓國文集叢刊》二四八)卷四。

>洪大容,字德保,號湛軒,博學好古。乙酉冬,隨其季父書狀官檍遊燕,逢杭州名士嚴誠、陸飛、潘庭筠。筆談書牘,翩翩可愛,結天涯知己而歸,亦盛事也。時金在行,字平仲,號養虛,奇士也,同入燕,爲三人所傾倒。今觀其諸帖,輸瀉相和之樂,不愧古人,往往感激有可涕者。錄其尺牘詩文,抄刪筆談,名曰天涯知己書,以刺薄於朋友之倫者焉。[1]

對於洪大容和清人之間交流以及交流詩文尺牘,洪大容的友人南公轍(1760—1840)對清人的人品才華以及他們的作品都進行了評價:

>余嘗從人借見洪知縣大容所藏潘庭筠書畫數十余本。洪曾隨使入燕京,潘亦以舉人來,旅邸相遇,茶場酒樓,過從酬唱。歸後亦不絕書札往復,筆墨動蕩,風采雅麗,尚想其爲人也。又後惠甫贈余潘詩一卷,余爲序,以見其中愛好之意。
>嚴誠力闇各體詩九首,書牘七道,與朝鮮使臣相問答也。幅上稱正使李大人,李不知何人也。詩皆清古,與香祖和鸚鵡詩尤妙,今識於此。(中略)書牘學晉人,蕭散懇款,清人集中亦罕見如斯墨妙矣。於書無所不覽,尤嗜《虞初志》諸書,真風流佳士也。[2]

可以看出,洪大容與清人之間的交流佳話,以及清人的詩文作品在朝鮮文人中也受到了很高的評價,也在一定程度上促進了兩國文人之間的文學批評。而在清朝,因嚴誠的早逝,朱

---

[1] 李德懋《天涯知己書》,《青莊館全書》(《韓國文集叢刊》二五七)卷六十三。
[2] 南公轍《潘嚴二名士詩牘紙本》,《金陵集》(《韓國文集叢刊》二七二)書畫跋尾。

文藻編輯的《日下題襟合集》也在清代文人之間廣泛傳播並有諸種傳抄本流傳了下來[1]。可見,洪大容與清人的交往詩札文獻在十八、十九世紀中韓兩國文人中都有深遠的影響。

第三,洪大容整理的一系列手札原帖和書信選本充分保存了清人和朝鮮學人之間學術交流的具體內容和交流實態。這些書信中不僅涉及十八世紀中韓兩國社會文化、文學藝術,其所討論的內容也具有很強的學術性,是了解當時中韓文人學術傾向的重要文獻。對於這些書信中的學術信息,洪大容的友人朴趾源曾做過評價:

> 嘗隨其叔父書狀之行,遇陸飛、嚴誠、潘庭筠於琉璃廠。三人者俱家錢塘,皆文章藝術之士,交遊皆海內知名。然咸推服德保爲大儒,所與筆談累萬言,皆辨析經旨、天人性命、古今出處大義。[2]

洪大容不僅和清人在筆譚中討論了許多有關經史等學術問題,在歸國後亦和清人也有過長篇論談討論經史和儒釋道等問題。而對於洪大容和清人在交流過程中流露出的古情古意,以及他們之間在交流過程中爲了雙方的學術增進相互砥礪的言行,清人羅以智在《日下題襟集》跋文中也大加贊賞:

> 夫交道之廢替已久矣。今之所謂尚風誼、通聲氣者,大率挾勢利祿,互爲援繫。不然,讌飲笙歌,共征逐,逞一時之豪興,情相狎而相昵。抑或學士文人,模範山水,觴詠風月,性靈陶寫,傳爲美談。至於賦河梁之恨,寄雲樹之思,何嘗不千里一心,盟貞金石焉。然而善則相勸,過則相規,輔身心性命之學,勖窮達出處之志,蓋闕如也。觀夫三先

---
[1] 具體内容可參考拙稿《十八世紀中韓文人交流詩文集日下題襟合集與日下題襟集的傳抄本》,《溫州大學學報(社會科學版)》,2016年第3期。
[2] 朴趾源《洪德保墓誌銘》,《湛軒書》附錄,1939年鉛活字本。

生則不然,往來酬酢,浮英華,湛道德。觀摩者學問,引重者志行。欣慕之不已,益加以愛敬;愛敬之不已,益加以砥礪。籲友道之正,視古人其無忝也歟![1]

综上所述,洪大容之所以編纂與清人往來手札文獻,既有滿足個人思念友人之目的,亦有因亡友嚴誠的早逝而安慰其親友之因素,也有雙方爲了使這些交流文獻能傳之不朽的共識。這些交流手札和詩文既是兩國文人直接交流的結晶,而這些文獻的編輯成册又是兩國文人多方參與共同努力的結果,具有多重的價值和意義。尤其值得注意的是,洪大容在整理編纂這些詩文尺牘的同時,朱文藻也正做着整理編輯《日下題襟合集》《日下題襟集》的工作。而兩方整理的這些詩文尺牘文獻之間或互爲補充,或互爲參校,都有著密切的對應關係,爲研究洪大容燕行關聯議題提供了重要素材。希望《日下題襟集》的校注成書,能對中韓兩國文學、文化、學術交流等方面的相關研究提供助益。

---

[1] 羅以智《日下題合襟集》跋文,北京大學古籍部藏抄本。

日下題襟集

附錄二

據韓國國史編纂委員會藏《日下題襟集》影印

鐵橋全集

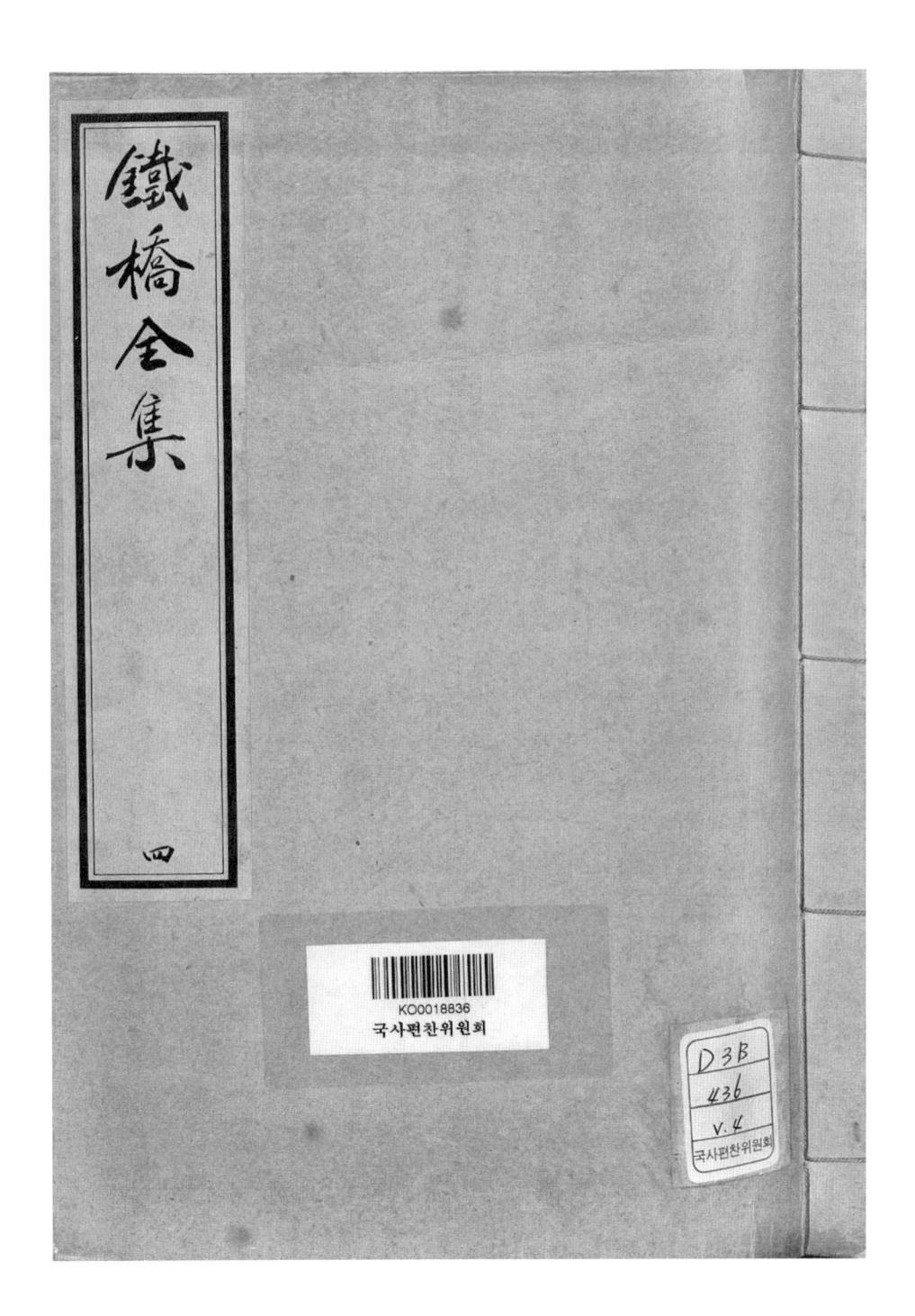

四

日下題襟集

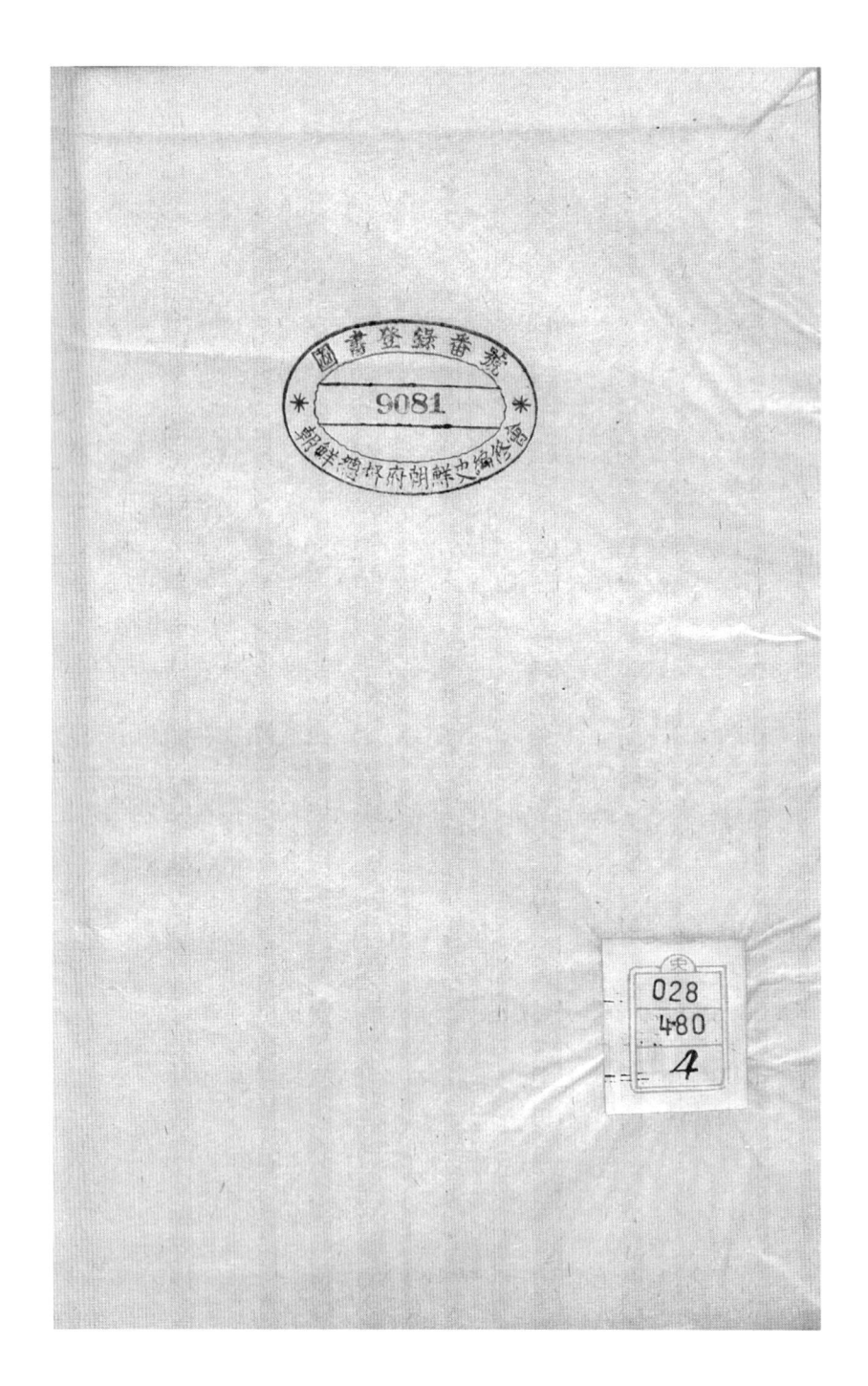

題襟集 上

鐵橋全集 四

日下題襟集

嚴鐵橋集

第四冊目

日下題襟集

李令公
順義君
金宰相
洪執義
金秀才

日下題襟集叙

歲在丙戌吾友嚴鐵橋偕陸筱飲潘秋庚赴公
車至
京師寓南城之天陛店偶過書肆邂逅朝鮮行人
李基聖見鐵橋所帶眼鏡愛之鐵橋舉以相贈
歸言于正使李烜副使金善行洪檍及金副使
弟在行洪副使姪大容皆心慕之越數日李公
訪得鐵橋所寓來相見談竟日歸益傾倒之由
是諸人願見如渴而金洪二君欽慕尤甚既而
二君來鐵橋秋庾亦偕往筱飲以事不及赴故

贈答書畫終于隔面當時彼此問答語言不通
寧假筆札都爲攜去所存者僅這俾來致之詩
牋尺牘而又多爲秋庫所藏鐵橋得者十不及
四五是歲夏五鐵橋歸檢以示余觀其楷墨寫
作之精己足珍玩而至其深情難別淚隨墨和
又能規諫剴切絕無浮諛吾輩同里開事徵逐
聚首二十年中間悲喜離合之故往徃淡漠置
之而此諸人者遠在海隅一朝辭合乃至若是
用情之深交友本至性豈以地限哉今年鐵橋
客閩閩秋之月秋庫得洪大容去秋所寄書及

墨函致容中幾四千言而其時鐵橋梁癱兩月力疾答書亦幾三千言闡道析疑語語痛快十月旣望鐵橋疾亟旋里兩旬而沒易簀之日招余坐牀第被中出洪書令讀之視眼角淚潛潛下又取墨嗅之愛其古香笑而藏之時已古彊口斜手顫氣逆不能支矣悲夫今猶子奏唐收拾遺稿乞余編次余感鐵橋彌留眷眷之意因先取其所存諸人墨蹟編錄一冊凡鐵橋所與贈答詩文悉附入故本集不載而筱飲數詩存者亦錄之其在秋廂處者未及也題曰下題

二

襟集集凡五人李金洪三使及金洪二君李令公無詩文以其為緣起之人故列小像于首卷中缺字益墨蹟艸書不可識者乾隆丁亥十二月立春前三日朱文藻述

己丑之冬洪君湛軒寄來鐵橋遺唾一冊校舊稿闕者卷補入有不同者詳注于下庚寅十二月立春日文藻又記

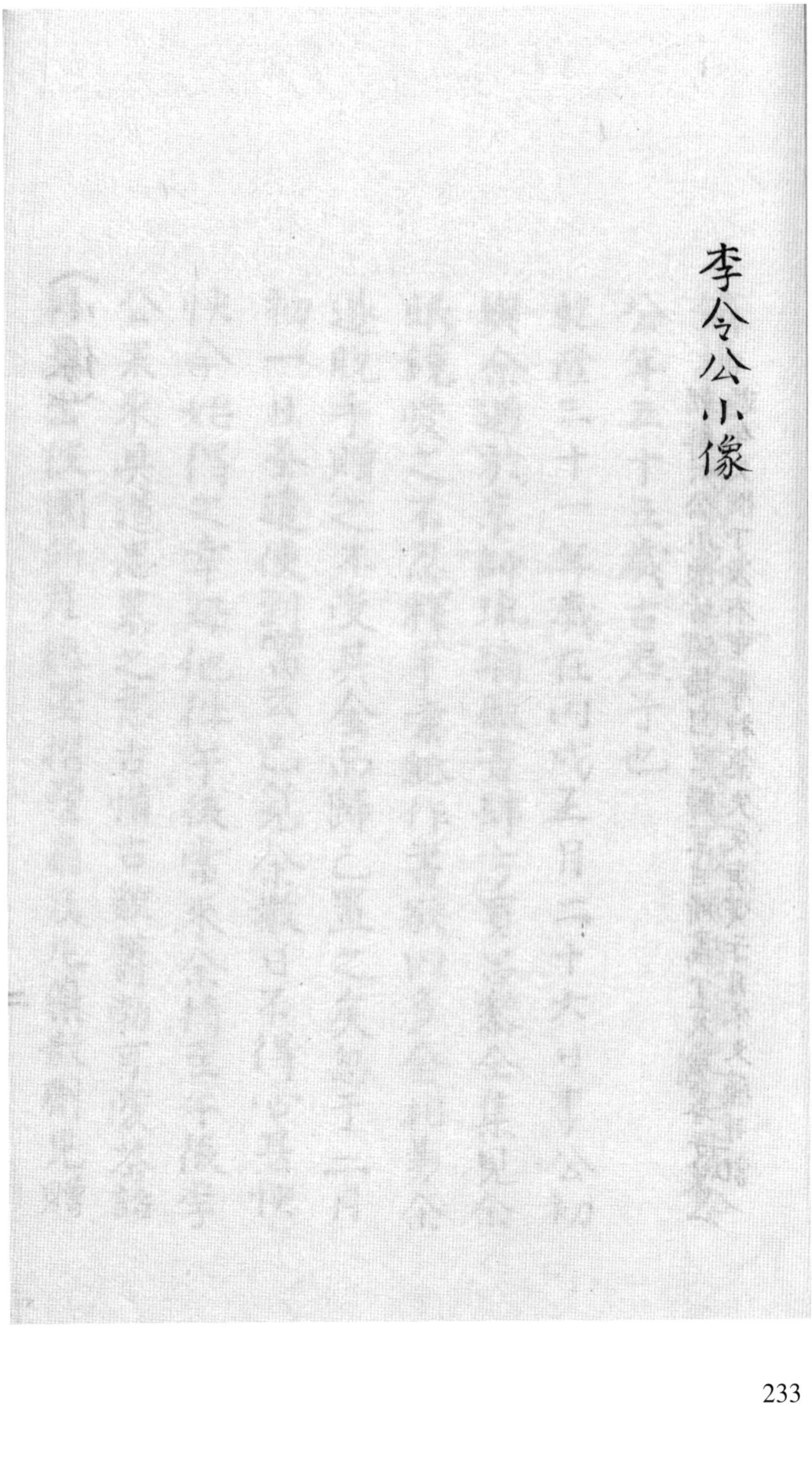
李令公小像

〈小像〉

朝鮮六公小像皆鐵橋自京歸里日所畫丁亥歲暮手摹一過今又從丁亥本重摹神氣失矣庚寅子月朱文藻并記

鐵橋曰安義節制使李基聖彼國皆稱之曰李令公年五十五歲古君子也

乾隆三十一年歲在丙戌正月二十六日李公初與余遇於京師琉璃廠書肆方買昌黎全集見余眼鏡愛之不忍釋手索紙作書欲以多金相易余遂脫手贈之不受其金而歸已置之矣忽于二月初一日盡遣使到寓云已覓余數日不得心甚怏怏今始得之幸毋他往午後當來余待至午後李公果來具道思慕之意古情古貌轟勃可愛茶話移晷出彼國所產紙墨摺疊扇及丸藥數劑見贈

余亦報之以香扇等物焉此緣起也
笠于制度精密乃其俗私居之冠簷極大以革爲
之武臣皆銳頂綴以金銀而繫以孔雀翎文臣則
衹平其頂而已有大禮則紗帽圓領士人亦方中
海青憨沿舊制而我
朝一聽之具見忠厚寬大之至矣

附錄二

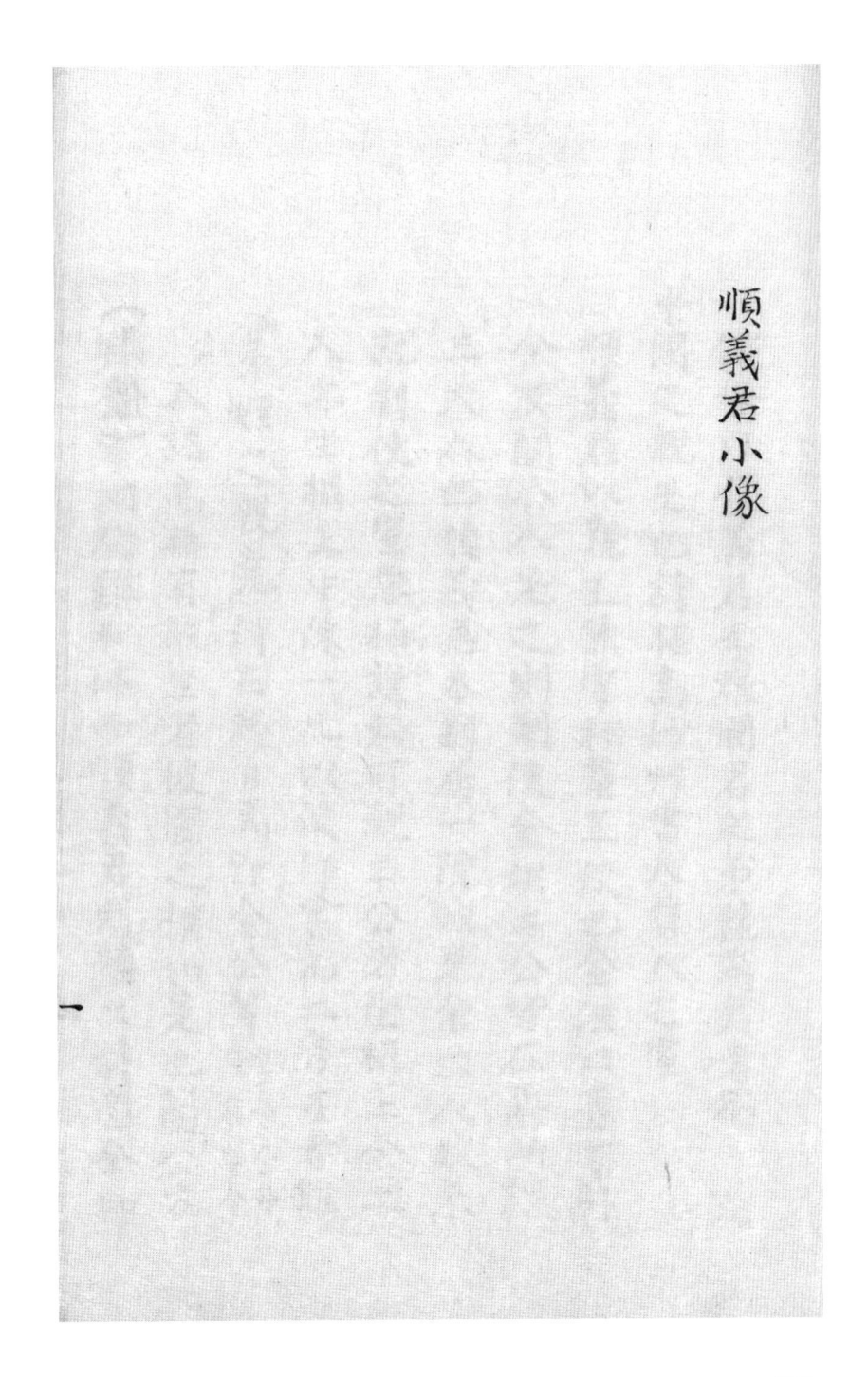

順義君小像

（小像）

鐵橋曰順義君李烜國君之弟號為君者猶中國之親王也詩極高妙艸書八晉人之室順義君以親王紫寧相蓋正使也金洪二秀才引余及蘭公八見之則副使金洪二公皆在焉所謂三大人也順義君本別居一院以見余二人故來就副使之室意極謙和可親三公者坐榻上余二人亦坐榻上中陳一几以便作書而二秀才雖弟姪之親竟侍立終日焉即令公等李令公外公入語亦無有敢坐者彼國之禮如是也蘭公方與金宰相問難不休而順義君則題二詩邀余和

余走筆應之俄頃間而順義君已再疊韻余亦再疊韻往反數四每人得十四首焉連書于一紙之上余欲攜之歸而順義君已令人匿去矣亦一奇人也

順義君詩

鸚鵡詩二首

一白籠中入幾經燕塞春不能終慎口似欲疆隨人

久鬱雲霄志頻煩錦繡身元多資品潔難與眾禽親

嗟爾隴西鳥應思故國春也知非俗物如待有情人

珠箔多孤夢燈花映隻身異鄉同飲啄轉覺日相親

附鐵橋次韻二首

回首故山遠隴頭今又春羽毛誰假爾飲啄此依
人慧性宜防口高情愛潔身幸邀蘭殿寵燕雀敢
相親

東風吹暖律眾鳥弄晴春誰似綠衣使偏隨金屋
人解言翻巧舌鬭舞隨輕身一種翩翻態依依自
可親

次金副使韻呈鐵橋

經歲燕城醫欲絲韶光又洩綠楊枝自從一見情如
舊不忍相分話故遲他日只看雲起處良宵應憶月

來時南宮高擢區區望星漢乘槎自有期

　附鐵橋次韻答詩

吳蠶那得便無絲擊節狂歌木有枝最感虛懷酬
未易却慙高韻和偏遲可憐惜別傷春意并集燈
殘夢醒時萬里煙波空極目茫茫何處畫交期

　題扇贈鐵橋

君在江南我海東東南不隔一天中乍逢卽別渾如
夢恨不相隨瀉鬱胷

　附鐵橋次韻答詩

浩淼洪波涵薩東風流文采媲南中曆雲只解遮

雙眼誰道遍層雲可盪胸

鐵橋過訪寓館即席有作三首

二月燕城白雪飛羈窻深坐見人稀忽逢上客高軒過筆古論懷忍放歸
各盡邦言屑欲飛知君文采眾中稀雲邊渺渺江南在為問何時命駕歸
客懷寥落夢魂飛欲寄鄉書雁亦稀虛度半春歸不得逢君同羨白雲歸

附鐵橋次韻答詩三首 原注在館倡和十四首惜不能記矣此特按遺唾亦只載此三首其中之三首云○文藻

高館披襟興欲飛一時良會古應稀坐深卻惜頻
移晷卽聽昏鐘不擬歸
復見東風柳絮飛故山雲樹夢依稀自緣捧檄平
生志要待宮花掩帽歸原注時試期尚遠而李君
袞袞黃塵盡日飛今朝裁覺旅愁稀賢儒眼界就
寥闊安得從君泛海歸欲文藻按遺唾作便
次金秀才韻謝鐵橋見惠書畫
燕京遇高士云自杭州來博識由唯一作經學清姿賓
異才白頭向人娓青眼爲君開吾愛兼三絕化翁能
不猜

附鐵橋次韻奉答

凌晨初盥漱戶外喜停來既飲醉和氣彌懇竊情才寸心醒似醉又素闇還開勝事真千古旁人莫漫猜

又再疊前韻文藻曰此詩并序從遺唾補入

雅意纏綿窅思無斁德音相疊捧誦欲狂謬邀三絕之褒再效一言之獻敢云和韻聊代承顏

自覺天機淺台州敢擬來烟雲須慶態邱壑要清才五字勞相贈雙眸喜顧開所欣歸橐重津吏不

五

驚猜

題扇贈秋庠

相看成邂逅各自天涯來未得臨岐別歸心何以裁

題扇贈筱飲二首

不面先見書精神已相照咫尺猶天涯無由開一笑
生綃一幅畫想見其人好夢裡有別離作詩詩艸艸

附筱飲次韻答詩

天地猶邁邇日月同所照神交來異域頗令向東笑

不見空相思負此春日好何處望行塵愁心滿芳

又題畫蘭扇贈順義君

春風吹百卉枝葉何揚揚嗟我本騷客愛茲王者香

舊作三首 詳文藻曰未詳何題

前夜濛濛雨庭梅欲綻時早春猶可愛紫閣有佳期

馬行白沙閣高咏雁聲中忽然看絕壁秋色去年同

誰為鷺無慾窺魚隱渚雲以吾長睡眼不欲爾為群

順義君尺牘

與鐵橋秋庵

頌書病未謝追悚昨日兩士回覽筆話可想高明之鶴
立難群也難孤盛意病中拙艸舊吟數絕以呈或可
分領一哂否貴書畫歸後裹帖以爲海東流傳之計
幸各二幅揮灑于一小紙投惠至望回期在邇更未
摻別臨風悵溯而已不宣東國李烜頓首
　來扇書一絕以之替面可乎

與鐵橋

昨日畫箑之惠雖感副使見即奪去其無廉可知也
不獲已更呈兩箑忘勞畫惠否鄙號乃睡隱也書于
箑中勿使他人更奪之至望至望若是縷縷還切不

安嚴孝廉案下

兩箋之畫筆法如神俱得睡隱真趣可作來方之寶也前書捧託小紙畫帖其或遺忘邪書則有所附者而畫則無所附者奈何奈何近來旅疲何如溯仰而已不宣李烜頓首呈嚴孝廉案下

又

如干筆墨紙箋奉呈此在情不在物也幸笑領如何又與鐵橋秋庫

瑞和奉讀再三不忍釋手也貴三絕古亦罕有詩曰

七

由中出實非虛語何若是過謙邪歸後褒帖當勿傳
非其人而永作不朽之寶耳行期在近以書告別不
勝悵鋏李烜頓首嚴大雅潘大雅僉行憶

附鐵橋答書 從遺唾補入 文藻曰以下俱

誠等譾陋小生荷蒙不棄假以顏色俾得仰瞻清
光平生榮幸莫此為極所恨天各一方不得常親
教範此中耿耿何日忘之頃辱寵貺悚愧彌深兼
盛使傳諭諄切長者之賜誼不敢辭謹以拜八鴻
篇垂教捧誦之下益增感激當俟南還特裒瓊珍
藏傳為永寶明日容與和鸞詩一并次韻鈔呈鈞

覽望見無期言之於邑寸縅申謝臨風黯然

又

誠再拜敬啓違顏以來瞻戀之誠與日俱積辱頒手教兼示瑤篇執讀循環感無以喻誠等自顧碌碌凡士何以得此裁亦擬勉操枯管以竭愚思奈日來塵事冗襍迫無寧晷故所得止此想高明定有以諒之也肅此恭請福安臨風無任馳溯不腆鄉產聊將敬意惟鑒存是荷

又

孤坐荒館懷思寔深辱瑤翰具荷垂注鄙詩淺率
八

何足道過邀寵襃益增顏甲耳秋庫蒙賜扇已檢至渠有事入城兩日未返俟其歸寓當轉致鄭重之意種種厚意筆端難罄惟在曲照而已別悰縷縷惆悵難勝望見無期臨楮三歎率此怖候福安不備

又

捧誦瑤華深荷垂注欽媿交迸當卽日和呈仰答高誼也小畫四幅納上旅邸壁襟倉卒命筆甚媿蕪率真不足供噴飯耳肅此覆請近安臨風馳仰

又

使至厚賜名翰感佩之至籞聞貴體違和尤切懸
念乃于委頓之中有勞指管此種厚誼生死難忘
真當傳示子孫以為永寶叩頭叩頭小詩敬和緣
寓中多撓必待撥冗俗冗始克爲之望恕遲延之
辜佳箋即當命筆但塊拙工有污清盼奈何奈何
統于十二日繳到專此恭候重安竝道謝悃臨風

翹溯

又

書畫本拙劣不堪稟日來塵務相撓興致不佳無
暇多作謹塗成數幅呈覽各位大人有以教之

幸甚正擬遣人走請福安而又緣正使大人瓊篇寵貢欽忭更深容不揣鄙陋再效邯鄲之步上塵鈞覽耳第誠筆二八各欲得大人妙蹟以爲珍寶適來此紙已爲潘君所得望更書數行兼書賤字力闇二字于上以免豪奪此寶出于中心愛慕之誠輒敢瑣瀆至此恕之諒之

又

伏讀華翰具悉一切前二笺寶緣旅次多冗燈下命筆甚塊筆墨拙滯謬邀嗜痂之愛慼荷之極小幅畫安敢遺忘亦因應酬紛襍偶爾槀遲爲派休

休公冊頁亦未卒業統容于十九日早一并繳到不敢有悞爾此謹請近安臨穎無任馳仰

日下題襟集

金宰相小像

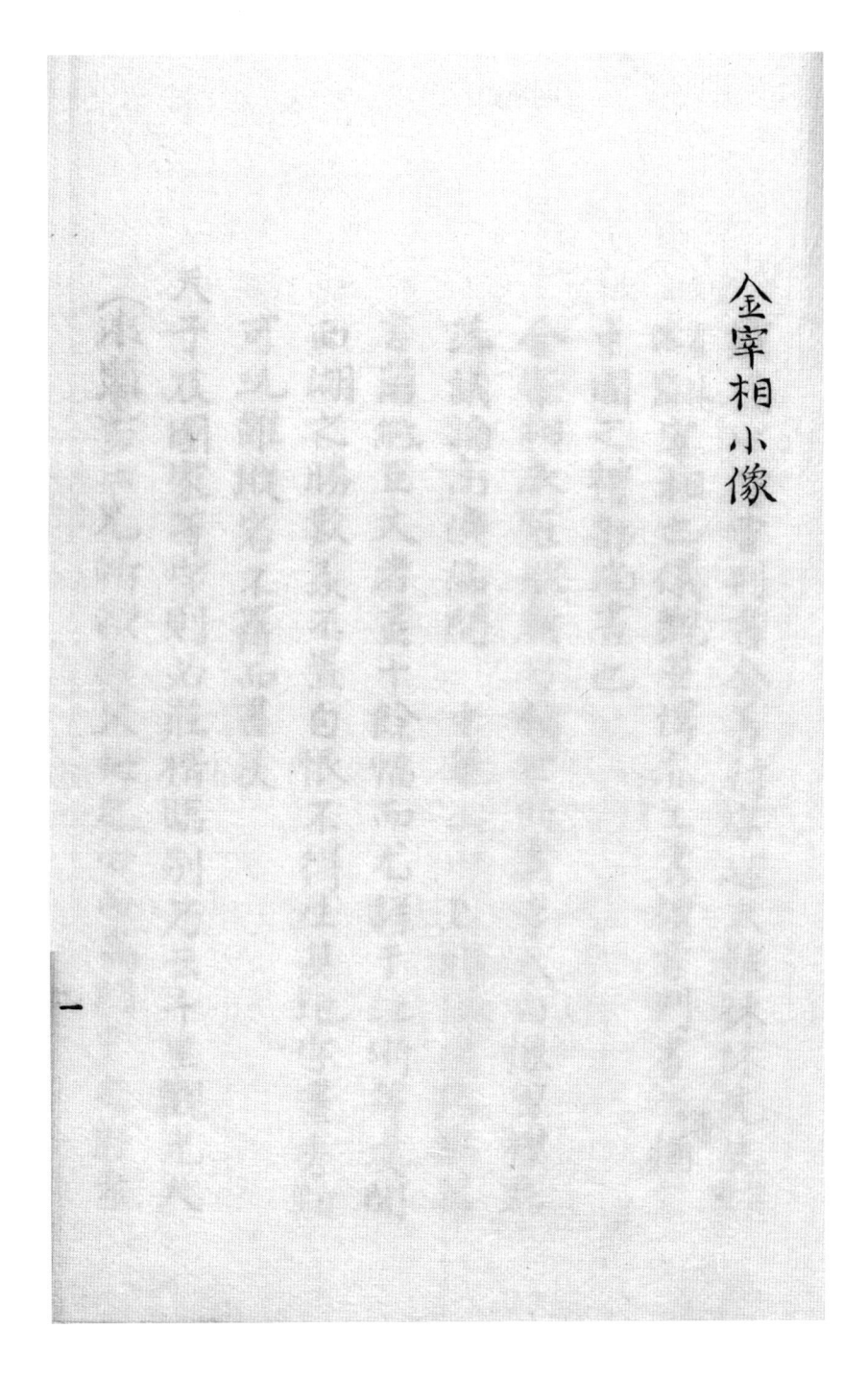

日下題襟集

（小像）

鐵橋曰禮曹判書金善行字述夫號休休先生其家有休窩宰相也儀觀甚偉亦工書禮曹判書云猶〈簽〉中國之禮部尚書也

金宰相衣冠狀貌可類世所畫李太白像胷襟磊落議論高曠徧問中華山川名勝徃復殆數萬言繭紙亘丈者畫十餘幅而尤詳于江浙等處聞西湖之勝歎羨不置自恨不得生其地字畫秀勁可玩雖縱容不羈而書及

天子及國家等字則必莊楷臨別乃云千里觀光大非容易二兄所以慰父母之心而為門戶之計者

在此旅邸易疎筆硯二兄春闈之捷固意中事恨遠人不日將歸不及親見即區區亦更無入京之勢惟冀二兄或有奉勅海東之役再謀良晤耳蘭公至爲感激淚下而金公亦有黯然之色焉

金宰相詩

贈嚴鐵橋潘秋庵
城頭楊柳綠如絲送客江南折一枝別恨方催都脈脈離章欲寫故遲遲從今祗是相思日此後那堪獨去時東海浮槎知有路春闈聯捷寫君期冀其有奉使海東之

役旦區區擬一第又烏足為力閫道哉

附鐵橋次韻答詩

新愁不斷正如絲鬢鬢鴛鴛寄一枝要路欲登爭奈嬾德人相見若據遷摩洋彩筆題詩處想像青蓮被酒時原注昨見金公衣冠狀貌以李翰林比之故云 賤子尚餘心一寸畢生難忘此良期

簡鐵橋四首

荷花十里漾清波錦繡江山一氣和畫舫笙歌隨處足讀書聲都在誰窩
漢隸唐文已鮮傳虎頭神妙又全收地靈從古生人

傑杭是江南第一州
江南江北鷓鴣啼風雨驚飛失舊樓蒲葉欲生新柳
細悲歌一曲夕陽低
丈夫不灑別離淚為唱陽關第四聲吳中對月相思
否滄海東頭幸寄情

附鐵橋次韻答詩四首

雄文浩瀚捲滄波風貌親承更飲和綠野漫須誇
晉國休休聞已葺吟窩其原注君別號休休居士其別業有休休窩云
倪王別派古無傳愛殺烟雲腕底收一角遠山蒼
不得家宋馬遠畫西笑儂生長在杭州西湖山水其時君求余畫

宣武門東烏夜啼愁人伏枕感羈棲朝來一事伸
着處聽說鄉邦米價低
狂來起學劉琨舞夜半荒雞非惡聲萬里東風他
日事霜天搔首不勝情
　集朱子句留別鐵橋秋庫
借得新詩連夜讀世間無物敢爭妍他年空憶今年
事艸艸相逢又黯然
　附鐵橋集元遺山句次韻答詩
看盡春風不回首題詩端為發幽妍重來未必春
風在卻望都門一慨然

題筱飲曾祖少微先生忠天廟畵壁詩

高人雷絕藝古壁尚餘光仙佛精神洽塵煤氣色香
揄揚先輩悲喜後孫腸遠客聆遺躅滄桑感慨長

金寧相天牘

與鐵橋秋庫

僕不喜交游同邦罕知舊況境外乎然一見兩足下
忽忽傾倒眷眷不能舍殆寢寐耿結未知愛才之癖
邪抑佛氏所謂前塵宿因邪然秋庫　謹鐵橋夾壇
對之默然相契深惜以此才華風範之羡生　聲明
文物之邦不能展吾所悲常抱言外之恨僕又安

謄慰作

得不爲之慷慨而尤天乎昨奉瓊琚斗輪困恨不能剔燈深話以生平之恨耳善又書所勞各章苦欠體大不能 小幅可恨

又

僕在弊邦已疎嬾詩與書已久今復乃爾實爲兩孝廉厚情所牽不知必笑僕無恥然只表微忱鬼揶揄亦不甚愧耳東人詩律近尤多門比之嘉靖萬曆唱酬之作不啻倍蓰今 述 書清陰先生後孫儒先詩三篇以呈蓋清陰天下士其後孫又避世山居能明祖志殆古今所罕有不可不使南華人知之

難盡謹金

五

故耳善頓首

又

雖未能更承清誨伻書源源稍慰鄙懷第今則尚以室邇人遐爲歎馬首一束人室俱邇則將若之何僕與兩足下之交其可止于是而已乎然僕本荒海儜夫得一昭于君子下風亦天大之幸也又何望長保瞻仰日事追逐耶然人情本不相遠四海皆吾同胞氣味之投心志之通元無內外之別則僕何肯安分自疎不憾憾于長別耶宜守其窘窳耿耿不能驅去胷裡頃呈小幅蒙此分外奇惠山水木石點點皆雷

吾人精神妙用雖隔之以雲山萬里亦足以彷彿依
俙于觀著宇而聆金玉兩足下愛我之深繫戀知矣
僕安得不感滯潛潛如拱璧宇然非此則無以慰
相思對此則反應倍相思又不知其的爲可寶的爲
可憎也只恨當初容易逢迎容易傾倒耳情長紙縮
不宣統惟照諒丙戌仲春善行頓首
　秋庠所委扇面謹如教海味數種並呈而煎藥只
一器或分領邪
　附禮單
雪花紙二卷　倭菱花紙二卷　簡紙二十幅
六

與鐵橋秋庫

頍言

各色扇三柄　筆二枝　墨二笏　牛黃清心元二九　九味清心元二九　螺鈿烟袋二箇

日間兩足下德履珍重之懷十二時何刻不耿耿僕之得足下多已分外奇事而今忽更添陸兄于千萬夢想之外此又奇事也然喜與愁必相因固理也亦勢也相逢之喜既大相離之愁將奈何僕情癡也于兩足下已不知此身歸後如何過日今又添陸兄今則固以為喜焉　若至他日當為愁為怨兩足幸適值茲下其可堪乎　陸兄有便　付數字耳不宣丙戌

仲春廿四日善行頓首不二齋秋庫僉案下

頃呈海產半罍半送甚非所望俗樣豈吾輩事乎

附筱題畫松扇贈金丞相詩

松高依海日材大意如何頂上白雲起人間雨澤多

又題畫竹扇送金丞相

匆匆愁聽使車聲不見爭如得見情一語寄君善

足慰養虛弟我我呼兄

又金丞相書來道別未面之情深于既面對來使率成小幅題詩送之

七

萍合浮生都是勾況教言笑不曾親海天無際昏于夢裡還尋夢過人

與鐵橋秋厓

逢別太遽不勝怒如獲承兩度華翰憑審日來旅榻
清珍慰當對晤箋蒙佳貺雖荷厚眷不安則大矣書
畫擬賷歸臺有所唐突而此館亦有瀋上舍獨占之
習方與洪友一憎一笑今承再書呈似之示麈語一
污尚覺汗顏更以四絕句手寫仰副詩與筆俱堪絕
倒本不當露醜大方以犯無耻之戒而非此則兩位
點墨無以紹介爰作本瓜以呈未知肯許邪惠送素

冊謹此奉去隨意揮灑篆隸楷艸木石花艸爛熳于帖中則不但爲寶于僻海覩物思人決不外是如不鄙棄則幸曲施也前去詩章倩手所寫必欲使之塗鴉則終當如命耳不宣海東人善行頓

又

束歸之轍匪久當發　焉若割政爾昧昧兩足下德章忽至推重之遇相信之深可以仰想傾荷之意死前何能忘也又何忍忘也善又拜

日下題襟集

附錄二

洪執義小像

日下題襟集

(小像)

鐵橋曰書狀官執義洪檍高士從父也字幼直狀元及第執義者三品官猶古中國之御史中丞而今之都察院也

洪公挾坐榻上看金公與余二人問答疾書都無一語間二挺筆亦數字耳然筆鋒蒼秀雄奇亦學晉帖者余意洪公簡默淡泊大異于金公之為人者次日忽遣人持書到寓淋漓數百言極致鄭重之意具道所以傾倒于余二人者甚至而贈余以繭紙百番倭紙數十幅螺鈿烟筒二枚墨二笏筆二管鰕魚二挂簡帖封套各二十副彩箋四十幅二

清心元安神元紫金錠等數劑原注此物在彼國
亦寶貴之極無從
購求摺疊扇三柄下至僕從亦人與扇三柄蓋與
者也
彼二公者無以異焉此余信筆所書皆紀實之語
以備將來覽觀焉

附牛黃清心元方

一治卒中風不省人事痰涎壅塞精神昏憒言
語謇澁口眼喎斜手足不遂氣塞等症

山藥七錢甘草炒五錢人參二錢五分蒲黃炒二錢五分神曲
炒二錢五分犀角二錢黃卷炒一錢七分五厘〇鐵肉
橋日此黃卷未詳何藥

桂分一錢五厘七白芍藥一錢麥門冬一錢五分黃芩一錢五分當

歸一錢防風一錢朱砂水飛一
五分　　五分　　五分　白术一錢柴胡一錢
二厘一分桔梗一錢杏仁一錢五厘二分川
五厘　五分　　五厘　白茯苓一錢五分
芎一錢五厘羚羊角一錢麝香一錢龍腦一錢石雄
五分　　　　　　　　　　　　　　　　
黃八分白歛七分射干炮五厘牛黃二分金箔一百
十二箔肉四
十箔爲衣

右爲末大棗膏八煉蜜和均每兩作十九每
一九溫水化下

龍腦安神凡方

治五種癲癇無問遠近又治諸熱
白茯苓三兩人參二兩地骨皮二兩麥門冬二兩

三

甘草二兩桑白皮一兩犀角一兩牛黃五錢龍腦三錢麝香三錢朱砂二錢馬牙硝二錢金箔五箔
右為末蜜丸金箔為衣每一丸冬溫水夏冷水化下

加減薄荷煎丸方
治風熱咽喉腫痛
薄荷葉八兩防風一兩川芎一兩白豆蔻一兩砂仁五錢甘草五錢龍腦五分桔梗三兩
右為末蜜和每兩作三十丸常含化嚥之

洪執義詩

簡鐵橋

東海三千里南州幾百程參商今日別能不愴人情

附鐵橋次韻

長安居不易日日籌歸程為送還鄉客彌傷去國情

索鐵橋畫

十里荷花桂子秋風流從古說南州煩君細寫湖山勝挂向寒齋作卧遊

附鐵橋畫飛來峯圖遺洪韌直即次索畫韻題于上方

白石清泉嬌好秋天然畫本說杭州吾州遺唾作生綃半幅開談梁忽憶龍泓洞裡遊

呈鐵橋

江南髦士蓋傾遐泂然襟抱危言時世間多少傷心事說與西林老友知

附鐵橋次韻答詩

怕看日景晝遲遲手把新吟坐六時翻羨癡童酣午夢愁邊滋味不曾知

洪執義尺牘

與鐵橋

頃奉手教　當更晤　未報　頌媿悚日來微暄
旅況增福一味懸溯僕歸期尚遲客愁難排奈何奈
何日前嘉貺物旣珍矣情亦厚矣感媿莊　無以爲
謝感詩典雅清　無媿瀛臺已足欽仰起句尤令人
一讀一涕顧此不嫻詩律無心攀和聊攝三絕非敢
曰詩誠以非此莫可表情敢供　粲唯　默諒而恕

下照　一粲

儷頌

慰

僭冒千萬不盡宣伏惟二　檯白嚴大雅寫下

又

萍水邂逅愛慕心醉只逢別匆匆後會無路顧言之
懷無以自　惟祈巍捷春闈以慰懸仰或有奉

堪

若東土之道則區區之望只在此也戀係之至客奉
不腆土儀幸瓷番而領情焉不宣朝鮮小行人洪檍
拜力閣賢弟清案下
附禮單
花箋二十丈 墨四笏 蘇合香丸六九 紫金
丹二錠 薄荷煎四九 乾鰒魚二串 扇子二
柄

附鐵橋次金副使韻謝洪執義詩
自憐帽影與鞭絲 浪跡真作渾如鵲繞枝 道路始
諳為客苦風塵應塊識君邊 真塊識公邊敢忘一

榻追陪日深荷雙魚餽問時夢想容輝猶在眼再窺東閣更無期

附箋飲畫西湖景扇送洪執義詩

垂楊到處縐愁絲隔面何緣有別離惟有黃鶯知此意盡情啼上最高枝

又題畫梅扇送洪執義

味愛調羹好花宜驛路看臨風最相憶我亦太酸寒

附鐵橋答洪書狀文藻日連下二篇俱從遺唾補入

伏誦手教謙光過甚歡愧難當誠等自惟瑣瑣常六

流何以得此於大君子哉孰讀周復感無以量瑤
章下賁如獲至寶容依韻呈上以盡區區景仰之
私承命作畫不敢匧醜綃于十二日繳到寧此敬
復并候福安竝請金李兩大人安

又

誠再拜敬啓暌離教範寤寐為勞伏想興居多福
慶忭殊深誠等樗櫟庸才過蒙清盼得親顏色叅
荷寵頒匪徒感激之忱區區難盡罄筆可作一生
佳話矣拙詩一律上呈聊申別欵有以教之幸甚
寧請近安不備

丙戌冬寄鐵橋秋庵

奉晤未幾別緒忽驚心非木石能不惆悵然聚散緣也久暫數也緣不能恆數不能句者情也所謂伊人在水一方三復秦風終焉永歎 夏秋來僉起居益勝公車屈仲何居萬里隔遠無由相問徒切鬱陶不佞東歸以後縉紳相晤便問 中國有人乎則不佞便對曰有浙杭三孝廉有文有學有才有情是所謂瓘物之至德清選之高望又餘事詩畫各極其妙筆下珠璣璀璨盈臺乃出而示之相與傳誦風聲流布驚動下國從此諸公亦可以不朽于吾東矣所可

恨者仙凡永隔雲泥殊道悠悠天涯無復再會之期
亦有分之懼尺紙寄懷亦不能復有
望焉瞻望德儀不勝悒悒千萬珍重不宣上鐵橋秋
庫僉足下丙戌十月十七日洪檍再拜
非無土儀之可奉者而無可致之道尺好 啓四
十幅表忱分領如何

金秀才小像

（小像）

鐵橋曰金秀才在行字平仲號養虛年四十五歲
清陰先生姪曾孫也金寗相之弟本秀才而作戎
衮者因顧見
中華風物故隨使來而改服耳每自詡曰武夫武夫
云豪邁倜儻之士工詩善艸書不修邊幅舉止疎
放可喜
二月初三日金澋二君訪余及蘭公于寓舍蓋有
感于李公之言也命紙作書落筆如飛辨論朱陸
異同及白沙陽明之學至數千言談古今治亂得
失具有根柢翼日往訪之握手歡然傾吐肝膽令

人心醉金洪二君頻來寓舍每談竟日白全帖子盡七八紙或十餘紙至其歸時必藏弆而去問之則云必與三大人看也故此我輩所談所謂三大人者無不知之

附鐵橋養虛堂記

丙戌之春余遊京師交二異人焉曰金君養虛洪君湛軒二君二人遺唾作者朝鮮人也思一友中國之士隨貢使來輦下居作遺唾住三閱月矣卒落落無所遇又出

八必洺守者窮束愁苦志不得遂既與余相見則歡然如舊識嗟乎余何以得此于二君哉于二君遺唾無三字洪君于中國之書無不徧讀所遺唾作無精歷律筭卜之法顧性篤謹喜談理學具儒者氣像而金君歔欷歷落不可覊絕趣若不同而交相善也余既敬洪君之為人而於金君又愛之甚焉金君喜作詩于漢魏盛唐諸家心摹手追風格遒健而艸遺唾字無書亦俊爽可喜每過余邸舍語不能通則對席操管洛紙如飛日畫數十幅遺唾紙以為常性頗嗜酒以格于邦禁不嘗飲又洪君或讒訶之時三

時爬搔不自禁一日余與之飲酒甚歡猶時時懼
洪君之或來見之也顧語及洪君則必曰豪傑之
士云夫天下號爲朋友衆矣其道不同則相合者
以迹而心弗能善心弗能善則迹亦曰離是故正
人正言每以不容于時而頹惰自放之子以畏親
正人正言之故流爲比匪之小人而不自知其非
而朋友之道遂不可以後問若金君之于洪君又
作遺唾多乎哉酒既酣余語金君子胡不仕金君則
慨然太息曰子亦遺唾無知吾之所以號養虛者
幸吾國俗重門閥庸庸者或不難得高位而後門

寒畯之士雖才甚良弗見焉吾有遺唾此下世室之
胄得美官甚易且年五十老矣而甘自伏匿以窮
其身蓋有所不爲也夫吾心猶太虛而以浮雲視
富貴又性嬾且傲無所用于世時吟一篇焉囂囂
然樂也時傾一壺焉陶陶然若有所得也吾知養
吾虛爾已而欲強嬾且傲之性以求效于世無益
于人而徒損于己其累吾虛者莫大焉此吾所以
爲號者也而吾卽作遺唾以顏所居之堂余曰是可
記也夫洪君不作詩又惡飲酒疑與金君果然亦
以貴胄退隱田間方講明聖賢之道終其身不樂
四

仕進其志亦金君之志乃今知其迹若不相合而
心相善以成性命之交也亦宜惜其遠在異國而
余不獲一登養虛之堂與金君囂囂然陶陶然于
其間也于其將行作遺唾書以爲贈海外之士有同
志如洪君者可共覽觀焉
寫金君氣寫洪君離合斷續處小有機法旅窓
燈下走筆得此頗覺快意若爲之不已恐魏叔
子不難到也丙戌二月十八日鐵橋書于燕山
客邸

金秀才詩

次順義君詠鸚鵡詩韻四首

可愛能言鳥離樓度幾春錦毛非利己紅嘴豈干人

山遠空歸夢簾垂只鎖身從來多慧性隨處強相親

曉驚花外夢群鳥各鳴春何事獨罹網相隨但悅人

望雲思奮翼瞻樹憶棲身最是多情物憐渠日日親

飲啄朱楹上窺簾遠送春離巢同久客眠月似幽人

懶語珠戌唾妍姿錦作身襟期無寂寞微禽亦可親

鐵橋云末句失粘撚余以為通首讀之頗類齊梁間人詠物之作古拙可愛

嫩綠妍妍覓端宜畫閣春刷翎頻警客樓影獨依人

由意惟隨指承歡敢顧身夜深憐爾宿惟與短檠親

五

用從高祖清陰先生韻贈鐵橋 鐵橋日清陰名
尚憲字叔度東
國大儒明天啓時曾奉使入貢
王漁洋泉其詩入舊感集中
迢遞關山滯去旋一城淹泊此同經平生感慨頭今
白異域逢迎眼忽青合席披襟皆遠客出門摻手已
寒星明朝我亦聯翩去語罷歸來必及冥
附鐵橋敬次清陰韻和養虛
客心難遣唾無難 定似懸 孤館荒寒味乍經攬鏡
怯憐作達雙鬢白攤書愁對一燈青天涯我幸追
詞伯人海雖能識酒星嗜飲每過余邸舍輒醉之
兄以酒然不敢令其惆悵相逢卽相別不堪兀坐思
以副使公知也

懟字下似脫一
子

冥冥

枕上不寐有懷鐵橋秋庠仍用前韻

金門待詔駐雙旌江表高才擅九經一破襟期春晝永不堪離思暮岑青清才已許分茅縣庠謂秋曠拒今看映客星橋

鐵橋明欲訪君頻視夜曉天簾外尚冥冥

附鐵橋和養虛偕湛軒再造寓廬劇談竟日仍次清陰韻

朝來門外停雙旌二妙連襼歡重經大笑俗儒死章句頒憐小弟能丹青橫幅○遺唾注養虛方看鐵橋原注時請余作山水余作畫小弟丹青能爾為王李友句也 自辰到酉坐纔綣以筆代古六

書零星相邀共宿苦無計斜陽在壁愁孤冥

又附鐵橋平仲過訪寓廬走筆作畫有題藻文日蓮下二首俱從遺唾補入

茅堂八翠微永與俗情違好客偶相訪朝陽初上衣松間殘露滴嶺外孤雲飛予亦懷長往山中採蕨薇

又附鐵橋簡寄養虛

素書讀罷無他說只餘一斗千秋血相逢都是好男兒從此朱弦爲君絕

訪鐵橋蘭公於南城邸舍即席有作

郭外鳴禽晚尋君步屐來 偏邦無好友 中國遇奇才 旅榻迎人少 衡門為我開 一般真氣味 詩語莫相猜

附鐵橋養虛過訪寓廬即事有作次原韻

屋角喧晨鵲 幽人曳履來 行盃慚小戶 遺唾作徵雅令
鬭韻怯麤才 意氣真相得 胸情此暫開 衡門頻見
欸門頻柱駕 莫惜遺唾作俗流猜 那堪

題冊贈蘭公

異域開襟賴友生 不妨經歲滯寒城 離情草綠斜陽外 萬里垂鞭獨去情

題冊贈鐵橋

綠柳鳴禽二月春天涯歸客倍傷神君非此世尋常
士我亦東方懷慨人畫日言隨肝膽瀉衷年襟豁見
聞新男兒惜別宜相勉不必臨歧掩涕頻

附鐵橋酬養虛齋別原韻

輕暖微寒釀好春燈前孤客最傷神天涯意氣存
吾黨海外文章見此人豪興擬陪千日醉深情空
寄一詩新分襟卅卅無他語隔歲音書莫怠頻

贈別蘭公

金玉其人錦繡腸西湖秀氣見潘郎公車一擧聲名

早旅館初迎坐處香自喜奇逢應有助最憐嘉會未
能長平生作別常無淚今日因君灑夕陽

愁憶浙江諸友

別君歸後開門深從此浮交不欲尋珠玉淚流篇上
語海山弦斷匣中琴傳書遍雁非真說傍客鳴蟲豈
有心白首悲歌千萬里一天明月照同襟 作悲歌一相思

東歸登醫巫閭山

疊疊奇峯曲曲灣迢迢身在白雲間平臨塞野迷青
艸俯視燕齊阻碧鑾江左知交千里遠海東鄉國幾
時還眼前更欲窺天外不惜攀援步步艱 八

餞飲

宿遼東

山間日已久何時到故鄉荒野抵東天落日投遼陽
迢迢白雲墻渺渺青艸場登高忽有思密友在南方
披襟更無期此生難可忘高標八我夢起來心自傷
去去空回首千里涉蒼茫

祭鐵橋文後又呈一律

芳草江南曲遊魂夢裡來玉人難復見瓊什有餘哀
萬里知心友中原絕世才自君成死別詩懷寫誰裁

與鐵橋

金秀才尺牘

清心

幸

羲之蘭亭太白桃園想未必有勝于頃日之樂旣
與闍蘭披襟頌久今自逢賢弟之後又有新舊之歡
而很忝爲人之兄平生之樂無逾于此右軍遊山陰
有吾當以樂死之語果先獲也第有作遇旋別之
思之不覺長號數日來起居如何二友與韓兄亦得
如僉否 二九送呈與韓兄領情也蘇合九世簡
拜
送呈四友分領也明可以進話不宣卽養虛老兄笑
可無詩 諒之也
旣奉碱意今方揣思之排遣殆甚 吾弟亦不

又

會　　送　　欲

與二兄邂逅已是千古奇事陸兄之遇何以形其樂邪歸來耿耿達宵不能寐第恨無合屬耳分散在近也夜回僉兄起居何如韓兄亦在坐否弟歸時不省下樓矣得罪于兩大人僉兄不得不為罪之首矣呵呵昨奉陸兄詩畫之賜而醉中忘却而歸此便策道如何如何餘需數日內進詣話不宣弟在行拜頃進時見鰻魚挂壁而問闇兄何故至今不食答以不知烹調之法故尚在耳弟無卽答之適有他語因忘其答矣鰻魚之乾者初無烹調之法以水

漬浸清稍久自然瀹解以刀子剪而吃之雖如閹兄齒疎者亦易嚼之矣雖不浸水又以小中沾水裏之亦自瀹解矣海參亦浸水待其自解之後或烹或灸隨意為之耳

即求洪友所陸兄詩畫昨已來矣其醉于此可以知矣好笑好笑

附陸筱飲題扇送金養虛

別愁千斛斗難量不得臨歧畫一觴直恐酒悲多化淚海風吹雨濕衣裳

又題畫荷扇贈金養虛

閒宜明月下種愛碧池深清曠有如許誰知多苦心

與鐵橋

昨承二友書只自沾襟弟自四五之後無片隙蘭之所請未免失信潛兄艸艸攝呈後必更作以呈勿挂他眼以俟之也若挂于他人眼知非所望于吾弟也兄此書鄙之可知諒之也無俟身自到門紙書去耳不宣情友在行頓首 之來久 得一仔紙書想未及

附鐵橋答養虛文藻曰此篇從遺唾補入

傷哉傷哉夫復何言覽書審足下此時亦忙甚矣蘭公養虛堂詩囑弟轉呈渠昨夜未歸所請書語渠意不急急或可不必應也此時行色匆匆尚暇為此紆緩之事耶亦不情之甚矣別悵千萬筆不能罄只此

與鐵橋

天下最苦之情莫如別離自古騷人怨女每有激于中則必託此而為詩以抒其想悲哉別離之難也盈期今已歸虛從此永作生死之別將奈何奈何

歸

尤所結恨于平生者吾與鐵橋爲知己而猶未能盡
輸所蘊彼此懃懃殆近外面語男兒爲恨莫過于是
也今借一紙上欷歔語而縷縷難自禁不若一刀斷
于數行書千萬無窮想只是一腔血耳昨以吾弟爲
益修德行揚名不朽區區所望只在是也項日所託
鄙書謄送館後臨行倥偬此洪友顯有閒忙之殊
先以一紙謄呈于閣弟而臨書之際又有一說于閣
弟亦在閣聽而取舍之也起潛年已知命德隨而成
矣無可勉者故不欲謄呈耳天理茫茫難以自料吾輩
或可有相逢時耶和淚磨墨只以數字寄情不宣丙

戌二月廿八日結義兄在行頓首

又

在行臨歧拜別于力闇蘭公二友足下嗚呼今辦別矣更無會面之期豈可無一言奉贈以表朋友切磋之誠也玆以芻蕘之說仰冀高聽其肯不棄其鄙恕而納之否乜人之最可畏愼者莫過于志不固而心易驕也志不固則始勤終怠撓攘不定前後淑慝判作二致駸駸然不知其變而自底毀辱可不戒哉孔子曰居下不諂居上不驕驕者減身之資也夫人情莫侮于不如已者亦莫憤于受人慢侮故驕之所施

三

必在于不如己怨之所起亦先于侮其已是固世道
之同然也是以言語酬應之際少或不慎則侮慢之
容已見于氣色而人怒隨之矣我則無心而信口彼
則有意而聽之若夫受侮之人其心善則猶或幸免
于必無甘心而其人不善則我之出言雖不相干于
渠而疑怒懟恨有似竊者之莇憾百般鍛鍊以成其
怨窺間伺隙伏弩以待而我則不知矣可畏哉可畏
為害若是之甚予然則驕之所生專由于志不固矣
竊以愚在偏邦見識固陋而所經歷者吁亦不少矣
每見才高而志驕自取其敗者十居其半心常痛惜

焉今來上國初見二友之高才博識邁于一世而開懷見誠促膝如舊氣宇軒昂胸襟闊達少無俗士挾才驕人之態每與洪友退歸私次未嘗不擊節咨嗟范然自失不知中華有如此高士者更有何人闇弟年近不惑鄙性愚魯庶幾望其崖岸無所奉勉然而竊觀吾友志氣高邁常懷慷慨未知高明或無所激于中而不能容忍辛激與驕矜不同而見嫉于人而受其害則一也其畏其慎亦有繫於一激字幸乞賢弟勿以已成德而益加三省必以小忿為戒又以忠

一三

告而善道不可則止為念也弟不能明知吾友之有此病而率意張皇愚妄蘭弟才遇弱冠才華絕倫實非愚魯之所可窺測而或者英拔之氣有勝于穩重之德耶必須一言一動克慎克畏立志必堅固持己必抑損起居造次毋或放心一以為見重于人一以免見忤于人也興戎出好聖人所誠鋒蠆有毒尚能害人而況人乎是以弟益知天下之所可畏者莫過于不如己所可慎者莫過于志不固而心易驕也非謂賢弟實有此病為其年少氣易銳慮無不至乃敢率言而意長辭拙不能盡情或蒙俯恕否丙戌

中春東海金在行拜力閣尊案下
起潛年已知命其德已就何須奉勉衛武公九十
猶誦詩猶在至老益篤耳
燈下汲汲書之率多荒蕪筆又不精幸恕之也
附鐵橋丙戌秋與養虛湛軒書
弟誠啓燕山判袂黯然銷魂窹寐追思恍如一夢
比想僉兄起居佳勝閣宅萬福曷勝翹企遺唾無
湛軒進德修業當益純粹益純粹想養虛閒居著
述與古爲徒天地間不朽盛事舍兩兄奚屬也遺唾
作固莫弟與秋府就試禮闈俱邀房薦以額蔫見
屬也
一四

遺四月望後策馬南歸于五月下旬抵舍里居杜
門豪無善狀惟處則有骨肉之歡出則有湖山之
樂而朋輩中如秋庫者共數晨夕賞奇析疑差不
寂寞自以性情淡泊素無功名之志日來惟究心
瀍洛關閩之書覺微有所得遺唾作冀恨雲山萬
里不獲與知己共相切劘耳弟生平落落寡諧自
與兩兄遊處覺人品學術黙然相契湛軒溫醇之
德養虛豪爽之槩皆弟所服膺而欲策取以為善
者參商既隔印證無從惟日守兩兄臨別贈言兢
兢圖敢失墜所遺于翰寶如拱璧謹已彙裒一帙

無

暇輒展觀如與故人晤語猶記吾湛軒有云吾輩
既無相見之望惟期異日學業各有所成以無負
彼此知人之明誠哉是言吾輩精神相契果能各
自努力無悠悠忽忽錯過此生即不啻旦暮接膝
人生豈必常如鹿豕聚乎然此特聊以自慰之談
而中心之覺結竟似銜以解也秋風送爽命侶邀
遊登高邱而望遠海即不禁束向長懷悵舍涕
此情此景想兩兄寶同之也嗟乎嗟乎奈何奈何
睡隱休休兩公及令叔前均未敢妄通尺素望呼
名候安并道相思之意良苦所懷千萬握管茫然

一五

元

紙縮情長統惟僉照臨風無任依溯不宣誠再拜
本欲各具一札緣道遠緘封未便過厚希恕簡
率之愆再陸兄遠容保定至今尚未旋杭是以
無書并告
文藻曰此條從遺唾補入
丙戌十月與從飲鐵橋秋庫
文章家贈別之作十居六七而無非悽惋慷慨之辭
至于蘇武李陵之詩非特懷慨而止情至意極元爽
千古未及開卷淚已先隆矣嗚呼吾輩今日之迹雖
與河梁分手情實不相似而天涯知己一別難更會
則同矣然蘇李之別後相思比之平仲之宵寐耿耿

出

惟草

不能相忘於此生之前猶未可必無似也秋已盡矣不審僉尊起居何如而桂籍瀛館誰最上居暨高駕尚在燕邸否愚兄束歸之後杜門息影百念却灰所懷伊人只隔西湖之上者已亦以疷冷心淡死生常此擁衾呌苦適值行人之告去強疾扶起艸艸數語千里尺書難期必傳恓愴夢想以終此生萬萬病啓難以傾瀉只以顧君崇德令德努力以爲期二句語奉勉不備遠惟三倍賢弟照察丙戌十月二十日愚兄在行頓首

附丁亥秋鐵橋答書

弟今年遠客福建離家一千七百里筴飮蘭公春正一別至今不通息耗近聞蘭公又赴都門矣間月間蘭公之家鈔寄尊札承示歸途佳什及見懷之作不勝感愴弟去秋抵家後亦有寸楮奉寄湛軒及吾兄者不審已見之否吾輩爲終古不再見之人而又萬里寄書艱難之至三復來教令人氣結心死蘇李河梁之別豈足比吾輩之恨于萬一哉猶記湛軒有云終歸一別不如初不相逢每念斯言潛焉出淚弟與吾兄氣味相投實緣性情相似造物者亦何苦撥弄此終古不再見之人而作

此一月之合裁故鄉戚友雖復屢罹雲散終有會面之期若吾養虛湛軒兩人則惟有閉目凝想如或見之而已哀哉哀哉弟病瘧兩月有餘今尚未瘥奄奄伏枕心思昏亂頃發書覺相思之懷千言萬語亦難盡罄而舉筆又復茫然嗟乎養虛奈何奈何二小詩奉懷寄情而已不足以言詩也希照察

書後附寄懷養虛詩二首

聞道金平仲年來病且貧著書餘老屋調藥倚佳人平仲無子畜二姬○遺唾注云 白髮哀時命青人此二字湛軒所題非敢相謔

一七

山狎隱淪驊騮多失路誰是九方歅
一別成千古生離是死離書來腸欲斷夢去淚先
垂豪士中原少清辭兩晉宣百年吾與爾泉下盡
交期

鐵橋嚴先生力閽哀辭 並序

天下之精華蓋在南方南離之位也文明之所鍾
實爲萬物相見之所自有宋以來道學文章皆出于
南風氣之使然久矣閩之朱浙之陸尚矣無論雖以
有明言之吳郡之文華甲于北地金山虞山之後不
知有幾箇文人才士壓主牛目之盟想亦不出于西

湖錢塘之間豈不以山水精英之氣降得許多才藝貢飾一世之文彩也哉吾友鐵橋嚴先生余始識于金臺之南挹其眉宇已知為晉宋風流豪舉之士其天姿高潔如野鶴盤雲疏梅立雪對之有不食烟火氣象已傾倒悃愊一見如舊不覺珠玉在側此身渾織苟香衛壁不啻過也及誦其詩清麗俊逸鮑庾餘韻漢隸元繪溢其所存足可以優入于李蔡沈倪之域而謙退恭飭言若不出口身若不勝衣其與世不苟合非其人不交可知也惟其有才無命屢刑荆山之玉而罣連京邸者蓋以親在高堂不得不為應舉
一八

悵恨

之故也與余邂逅時又有潘陸兩詞伯與之周旋上下談論忘形散襟娓娓語到于山川風土人物文章氷壺注玉蘭室聞臭殆不知天壤之間後有何樂可以敵此亦可謂缺陷世界中大圓滿也一時奇遇如蜃樓空花暫現暫滅卽隨風而散臨別浪浪指他生而爲期先生亦涕簌簌下以手指其心又叩我衿者三嗚呼此情此誼何可忘也天涯地角萍水相逢至以爲兄弟之義相握而相別者形骸也相通而相照者心靈也厥幾一年一度憑星槎而傳郵筒以宣此壹欝今歳之夏潘先生以先生之計赴焉先生

前之尺牘並計而至嗚呼志操如先生文學如先生氣義如先生而終未免苗而不秀不能大鋪鴻藻宣暢人文于金華玉署之上又不能浩煦遂初得意嘯詠于荷風竹露之中南方風氣之從古文明其將止于是耶嗚呼遂爲之辭曰

吳之山嶒巘兮維爾之精吳之水宛曲兮維爾之英箸寧之秀邁兮孰不曰席上之珍文章之晃朗兮其將遠襲于唐宋之芬囊余一揖于燕之邱兮披子襟兮瀉余心樂莫樂兮新相知倏以別兮涕泠滺遂萍分兮雲敬覿顏面兮梁月隱思君兮悲惻心日夕兮

燕越何才高而氣清兮奄玉碎而蘭萎嗚呼寢門之哭兮魂洋洋兮萬里海東友人金在行平仲拜哭

附 錄 二

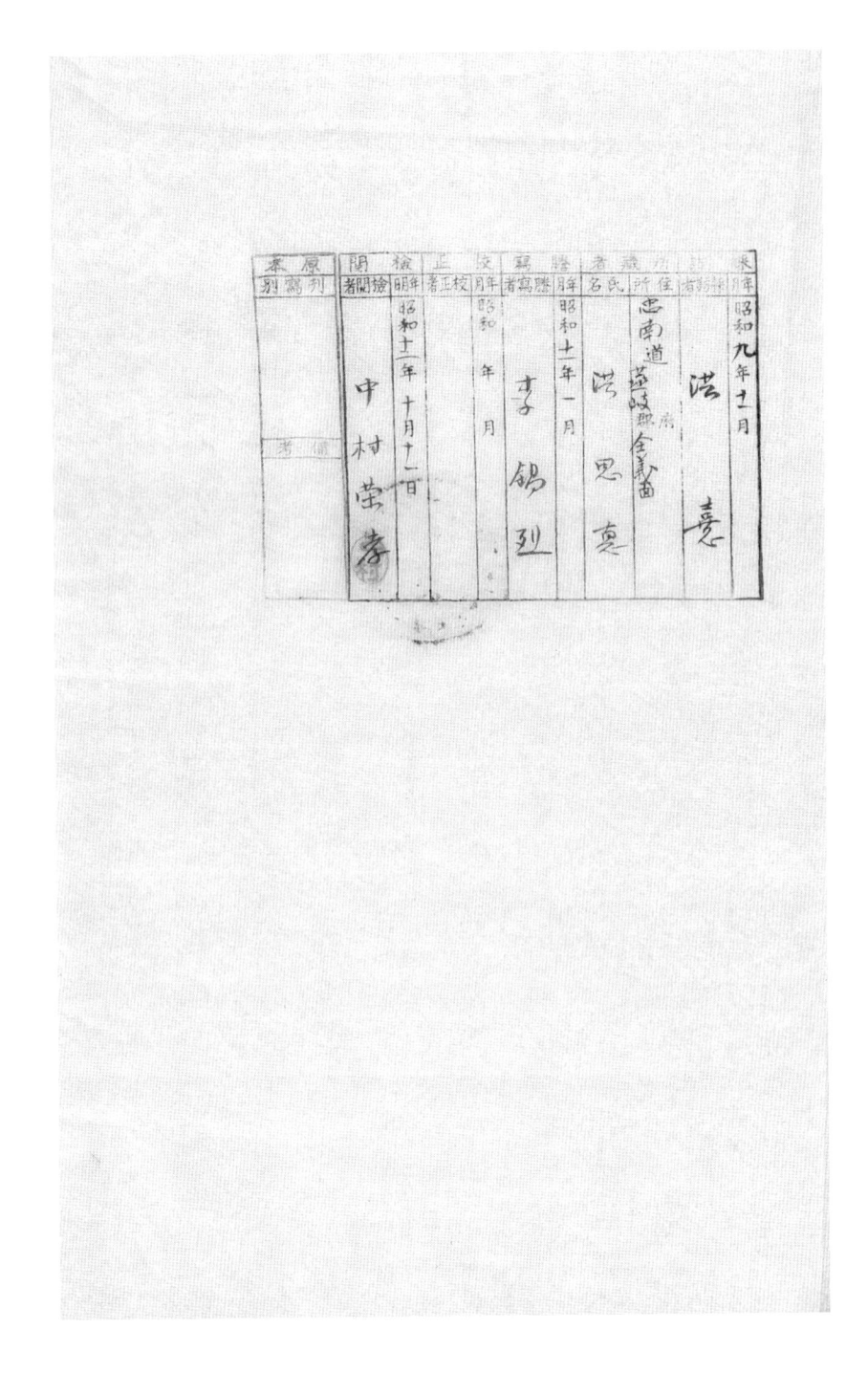

原本 別寫列	閱覽者關檢	檢正者校明年月	寫文者月年	謄寫者年月	者名氏	所住	者方姓	年月
考證	中村瑩孝 昭和十一年十月十二日		昭和年月	李錫迥 昭和十一年一月	洪思憲	忠南道 燕岐郡全義面	洪憙	昭和九年十一月

325

日下題襟集

附 録 二

日下題襟集

鐵橋全集

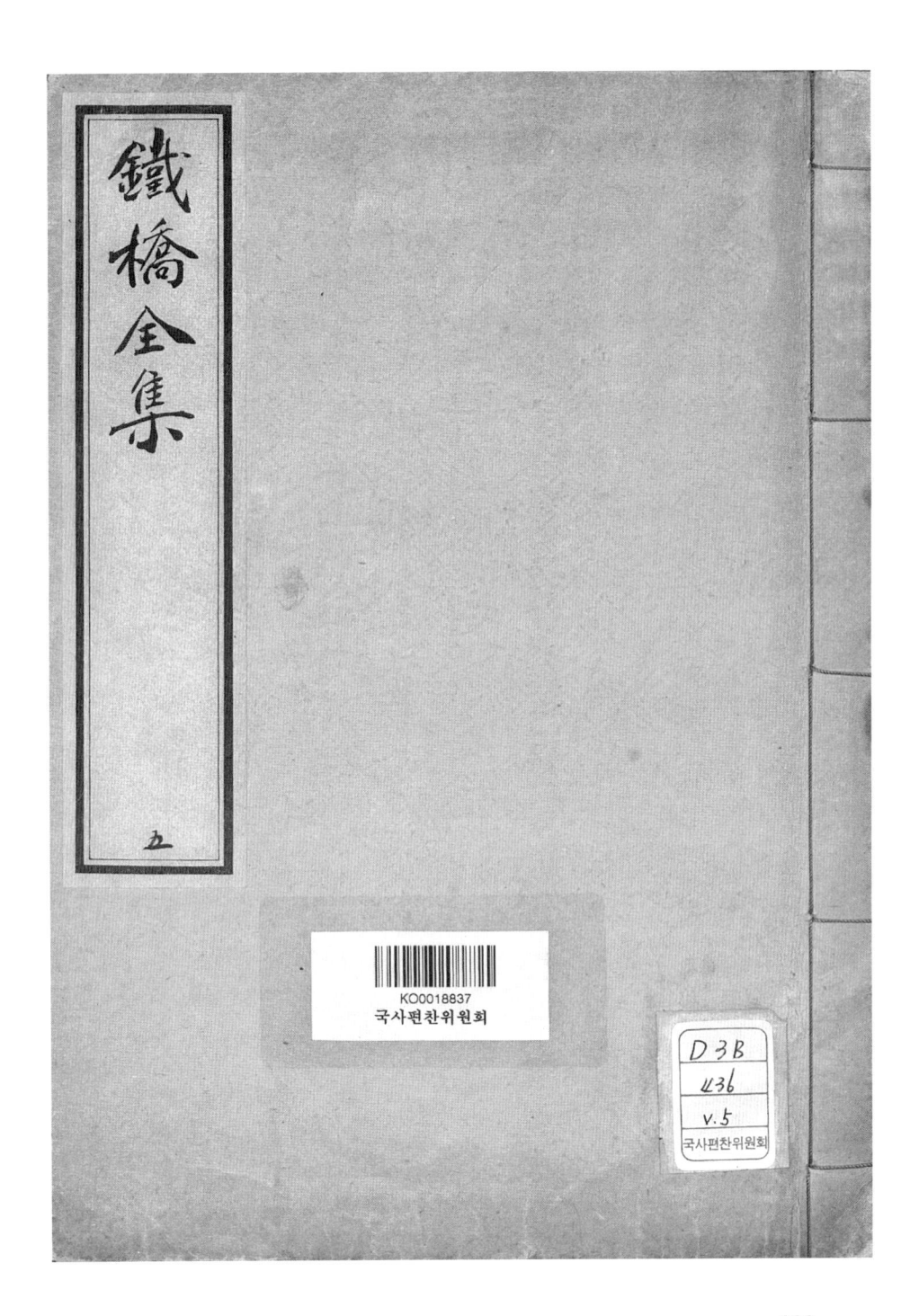

五

日下題襟集

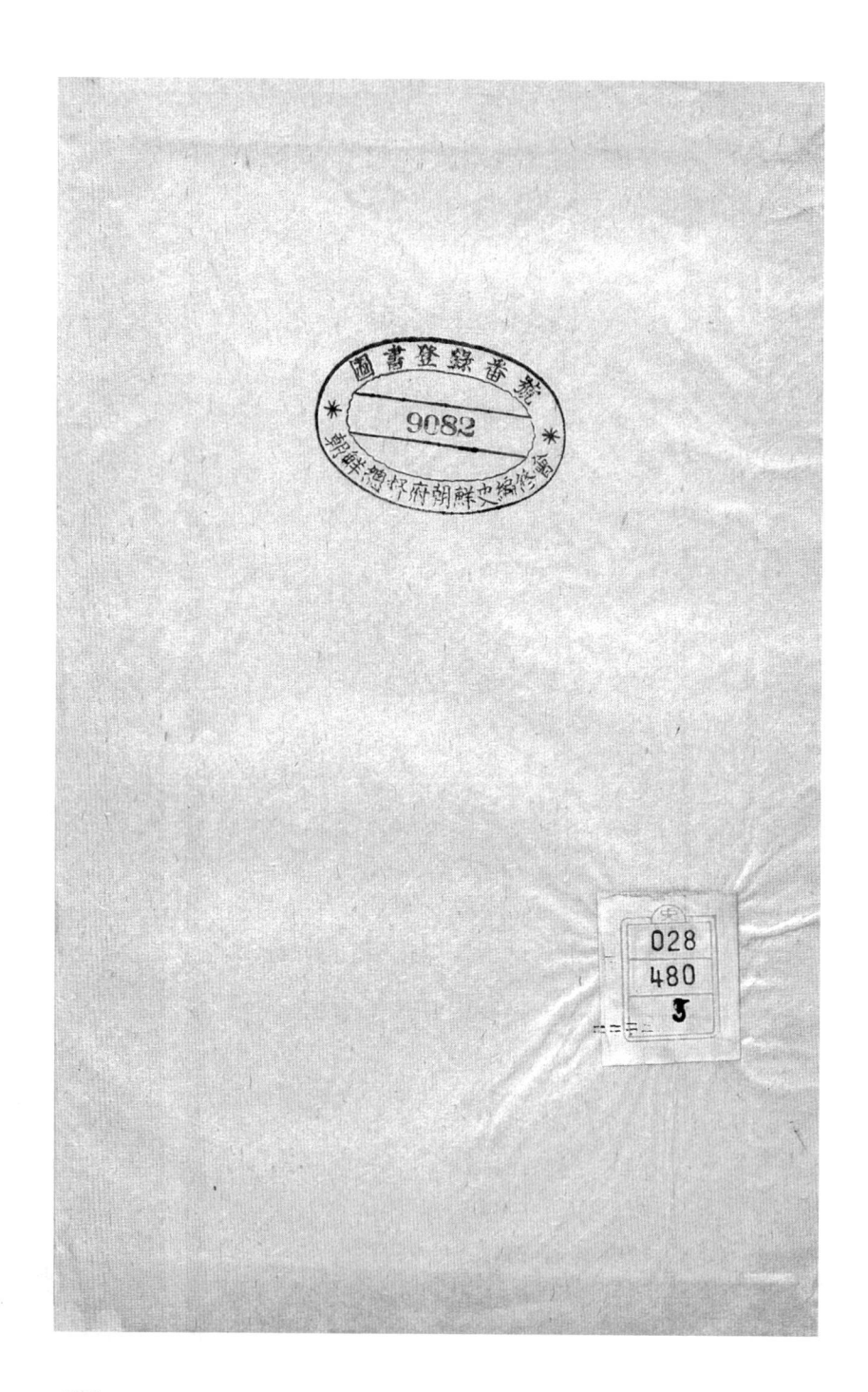

題襟集 下

鐵橋全集 五

日下題襟集

洪高士小像

〔小像〕

嚴鐵橋集
第五冊目
日下題襟集
洪高士

日下題襟集

鐵橋曰洪高士大容字德保號湛軒年三十六歲
亦秀才洪寧相從子歷世貴顯高士獨慕元寂隱
居田間于書無所不通善鼓琴彼國皆敬其人
此公獨不作詩而深于詩非不能也其家法始如
此耳其叔父丞相亦然
金秀才稱之為豪傑之士本貴冑居王京自以不
慕榮利退居于忠清道清州之壽村與農夫襍處
攝愛吾廬俺仰其中善觀天文精騎射及樸著暇
則焚香讀書鼓琴自娛而已于書無所不觀與之
議論皆見原本自恨生長溟域未見

中華人物得叔父奉使之便自請隨行其志頗高遠具詳所寄書中初來見訪亦襃諛託武臣冀日見之乃易儒服恂恂如也設飯相欵余與蘭公為之一飽飯時每人橫一短几上列眾箸一銅盂飯不設筯而用匙食必先祭坐則如今人之跪皆古禮也流連至暮問答語極多不能悉記後云君等不能再來僕更圖走訪欷終歸一別不如初不相逢彼此揮淚而別
二月初八日過余邱舍談心性之學幾數萬言真醇儒也才因不以地限哉吾輩口頭禪有愧多矣

十二日又來寓舍蓋三過矣談數萬言不可悉記惟云我輩終古不復相見痛心痛心然此是小事願各自努力以無負彼此知人之明此是大事無悠悠忽忽錯過此生異日各有所成即相隔萬里不啻旦暮接膝也又云我國每年八貢音書可一年一寄若不見我書來是我已忘却二兄或死矣
　　與鐵橋秋庫
洪髙士尺牘
大容頓首白夜來會兄起居神安昨者竟日團歡亦

可以慰數日懷想之苦但情根之肇結從而轉深悄坐孤館寸心如割夜則就枕合眼黯黯之中忽若二兄在談笑不覺蹶然醒來殆達朝不能成睡不得已強自排遣以為我與彼各在七千里外風馬牛不相及也雖可懷也亦于我何有我乃自言自笑以為得計獨怪其倏然之頃情魔依舊來襲盤據心府則所謂得計者已擾散無跡矣諒此境界乃非癡則狂也亦不覺其何以致此想二兄聞之必當一憮一笑也嘗竊以為得會心人說會心事固是人生之至樂是以贏糧策馬足跡殆徧于國中其好之非不切也

求之非不勤也每不免薄言往愬逢彼之怒惟憤悱
之極乃欲求之于疆域之外此其計亦迂矣幸其精
神之極天亦可囘所謂伊人宛如清揚蓋弟則已傾
心輸腸願爲之死矣其數日從遊亦可謂身登龍門
指染禁臠其榮且幸也極矣乃以不能終身伏待戚
戚于分手之際入苦不知足也佛家輪迴果有此理
竊願來世同生一國爲弟爲兄爲師爲友以卒此未
了之緣耳且有一說吾生旣無再會之望則當各戒
其子世講此義俾不敢忘或冀其重續前緣如吾輩
今日之事也始欲于書中不爲淒苦語以傷彼此懷

郎紙

中心激發自不能已且一去之後雖欲為凄苦語將
于何處發耶信筆及此還令人發一大笑也奈何奈
何印石三方併送上惟擇而為之蘭兄如可為之分
勞為妙此其工拙不足言計于歸後撫其手澤聊以
寄懷而已昨日二兄尊堂諱字所書及某市街云
所書 落在郡中幸恕其僭妄更為書示焉嚴兄令
郎名及年亦示之所欲言千萬續當更布不宣春弟
大容頓首
　又家叔所請畫本敬以付上耳

戒
之書
俯
問
宅
處

夜來僉履何似昨承覆音仰感仰感第或鄙僕必面候顏色而來矣兩日皆以尊客在座未免自外退歸尤切悵慕昨承得暇一會之教弟則何日不暇只恐兄處日日有妨耳今日方往觀西山歷探五塔諸勝而歸只恨拘于形迹不能與二兄同去耳雷玉卿僮往探安候偶于歸時迎致車前且先佈明早趨奉之意但聞貴寓人客相接以是為悚聞耳昨來副使丈詩中有承鄉信之語此是遠客第一喜事一賀一羨未知兩室皆滿室萬福否弟輩歸到鴨江乃見家書欝意可想昨呈扇把其言若為二兄豫待者然且適
五

故

是二把亦非偶爾耶本謂相贈承教以繳到似是辭
不達意需奉不備弟大容頻首上鐵橋秋庵僉座下
書面公子之稱未知何所據也此中無識之人或
以此稱之而既係不雅且不敢當亟去為望
又
容白日間僉履安重弟日前以擅作西山之行見罪
衙門數日姑難出頭恐或虛行謹此走告昨來冊頁
謹領益見僉兄厚誼只媿無以為報也弟等行期侶
在廿一或廿四比始料雖若是差遲聞其器定令人
一喜一悲未知將何以挨遣也都在數日間奉悉姑

當

此不備愚弟大容頓首

在行所望一般今日食後 進拜不知貴處或無
他故耶示之也

又

拜上伏惟夜來僉候萬安弟見阻衛門不得與金兄
偕作極欝極欝明欲進叙而恐有貴冗幸示之不宣
大容白謹上鐵橋秋庫僉經案下

愛吾廬八景小識

山樓鼓琴　島閣鳴鐘　鑑沼觀魚　虛橋
弄月　蓮舫學仙　玉衡窺天　靈籠占蓍

西上

彀壇射鵠

廬之制方二架當中而為室者一架北以半架為夾室東以半架為樓而竟其長西南皆以半架為軒曰湛軒而竟其長南至于樓下上蓋以艸下為石砌四面有庭可容旋馬南有方沼方可數十步引水灌之深可以方舟築為島圜可十步小建小閣以藏渾儀環沼而累石為堤上廣均于庭繚以短牆牆下取土為階植以花樹此廬之大槩然也束樓挂數幅山水障子床有數張元琴主人所自鼓也名其數曰響山盖取諸宗少文語也故曰山樓鼓

琴曰

島閣曰籠水鎣斷杜工部之詩而取其義也渾儀有報刻之鐘且有西洋候鐘隨時自鳴故曰島閣鳴鐘其方沼以洽水灌之不甚混濁林園竹樹倒影水底蕩漾奇可名之曰一鑑蓋取諸晦翁詩也魚種極繁殖大者有盈尺焉吹浪噴沫跳躑于荇藻之間詩人所謂泌之洋洋可以療饑者也故曰鑑水觀魚沼之北岸橫木爲橋以通于島閣曰步虛橋每于風恬浪靜天光徘徊雲氣飛鳥映發空界夜則蟾光落影金波歷亂人行其上怳然若駕雄虹而昇天衢也

故曰虛橋弄月

斷木爲舫可坐二人一頭圓而大一頭尖而高畧施丹彩爲蓮花形名之曰太乙蓮蓋取像于海仙圖中太乙蓮舟也故曰蓮舫學仙渾儀之作蓋出于璣衡遺制而日月運行星辰躔度可卽此而求焉故曰玉衡窺天東樓之北設一小龕爲著室名之曰靈照龕蓋取諸靈明在上照之句也將有爲也必焚香洗心依筮儀揲而求之故曰靈龕占著沼之東甃石爲壇可坐數人爲習射之所名之曰志

縠葢取諸孟氏語也讀書之餘課農之暇會鄰人能射者張帿于北園耦進而爭勝以相樂焉故曰縠壇射鵠

附鐵橋愛吾廬八詠

山樓鼓琴

幽人惜遙夜起坐理朱弦樓高萬籟靜響與空山連悠悠念皇古茲意誰能傳

島閣鳴鐘

韽韽此何聲或擬蓮華漏平分二六時以警宵與晝主人常惺惺不必待晨敲 新敬作 遺唾八

鑑沼觀魚

清泉何淪漪白石亦磊砢鰷魚若游空倒吸藤花妥真樂誰得知一笑子非我

虛橋弄月

略約通野氣遺唾作曉步意超忽相影邊寒波俯見太古月不惜露沾衣孤吟到明發

蓮舫學仙

嶽蓮開十丈落瓣自何年刻木爲形似五字搨遺唾改案鐵橋家藏遺稿中有餐霞子凌波學水仙欸乃歌一曲不羨木蘭船

玉衡窺天

羲和與常儀萬古法猶秉往來驗盈虛遲速辨祥
眚陋彼拘儒子遺唾作拘墟子終身乃坐井

靈龜占著

靈龜有何靈以問乞靈者吉凶論是非趨避敢苟
且居易以俟命枯艸行可拾鐵橋原注湛軒見此
曰昔朱子欲攻韓佗肯筮得遯卦而止故記曰義
則可問志則否而顏舍亦曰自有性命無勞著龜

鼓壇射鵠

學者志于鼓囊固技乃神中豈由爾力失當反其
身直内而方外敬義交相因

九

與鐵橋秋庫

頃奉晚去早來令人益覺怏怏昨者阻雨不得俾候
悵欝悵欝夜來獰風儉旅味無恙否弟等行期廿一
則已分差過可圖更進然以有限之暴欲暢無涯之
懷難矣八詠詩咀之嚼之其味津津信乎有德者之
言也就其中靈龕之詩尤見其卓然峻拔無世儒拘
牽之氣直令人有凌萬頃超八埏之意誦其詩可以
知其人矣雖然才高者過于晩灑則或不免于大軍
遊騎出太遠而無所歸也此弟之亦不能無過計之
憂于此也其書本薄而易損宜于作帖而不合于粘

壁此去麗楮品雖為差能耐久幸毋勞揮灑以惠也
八詩皆以各行字樣比前須稍大而若以隸法則尤
妙蘭兄記文亦以大小二本書惠為望別告鐵橋兄
叔父欲得晚舍齋三字寫堂扁或楷或隸或艸隨意
寫出無妨白楮二本寫此付上前惠飛來峯畫本叔
父以貽費旋褒深致塊謝對付恐未及之漫此付
告種種煩瀆自念自端其所以愛慕之若將以役使
之不勝塊悚以此弟于二兄之書與畫愛之好之不
復于亦當謀購空帖于市上而終以貽之難而不
敢煩請焉日後遊詠之際如有所得一年一便幸蒙

相對時
爾多
後于人

寄惠何啻百朋之賜也不宣小弟洪大容拜上鐵橋
秋庫僉座下

與秋庫

書成未發秋庫兄記文付來莊誦再三只深感荷歸
粘荒廬又是無上之寶且從此而于湛字之義如有
一半簡進益乃是吾秋庫之賜也來書本頗堅靭可
以傳久無損再以小紙如閣兄所書八詠詩者以惠
褒帖之資如何記文甚愜鄙望惟其稱道鄙人處語
近張皇歸後流輩之見之者必以此為大言誕人得
此浮寶之義褒也殊爲悶絶大容追告秋庫尊兄

與鐵橋秋庫

夜來僉履萬安昨覆承慰只緣未見蘭兄手蹟為悵照如有失矣頃進閣兄以詩注事有云而昨未畢叩其說鯫生淺識何敢妄論但吾兄既許之以友則有疑不效便佞客悅亦可謂之友乎況西林先生虛懷不忮之德吾兄已有所受之也弟何敢畏忌而自疎于竊意朱子集注獨于庸學論語三書用功最深而孟註次之于詩經則想是未經梳刷如六義之不明訓詁之疊詞大旨之庠疆雖于鄙懷已有多少疑晦但其破小序拘係之見因文順理泊潑釋去

無味之味無聲之聲固已動蕩于吟誦之間則乃其
深得于詩學之本色而發前人所未發也且以關雎
一章言之則或以為文王詩或以為周公詩者固其
執滯而不通矣但年代既遠無他左驗則用傳疑之
法亦可矣朱子之一筆勾斷必以為宮人之作者愚
亦未敢知也但于義甚順于文無碍婦孺之口氣都
是天機聖德之徧覆于是乎益著虛心諷之想味其
風采颯颯乎有遺音矣其作者之為誰某姑舎之可
也至若小序之說則愚亦畧見之矣其于此章取孔
子之言點綴爲說全不成文理此則朱子辯說備矣

蓋其蹤襲剽竊彊意立言試依其說而讀之如嚼禾頭全無餘韻其自欺也而欺人也亦已甚矣如鄭風剌忽之說朱子所謂鍛鍊得罪不容誅最是忽可憐者實是千古羨談況忽之辭婚其意甚正若以此罪之則其爲世道心術之害當如何也若以集註爲非朱子手筆而出于門人之所記則去朱子之世若此其未遠也先輩之世講俱有可據雖爲此說者豈不知其爲朱子親蹟而特以舉世尊之彊弱不敵乃游辭傷尊軟地掀本爲此陽扶陰鬪之術也其義理之得失固是餘事卽此心術已不可與入于堯舜之道

又

嘗見中國書以陽明之好背朱子比之於虬髯客之於唐太宗愚不覺失聲稱奇以爲此實庀言之折獄千古之斷案也但世儒之依樣葫蘆因緣幸會際攀龍附鳳之機售封妻蔭子之計鳴呼其亦甲而又甲矣宜乎虬髯客之不欲與噲等爲伍也雖然昌若如伊尹之以其君爲堯舜之君以其民爲堯舜之民彼我俱成民受其福哉亦何必別立門戶變換旗鼓使之殃及生民禍流後世也哉若是者亦反不如依樣

示

因緣者之適足爲其身之可鄙而已愚以海上渺渺之身初入中國輒發狂言妄是非先輩多見其僭矣惟以義理天下之公人人得而言之此乃古今之通義也況二兄許以知己則當有諒此心幸明賜斤教俾聞愚蒙弟不敢自恃已言膠守先入之見也弟等行期尚未有定計于伊前必當趨別第念其分袂之苦實欲從此逃遁或可以自靖也不宣眷弟大容頓首

化弟所陳二兄須各示高見早晚歸東可以有辭于士友間也

來時有一友贐翁畫二把偶爾披見其知音知心之語不覺感感驚醒若其人有先知之術者然信乎詩固有識而韓孟丹篆人夢非虛語也雖其格韻無足言幸各以數字記其事于上曷之篋中使後人知吾輩之交有先定也

附錄漾湖論性書付上

前蒙示諭久益披慰況又以先訓見及教誡諄切此意尤厚不敢忘也至于性說蒙識何以及此惟盛意難孤敢布孤恓愧汗愧汗蓋嘗聞之性只是一箇理而已理不能獨立必寓于氣有是理便有

理而

是氣有是氣便有是理雖是二物元不相離雖不相離而亦不相襍自其不相襍而單指理則命之曰本然之性所謂不襍陰陽底太極也自其不相離而兼指氣則命之曰氣質之性所謂不離陰陽底太極也自本然而言之則萬物一原人也有健順五常物也有健順五常除是無此物方無此性才有此物即具此性此所謂同中庸天命之性也自氣質而言之則得其正且通者爲人得其偏且塞者爲物故人獨全健順五常而物則不全如虎狼蜂蟻之類只有一點子明處至于草木則又

全塞而不可見矣此所謂氣異而孟子犬牛人之
性是也朱子曰天命之性通天下一性耳何相近
之有相近者是氣質之性孟子犬牛人性
之殊者此也又曰說氣質之性蓋理無形象元無多
之謂性亦是也若在此而賦之多在彼而賦之寡豈
寡亦無彼此若在此而賦之多在彼而賦之寡豈
無形象之謂乎且太極者不過曰陰陽五行之理
而已舍陰陽五行更無別討太極處以性與太極
爲不同則已同則性只是仁義禮智之德而已舍
仁義禮智而又安有所謂性者哉萬物不能不本于一
理則已本于一理則亦安有人獨得之而物不能
與者哉但性雖同而氣則異氣既異則理亦隨而

不同雖人之最靈而聖凡賢愚已不免多少階級況于物之昏塞乎即此皆塞而可見理無不具而非理之本然也惟其氣之所拘僅通一路而一路通處便是全體此則猶以一路之通者為言而至于植物者而亦此理便只是這箇性如虎狼蜂蟻之仁義正朱子所謂仁作義不得義不得者而只此一點餘外皆暗則亦無于氣而然耳乃若其理則雖謂之仁作義亦得義作仁亦得可也何也仁亦一太極也義亦一太極也太極是圓的更無破碎只

特為氣之所蔽而不發露然其昏塞者皆氣之所為而非理之古人論物之性處多用皆塞字

一五

一太極而所乘者木之氣則見其為仁焉所乘者
金之氣則見其為義焉但易其所乘之氣而以之
為禮為智皆是物也仁果不可以作義義果不可
以作仁乎然則四德之為一太極而太極之于四
德元無不具焉亦明矣此語似創新可駭然程子
易所則又加密焉曰一行各具五行之氣者獨不
朱子則象而一行既具五行則乘一行之氣者雖不
之具理于行不然仁別是一太極義別是一太將
一箇太極片片破碎而非復圓的太極矣是豈理
耶苟于是有見性之所由同不同皆可以了然
然則感教所引之性將屬之本然乎屬之氣質乎

云

謂之氣質則似可矣而朱子以爲天命之性是極
本窮源通天下一性則恐難作氣質者矣如曰人
物之性雖有偏全而出于天命則皆同謂之本然
亦宜之爾則是又不然夫一偏一全其性之不同
已甚矣既曰不同又豈得爲本然耶于此須大着
眉高著眼則其于論性也將觸處無礙而無復有
紛紛矣古今諸賢論此義者甚多今取其最明白
者寫在別紙以備裁察幸詳覽其中而可否之

鐵橋曰淺湖先生金名元行浹高士之師也

高士來 中國先生贈以詩云未見秦皇萬

里城男兒意氣負嶒嶸淺湖一曲漁舟小獨
宿蓑衣笑此生

與鐵橋秋庫

夜回斂履何如昨承覆音深感卷誼自顧賤陋何以
得此裁朋友等之人倫顧不重歟天地為一大父母
同胞何間于華夷哉兩兄既相許以知己弟亦當抗
顏而自處以知己也但不知交修輔益之義而徒出
于區區情愛之感則是婦之仁而豕之交也此弟之
所大懼而亦欲一叩于二兄也昨見蘭兄心氣似弱
故書中不敢為一字惜別語以戚我友心使回又聞

能
可問

傷懷如昨若是則吾輩邂逅不是良緣乃前生之冤業也且承書中有夜不能寐之教此是彼此通患雖然吾輩之事役雖不同其離親遠遊一也其所以慎獲眠食不敢望惟憂之思者何以異哉切望猛省而善攝焉且科場得失雖有定命不專心致志則亦未然也今春闈不遠正宜攝心潛養待時而動也忽此意外撓攘應酬頻于外心緒亂于中亦聞于顧科宦之榮不足為吾兄之能事弟之期望于二兄者亦不在此也雖然親庭之望門戶之計數千里跋涉準的在此亦不可謂小事也蘭兄年尤少氣質亦似

一七

清脆尤切　幸自愛方隨進
貢八
闊忙艸不宣弟大容拜

又

容頓首上兩兄足下昨承辱覆感荷感荷羅生儻是
奇士志尚高爽不特才思之巧而已惜其詩文無一
記存以傳大方甚歎甚歎當其同事渾儀年已七十
餘矣儀成而卽病死說者以渾儀為之崇可見其良
工之苦心矣明當就叙不備謹上鐵橋秋庠僉案下
弟大容頓首

告蘭兄付上扇書而舍叔臨行撓且患阿睹未克有書爲此替布

與鐵橋

愚兄大容頓首上力闇賢弟足下力闇之才之高學之邃乃吾之老師也力闇特以我一歲之長乃欲相處以兄累辭而不敢當則力闇反慚悶如不自容蓋其愛之深故欲其親之至也亦豈敢終以爲辭乎從此而力闇吾弟也吾弟其勉之恢德量勤問學無有作僞以飭浮藻無敢細行以累太德錫爾兄以光我其受之以永有辭于後人不備謹上鐵橋賢弟足下

一八

書隁輕

又

愚兄大容頓首 迫于嚴命乃發此例僣妄之罪無以自恕

愚兄大容啓力閽賢弟從此別矣至信亦不可以復通矣如之何弗悲今日始擬抽暇趨別昨承陸老兄書意始見之五內驚隱以為我兄之薄情何乃至此也少間方頻覺其厚之至悲之切而斷于處事也于是乎下簽獨坐淚汪汪下前則責蘭兄以過矣令我亦不自禁焉奈何朝為兄弟暮為途人此亦井轉簿兒事也容所深恥焉若吾輩一別終相望焉縱不相

忘只縶于情思而已則亦曷足貴焉請與賢弟勉之
有一事欲面告者今則路已斷矣敬以畧陳焉睠賢
弟之德器長于容受而或短于舍忍好善固無方而
疾惡亦或已甚望須以吾言更加密省有則改之無
則加勉萬萬惟祝德日新享百福更有何說愚兄大
容攷涕上力閣賢弟知已
　　仁者之別必贈以言余何敢當雖然吾輩將生
死別矣其可無言乎
大人修德而安人其次善道而立教最下者著書而
圖不朽外此者求利達而已苟求利達而已亦將何

一九

所不至哉
仕有時乎爲榮亦有時乎爲恥立乎人之本朝而不
志于三代之禮樂是爲容悅也是爲富且貴也此而
不知恥其難與言矣
有高才能文章而無德以將之或無賴得薄倖名或陷
爲輕薄子若是乎才不可恃而德不可緩也
非寡欲無以養心非威重無以善學任重而道遠尼
我同志奈何不敬
嗚呼善惡萌于中而吉凶著于外如欲進德而修業
盍亦反求諸已而已矣

甚矣鐵橋子之好學也聞一善言如嗜欲然余將
東歸與二君別各以言贈之此卽與秋庫言之也
鐵橋子以其語頗切直請余更書一幅將以策取
之焉其可謂嗜欲也已雖然此陳談也夫人皆能
言病不能行耳好之而不能行之惡在其好之也
是以好之而能行之其好之也益切好之也益
則其行也益力如是則天下之言善言者皆將輕
千里而至矣其勉之哉丙戌仲春海東洪大容臨
行潦艸
贈鐵橋

明住馬

維杭有山可採可茹維杭有水可濯可漁文武之道
布在方冊可卷而舒子弟從之可觀歟成游戎
可以終吾生
夫心一則專專則靜靜則明生焉而物乃照矣
止水明鑑體之立也開物成務用之達也專于體者
佛氏之逃空也專于用者俗儒之趨利也
朱子後孔子也微夫子吾誰與歸雖然依樣苟同者
佞也強意立異者賊也
丙戌仲春東海歸客奉處嚴鐵橋先生
附鐵橋次金養虛用清陰先生韻贈別湛軒

詩

驚心十日返行旋烈士遺墟此暫經官道漸看新
柳綠旅懷同憶故山青從今燕雁咸千里終古參
商恨兩星縱說神州無間隔離憂如醉日沈冥

附鐵橋答湛軒書 篇俱從遺唾補入
文藻曰已下十五

跪誦手教過承推獎愧不敢當而自述己志及語
及謬愛之處纏綿悱惻三復之下潛焉出涕嗚呼
天涯知已千古所無弟等下里鄙人雖幸生中
國交遊頗廣從未見有傾蓋銘心真切懇至如吾
兄者也感激之極手為之顫胸中鬱勃之情雖千

語萬言筆何能達惟有彼此默默鑒此孤恍而已厚賜本不敢受承長者諄諭姑且拜領別業詩文容早晚應酬稍減當竭愚蒙攜成就正幸此復候福安臨風三歎幸自珍重不宣

又

捧讀手教益承關愛彌令人感激不已匪惟朋友知己雖骨肉之戚無以過之謹當書之大帶作韋弦之佩為弟之為人不敢自詡然性情高遠交遊雖遍大江南北而少可否號為心相知者落落無幾人其餘面輸背笑如兄昨日之云者比比而

是也不意得吾兄之隱不違親貞不絕俗其人者
一見已令人心醉實是奇緣然大丈夫神交千里
豈必頻頻狎昵如兒女子乎蘭兄心軟氣弱誠如
尊教亦是其中心激發不能自禁耳至如弟者一
觀知已心死氣盡即欲哭亦不能矣惟有仰天長
呼茫茫然百端交集而已嗟乎天下有情人固當
默諭此意耳蘭兄頃出他俟其歸寓當以台意鄭
重告之別緒耿耿萬千言不能罄敬因來使附復
惟珍攝自愛不宣
又

別後近況奚似念念一切相思之語都不煩言惟
感兄之行誼篤摯及佩兄之訓辭深厚終身以之
而已小諸一首聊志繾綣之情侑以微物一二種
此紵縞之義若云沿沿于報施之道則淺之為丈
夫矣惟哂存是禱各大人前亦乞道此意容居寥
落必不以荒寒見罪也率佈微忱並候近好

又

讀來翰一字一涕令人氣結適有外撓不及縷陳
鄙抱然弟之所欲言者吾兄俱已代言之矣卅此
佈意臨風黯然

又

來諭已悉一切所論列處亦深見吾兄細心讀書佩服佩服容篝燈再披玩尋味耳俄有客在寓未及詳答度吾兄定能諒之也扇子謹當依命繳到得暇能再博一會鄙心所願如望慈父母焉艸此奉覆

又

早接手教得稔今日有西山之遊不勝艷羨恨俗塵膠擾且礙于形迹不獲追步後塵爲一大缺陷事耳明日枉駕甚感高誼養虛翁想同但須辰刻來耶更妙

卽望惠然恐申後弟輩有人見招不容不往卽聚首無多時候爲可恨矣率此布意并請近安不一又印章旅次無刀以鈍鑿爲之殊媿拙劣恐不堪用重是故人之手蹟而已日來苦冗筆墨之通十手猶不能給腰式印竟不及作矣諒之諒之

又

俄見蘭公冊頁具悉三位大人厚誼爲之泣下沾襟弟初不敢以冊子求書者懼相瀆可厭耳今見此冊中心艷羨不置乘來使之便再將一冊附上不敢更累大人作書 此冊示千萬勿使大人知之萬一大人知之而肯揮數行

尤所只求湛軒養虛兩兄灑點墨于其上初不計願矣所只求湛軒養虛兩兄灑點墨于其上初不計
拙而二詩亦望錄入得塗瀚此幅一懶人之印頰如第
也更感高誼俾世世子孫傳為家寶語弟生平不作妄
談之耶二兄或有見教之語不妨隨手寫入至禱至
禱十五六七三日內能過寫一談則弟等當掃榻
以待

　又

見阻衙門大為怪事弟頃與金兄劇談而不獲望
見顏色為之悶絕明日果有可出之勢則弟處亦
無甚冗雜敬候早臨以抒鬱抱寶慰鄙願專此復

二四

連日思念甚苦讀手教令人駭詫何緣慳至此耶不知何日得一過耶平仲兄能來甚佳竟訂定準于明日早晨屈駕當掃徑以待千萬勿爽至懇至懇昨日冊頁一本求二兄作書望隨意揮灑點墨皆是至寶初不計工拙也有見教之語務寫滿為佳此鐵橋見蘭公冊頁甚妒之而復有此請昨弟所奉一札不審得達否總求二兄手蹟耳傳云于孫二詩萬望寫入專此復候起居不一

又

候近好不備

又

別後起居何如念念頃讀手教一切都悉弟冊有勞揮翰并蒙諸大人賜以墨妙感媿之至所委謹當如命書上行期不在廿一甚喜再行枉駕矣刻有小冗不及多贅率復不備

又

誠再拜別後起居何似念切念切行期未決甚善如得乘隙一過深慊鄙願一切離別可憐之語都不贅敘而終日悵悵惘惘如有所失不知其然而然此種情景想兩兄同之也奈何晚舍齋額謹已書就以來紙係二幅轉恐粘接有痕輒敢擅易長幅書之但筆蹤醜劣恐無當于大人之意耳

二五

記文及詩各書一本呈繳八詩如用各體恐非大方竟全作隸體如何靈龕詩承教極是敢不書紳自恨早晚多冗未遑改正亦姑存其說可再貴處有賢師友見之不足供其一噱幸為藏拙聊存手跡以誌相好之情至感至感弟等筆墨本不足道吾兄倘有見委之處即當奉令承教縱有他兄亦不暇恤而昨日來教有不敢請之意似非至好之談或吾兄本不需此而故作此委曲世情耶此則又細心之過矣養虛兄一冊附到及和正使大人詩二紙亦一并上呈弟前為金兄所作養虛堂記

一篇其中離合穿挿小有得意之處言雖平淺然
寫一邊而兩邊皆見借題以作兩兄之合傳頗具
苦心不知吾兄以爲何如非知己前亦不敢如此
沾沾自喜也至于金兄稱其筆法尚漢魏則弟不
敢聞命矣大抵此等文字雖極不工弟當永遠存
之卽不敢云問世亦當使傳之家乘以示子孫也
如能枉屈但期于辰刻到寫弟尚未他徃必可相
見旣幸相見則此日卽有別兄皆可臨期謝絕且
我輩來徃之跡朋友中太半知之亦甚平淡無奇
毫無詭異之處吾兄儘可不必自懷嫌疑過爲之
慮也況兩兄人品學術經弟輩誦說雖無識之子

久生敬仰又誰得中外妄生區別耶會面有期言
不盡意惟照察不宣

又

不但不得接奉談笑以爲煩鬱而兩日以來僕人
亦復絕跡弟與秋庫雙眼幾穿苦極苦極今得數
行如獲奇寶而詳味詞意寸心如割吾輩緣慳至
此乎勢又不能趨赴館前探望室邇人遐彌增怊
悵不知行前尚能偷便一顧以作永訣否書至此
弟雖無情之人亦手顫心酸淚淙淙下矣所委諸
筆墨十八日俱已辦就無由繳上并一小札亦都
未達今籍使納上惟默鑒此忱耳前蒙書冊内德

行文藝及德性問學之語切中膏肓謹當陳之左
右以作終身之佩敢不拜嘉前札忘謝今并及之
率佈鄙意並請近安不備

又

來教具悉一切兩帖當即日為之以報命也行期
未定得更接顏色不勝厚幸辛此奉復希亮不一

又

俗氛如蝟刻無寧晷苦不可言此時正在寫書道
別而戚使適至得仰瑤華感荷感荷使返匆遽書
竟未完而帖畫亦有二幅未竟尚容續繳明晨更
望戚使一來以悉種種耳餘語具陸兄札不贅

二七

又

弟誠再拜啓湛軒長兄足下昨以事他出手書遠
賁未及裁答歉仄之至蒙許以兄事而以弟畜我
古風高義更見今日甚幸甚幸訓辞深厚所以期
我者至遠且大敢不敬佩誠自幼失學六七歲八
鄉塾嬉戲不異凡兒稍長始知讀書然一意于科
舉之業又自恃天資差不頑鈍繙閱群書有同漁
獵以是根底浮薄至今思之未嘗不自傷也二十
餘歲漸識義理好觀濂洛關閩之書始有志于聖
賢之道然獨學無偶孤陋寡聞出門張張頗乏同
志加以志尙不堅嗜慾難遏操存舍亡作明作昧

猶幸質非下愚時能悔悟自克未至汨沒性靈然亦悠悠忽忽迄無所就廿九歲大病半載困阨之中頗有所得故瀕死者再而此心炯炯覺得粗有把握病後自造二句書于臥室云存心總似聞雷日處境常思斷氣時又大書懲忿窒慾矯輕警惰八字于齋居以自警惕誠之用心蓋畧有異乎世俗之士之為者今恒自點檢亦無大惡惟口過每不自覺故時時將口容止三字提在心頭又生平過徇人情優柔寡斷此心受病處不少誠交遊亦不乏矣求其能講明切究于此種學問以相輔有

二八

成者益寥寥焉今倖籍科名來遊京師得與足
下定交實見足下之學不但可以爲益友而且可
以爲名師愛之重之心悅而誠服之則是非科名
之足喜而藉此以得交足下之爲大喜也足下每
嫌誠稱許過情然誠非悠悠泛泛之子比也但知
足下爲益于區區者不少耳誠威儀輕率而足下
之方嚴實堪矜式也誠言辭躁妄而足下之慎默
實堪師法也又承懇訓稠疊勉以好之必當行之
斯爲無負此種氣誼求之儕輩豈易得耶且誠實
知足下非漫爲空言者即使足下漫爲空言而字

宇如荒年之穀于誠身心有終身受用之處且凡人貴遠忽近使此言出于所習見之人猶不敢以陳言棄之而此言實出于萬里外終身不可再見之人其為寶貴愛重又當如何夫以寶貴愛重之人而俾此言得以常目在之則吾之身心固已益故吾益于身心而所以受仁人之賜者非淺尠矣此實誠畢生之大幸也誠之所欲言于足下者雖累萬言不能盡昨使至時此書繞有數行後亦未曾續寫俗事紛至沓來難以擺脫睡時已五更矣此刻使至倉卒書完略盡區區至于臨分惜別之

語我輩方以聖賢豪傑相期無煩屑屑他日各有所成雖遠在萬里之外固不啻朝暮接膝也否則卽終身群聚何爲芊然此亦傷心人聊以解嘲之語不必多云別緒萬千惟知已默鑒而已臨風艸艸不備

附箋飲題畫竹扇贈湛軒
得雨益斐然著雪更清絶到老不改柯中虛見眞節

又送湛軒詩
參商萬古總悠悠欲語先看涙流此去著書應

不朽莫教容易寫離愁

七月寄鐵橋

力閣足下相別已五月于茲矣向來種種悲歡殆若一場夢事人生離合從古何限但其會合之跡未聞有如吾輩之奇者也離索之懷未聞有如吾輩之苦者也然則安得不使我惝悅蘊結愈久而愈切耶容之歸路嫩柳紅杏非復去時光景乃憑長城笑秦皇之築怨撫虎石弔李廣之數奇登首陽挹伯夷之清風八巫閭仰賀欽之高節其感古傷今一切可喜可悲之蹟何處而不思吾力閣也萬里嗣音千古所無

苟其不斷豈非奇絕若或一斷勢不可復續此其情理之苦定當十倍于分袂之懷矣如之何如之何餘語畧在去筬餘秋庠札中姑不疊陳惟日望金玉之既使我驚倒而叫絕也不宣謹上力闇賢弟足下丙戌孟秋下澣愚兄洪大容頓首

令尊先生前望呼名請安

鐵橋曰此海東洪湛軒札于十一月廿四日到

九月十日與鐵橋

大容頓首白初秋一書已關崇聽否霜露旣降秋氣日涼願言之懷與歲俱深想故人萬里當有以知我

俗　　　　　　向

心也不審八秋求上奉下率啓居適宜看書講學之外體驗踐履之功益有日新之樂否奉別以來益靡日而不思其思之也未嘗不心摧而腸結焉此其故豈徒如區區兒女之情思而已向使子而無才無德庸庸一俗夫則固不可思也使子而埋頭舉業以科宦為性命則亦不當思也使子而不能脫然好古以聖賢豪傑自期待則亦不足思也今子才盞視我邁邁貌同而心異焉則亦不必思也今子才盞一世而謙謙自早心雄萬夫而溫溫自虛性情高遠志操孤潔從容應舉非其所樂又能愛人好問誠貴

金石臨別酬酢信義邈如至使我于修錄之際及念六長別之語乃目不忍視手不忍書掩卷閣筆仰天而長吁焉嗚呼人非木石安得不思之又重思之終身想望愈久而愈苦耶容夏秋以來憂病相仍焦遑奔走不能偷片隙讀一字書以此心界煩亂少恬靜怡養之趣志慮裏颯少彊探勇赴之氣別來功課獲落無可道者奈何且讀書者將以明夫理而措諸事者也苟能讀之精講之熟見之的得之真則彼書者乃無用之故紙也可以束之高閣矣惟精也熟也的也真也雖聖人猶有所憾焉則讀書者其功固

无涯浃而果学者之终身事业也虽然知行两端固
不可偏废而本末轻重之分又大有等别于此有差
则不入于顿悟必归于训诂可不惧哉今吾辈之读
书卤莽涉猎忽断忽续既未精熟何论的真其读书
之功既如是而又读毕一书便谓吾事已了乃猖狂
念行无所忌惮不知读书毕后便去行之方大有事
在譬如有人欲作远行书者一部路程记也行者抹
马脂车按记而驱且驰者也惟縶马埋轮非驱非驰
戚戚焉惟记之是讲所以行迈之谋终无遂成之日
也从善如登从恶如崩岁月如流行将老死佛氏所

謂此生不向今生度更向何時度者乃是真切警人之語也伏願力閣鑑我無戒益加努力憫我不進痛賜警責得以鞭責跛躄追躡後塵也餘在別紙不宣

丙戌重九翌日愚兄洪大容拜上鐵橋賢弟足下

　書後另紙

古今人品槩有六等今排定位次以爲勸懲之準

第一位聖人一疵不存萬理明盡

第二位大賢道全德備守而未化

第三位君子行己有恥使四方不辱

第四位善人宗族稱孝鄉黨稱弟

第五位俗人同流合污避害趨利

第六位小人貪鄙狗彘慘毒蛇蠍

凡此六等可惡者小人可悶者俗人可愛者善人可敬者君子可畏者大賢不可及者聖人俗人非可惡而以其與小人比隣也滿腹利害依違于人獸間所以為可悶也善人雖可愛而以其與俗人隔壁也識之未透義理參半故可愛之中又有可憂者存焉君子以上方始為人

嗚呼小人者世不常有而俗人者滔滔皆是矣善人雖可愛而亦不足為終身準的若由君子而進于大

賢則雖不及聖人亦可謂今之成人矣如吾輩者歸之俗人或其不甘而其于善人已有多少不盡分處所謂二之中也嗚呼其可媿懼也已

人苟有要學聖人之志則其講學之功踐履之實必汲汲循循愈進愈篤無遊泆若存若亡之理其徒尚頰舌色厲內荏虛名外重實德內疚苟焉為自欺而欺人者皆無希聖之實志也然則今之所謂學者果何所志而為學耶大畧有五種焉

一曰利心假真售偽居之不疑以干祿為心者

二曰名心生則賓師歿則俎豆以誇張為悅者

三曰勝心莫高于道學他術爲低以標致爲高者
四曰伶俐讀書談理少所礙滯以辨析爲能者
五曰恬雅適爾寡慾親近簡編以玩索爲樂者
利心魍魎也名心傀儡也勝心壁蝸也伶俐鸚鵡也
恬雅蠹魚也向學立心有一于此便是種子不好其
于希聖之功吾知其愈進而愈遠矣
天下之英才不爲少矣惟科宦以桎之物慾而蔽之
宴安以毒之由是而能脫然從事于古學者鮮矣詞
章而靡之記誦以夸之訓詁以拘之由是而能闇然
用力于實學者鮮矣功利以襮其術老佛以溢其心

三四

或

陸王以亂其真由是而能卓然壁立于正學者尤鮮矣今力闇知科宦之為輕而身心之為重齋居八字箴之以聞雷斷氣之戒則已能從事于古學矣舉醉夢之句讚主敬之訓刻刻提撕不欲先講餘事則已見用力于實學矣平日好觀近思以僭論陽明為極是知楞嚴黃庭不若儒書之切實則亦可以壁立于正學矣以子之才努力做去刊落浮華渾化渣滓他日所就其可量乎扶正學息邪說承先聖贻後學匹夫之任其亦重其遠力闇勉之哉屈至敏之才下至鈍之功旣知之矣益鉤其深旣得之矣如恐勿失鼓

舞以趨之優遊以味之參伍以融之釋其紛踔厲以肆之排其難浸灌之不足又釀郁之涵泳之不足又漚煿之摹畫之不已乃成方圓擬議之不已乃成變化始焉循序以致其曲終焉耐久以歸乎熟鳴呼果能此道亦思過半矣

右六等五種之目東方先輩之說也余喜其造語切實巧中時獎常銘之心頭作爲懿戒今取其目畧加演辭繫之以狂言奉寄鐵橋僑擬瞽御之箴冀以求教于筱飲秋庫兩兄

容聞君子之學擇術爲先擇術不精學仁義之善或

三五

至于無父無君古人之問之審而辨之明者不其然乎是以術既擇矣講之詳之行以體之皆所以成其學也學既成矣得志行于天下不得志傳諸後人夫收育英才著書立言皆所以明天琁正人心繼往聖而開來學者也不惟區區于一己之不朽也是以學無邪正具曰予知則同焉人無賢不肖欲人從己則一也竊聞西林先生以宿德重望崇信佛氏精貫内典好談因果諒其志豈如愚民之蠢然于福田利益哉必將自以為擇之精而必求其學之成推深造自得之妙而思鼓天下以從己也夫其制行如彼之厚

八

用意如彼之高巋然爲仙鄉之師範而言論風旨又
足以勤盪耳目倡率同志則仙鄉之後生子弟安得
不服習景慕從風而靡哉如力闇之初年病裡誦呪
愛看楞嚴吾知其有所受之也其知幾明決不遠而
復亦何望人之如力闇乎嗚呼壽夭命也窮達時也
敬義忠信吾儒自有樂地苟能行之自可以一死生
齊禍福樂而忘憂不知老之將至亦何必好逕欲速
舍舊圖新沉滯于無父無君之教哉仁義寖爲寂滅
詩禮化爲梵偈聖道湮塞異言橫決嗚呼可爲傷痛
也哉仁人君子寧不欲壁立千仞明目張膽思所以

救之哉此所以不能無望于吾力闇也
容平生頗喜遊覽山水惟局于疆域不免坐井觀天
如西湖諸勝徒憑傳記寤寐懷想而自遭逢諸公以
來孔撥益不自禁顧此心一日之間不知其幾廻來
往于雷峯斷橋之間矣若賴諸公之力摹得數十諸
景竟成卧遊則奚啻百朋之錫也此不須盡格工拙
只務細密逼真因各題其古跡梗槩于其上且因此
而并得見諸公第宅位置齋居規模使之隨意披玩
悅然若追奉杖屨于其間則豈不奇且幸耶筱飲秋
庫均此奉請

舉

容于科甲非決性命而求之者惟于入場呈卷之時報子傳榜之際每不免營勤希覬按位不得事過後雖能自悔進場則舊習輒發學力之不周殊可媿歎力闇才經試圍其必有內省之可驗者願聞之容年未四十已視茫茫而髮蒼蒼血氣日見衰替志氣隨而摧惰佽俚進修之功每不免聊且粗畧之意即此旨趣殊非遠到氣象良可媿懼未知力闇能免此否

養虛堂記曾有問示而悤悤未及奉復且以語及鄙人處全沒稻傅乃不敢容喙而可否之惟其圖轉流

勤轉摸無跡實是千古奇文可以編入家無愧況其叙友道一段尤淋漓感慨足以醒世而喻後則又八家之所少見者邪
八詠中靈寵一詩尤是絕調此中士友見之者亦莫不欽誦而稱奇其時鄙書奉效者非以此詩為有餘憾乃過計之憂無所不用其極也至有未及改正之教則想未悉鄙意也
吾輩稱兄弟舉此間士友或有非之者以為儒林故事未聞其例惟見稗說襮志終非莊士法門此說亦甚謹嚴故事實無可據而為準者未知此法始于何

時古來儒者亦有行之者幸示之
允哥年屆就傅已讀了幾卷書而其才識何如恨不
得一受床下之拜耳其所作詩文一二首寄示爲望
吾輩問答此中士友見之者無不艷歎愛慕惟以力
闒之于鄙人稱道太不着題惜其辭氣之率易有害
于德器之凝重或因此而疑其意在玩侮言實嘲謔
笑我以受其簸弄而不之覺也此固俗夫之言不足
與辨也惟親愛之僻許與之過分足下不得辭其責
矣且聖人不云乎吾于人孰毀孰譽夫毀固惡德譽
亦出于私其背于中正則均矣惟高明加察焉
三八

容于力闇之才學固心悅而誠服矣惟其心悅而誠
服也故欲其本末無疵精粗無欠粹然中正終于大
成是以前後效愚僭妄多端其于心術出處之際亦
或有微發其端而不敢盡其說者此所謂天下之寶
為天下惜之者斷斷忠愛想已見諒而不以罪之也
惟以容之淺陋其于酬酢之際書牘之間露醜呈拙
不可枚舉而終未聞一言䂓責則或者玩侮嘲謔之
疑不爲無見而朽木糞牆初無受教之地邪此實容
之深以爲憾而不能釋然者也
尊伯氏九峯先生道候萬安容之懷風景仰非徒于

為力闇之伯氏而已乃敬俗寸楮累佈鄙悃稟以求教未見而有書筱欵兄事例在焉能不以見詡否雖然人各有見先生之意或不以為然則望力闇一見而去之不以奉煩也大容又拜

又發難二條

吾儒與老佛號稱三教中古以降高明俊傑之士出乎此則八千彼先賢至以為彌近理而大亂真擇術求道者其可不辨之早而察之精乎儒者太極生兩儀老氏曰有物混成先天地生佛氏曰有物先天地無形本寂寥其說出源頭既甚相近儒者之盡性老

氏之載魄佛氏之見心其用功于内者亦若不懸殊
曰一以貫之曰聖人抱一曰萬法歸一其守約之旨
則無異曰修己以安百姓曰我無爲而民自化曰慈
悲以度眾生其濟物之心則累同凡此其同中之異
似是而非者願聞其說
以後賢之論而言之則康節稱老氏得易之體伊川
稱莊子形容道體甚好文中子謂佛爲聖人和靖謂
觀音爲賢者以諸公道學之正而反有所稱許何也
上蔡親炙程門而濫于老佛象山動引孟子而近于
禪旨以平生論辨之勤而終不免浸染者何歟張子

房純用黃老南軒謂有儒者氣象蘇子瞻到處參禪晦翁稱以近世名卿兩賢之嚴于排闢而評品若此者何歟

右兩條發難此天下大議論古今大是非願諸兄明賜剖析以發海隅愚蒙大容拜問

書後附四言詩九章

飛鳥懷良朋也遙遙南國獲此良友同心離居欣悵交中

翱翱飛鳥集于北林堂堂嚴子金玉其心無營無欲矢我好音聖道無疆與子鉤深

翩翩飛鳥集于南山堂堂嚴子婉如其顏聖道雖遠
莫云其艱惟善是勸惟邪是閑
猗歟嚴子既明且聰聖道孔邃無惰爾功韜光坦步
正慮修容精神寂寞乃與天通
猗與嚴子既聰且明英風外達妙鑑内貞燈燈文藻
誩如其成溫恭軏雍人莫汝爭
猗歟嚴子才藝蓋世高天闊海廣居無際無安小道
致遠恐泥敬慎屋漏莫曰幽細
嗟余小子有志未就西南得朋與子邂逅視爾高朗
媿我寡陋徘徊歲暮歎此三秀

截彼釣臺山高水長典刑不墜惟子之良矯矯九峯益篤其光覃及海隅德音孔彰嗟爾伯仲坡穎是鄰竝義儒門二程是冀春風渾成乃敬作字伊川謹禮曰履安地相古先民八德有門懼以終始要道不煩歛華就實勖以存存想思眤眤予欲無言

丙戌重九海東洪大容稿

鐵橋曰此札于丁亥年閏七月自浙寄至閩中又與九峯書

大容再拜上九峯先生長兄足下容力闇友也容既
四

忝與力闇為友又因潘蘭公得聞我九峯先生有文有行屹然為江左師表容之望風仰德之日久矣況濫被力闇錯愛訂交容邸約為兄弟夫既僭以力闇為弟獨不可以力闇之兄為兄乎力闇既不以外夷為陋而不憚兄事我也寧九峯乃以外夷為陋而不以弟畜我耶相見之奇不若未見者之相思為更奇此陸筱飲兄之語也容于力闇則相見之奇者也于九峯則未見者之相望相思為更奇者也不審九峯以為如何嗚呼力闇之高妙乃天下士也顧以賤陋之身乃抗顏而為其兄不亦僭于惟其新生知

之樂生別之悲至愛深情銘八肺腑森森典刑寢寐在目瞻望南雲百憂彌襟伏惟九峯當有以諒此心也容實陋夷也特以國俗敦孝弟遵詩禮幼而習父兄之訓長而賴師友之功頗知聖賢之可學而至義理之可講而明氣質之可漸而變嗜慾之可遏而消是以忘其渭劣妄有希覬惟立志不堅懶敬成痼怠過半生無聞無得悲歎窮廬亦復何及嗚呼太平之門菜市之橋所謂伊人于焉逍遙鵷鴻齊翼常棣交輝欲往從之不能奮飛豈不爾思遠莫致之悠悠哉余懷之悲伏願九峯鑑我衷曲憐我孤陋不拘詩

四二

長兄先生足下

附鐵橋丁亥秋答書

去秋承惠書即于本年接閱弟亦有寸楮布候未
審已得達否頃奉手教兼辱珍貺欣踴悅惚悻不
自定此書亦屬去年暮秋所發至今秋始得快覩
萬里寄書艱難乃爾可勝悃㤂此日想起居多慶
德業日新訣別以來每一念及肝腸崩摧相思之
懷彼此同之不復覼縷弟無他過人處自覺差遠

文惠我嘉訓得以寓目修省晨夕警惕俾勿卒歸于
小人不宣丙戌季秋海東愚小弟洪大容拜上九峯

于齷齪之流湛軒不以為不肖而曲加獎借殊增顏汗讀書將以學為聖賢來書字字真切使人若矇而瞭若瘦而起謹當佩服勿護但弟年來多病早裏如吾湛軒所云心界煩亂志慮颯大器相似自省工夫進寸退尺奈何因思此事正須朋友夾持志氣方不頹落如弟胸中未嘗不壁立千仞然獨學無徒又疾俗而不免于狗俗泛泛悠悠豪無把臭為累于身心不少湛軒何以教我哉古今人品分六等極為切當然鄙見以為上達無中立之理似不必立俗人一條第五位即為達

小人第六位則改曰凶人凶人不常有而小人則
滔滔皆是也同流合汙避害趨利非小人而何貪
鄙狗竊慘毒蛇蠍非凶人而何言小人則俗人已
該其中而所謂善人者益可危矣蓋此六等乃條
析言之其實天下祗君子小人兩途不入于此卽
入于彼善人望聖人雖有多少等級而自聖人以
至善人得統名曰君子而外此則皆小人矣彼俗
人者不君子不小人胡爲者耶爲學五種之獎讀
之毛骨俱竦以弟自驗大約近所讀盡魚一途可
勝媿赧末識湛軒自顧居何等也湛軒謂弟無一

言觀責以致貴鄉士友疑其玩侮此未悉吾輩交情妄相猜度不足與辨以弟觀湛軒實無滲漏之處可貢其狂言者惟覺湛軒持論或有過高之處最在京師蒙贈言有云最下者著書以圖不朽夫古之聖賢憂一時之不悟立教以救一時憂萬世之不明著書以垂萬世恐未可以爲也或其病在圖不朽三字邪孔子曰疾沒世而名不稱焉三代而下惟恐不好名此非孔子之所謂名也不知湛軒于世俗身後之名竟能渾忘之吾此弟所不能無疑者也西湖諸勝猝不暇摹近年因

四四

聖主南巡郡人刻有新志圖繪極精卷帙少而梗槩
悉備將來必當覓寄一部以供卧遊弟于富貴利
達實自淡然然已七踏省闈益有不得已者前年
乙酉赴試自誓此次不中決不再來實懼失意之
後此心轉不能無動也既而倖竊科名亦復非其
所樂差喜得慰老親望眼而已去春會試不售昫
中豪無芥蒂同輩皆歡以為難此非矯制其情不
過看得此事甚輕耳策馬南歸之後家居半年今
春福建督學公遠走書幣延為塾師弟本不敢違
離親遠遊之戒正緣家嚴謂不肖閒居無事相促

就道其地處東南海濱離家千七百里幸家書一月一寄差足放心歲暮亦卽束裝旋里也筴飲秋庫春正一別迄今不知息耗近聞秋庫于五月間又入京師矣想渠自有書能言其詳也弟何人斯敢謂已能從事于古學湛軒所稱區區尚敢自敢當不過胸中稍具識見不牽流俗未免溢美所不信昔胡文定論心遠之義舉上蔡語曰不爲嬰兒之態而有大人之器不爲一身之謀而有天下之志不爲終身之計而有後世之慮此之謂心遠弟時時舉以自策然以生平畏與物忤漫無町畦受

侮不少時復自對已不免于憧憧往來矣湛軒教
我刊落浮華渾化渣滓此八字對症之藥然而大
難昔人云一命為文人無足觀矣弟正犯此病蓋
緣誤落塵網不能自脫卽如詩文書畫之類應酬
紛煩謝絕無術明知作無益害有益而遇小得意
處輒復沾沾自喜此病根何時可除湛軒幸痛切
言之弟不敢昧心以欺我良友也弟衰徵早見八
今年來牙齒脫落太半存者亦都動搖鬚雖未蒼
蒼而已種種矣較之湛軒更有甚焉然謂此非遠
到氣象便生娩懼此不必然君子之爲學倦焉日

有孳死而後已願與湛軒勉之吾輩稱兄弟亦
何必有故事可援欻如陶靖節詩云落地爲兄弟
何必骨肉親李白亦云異姓爲天倫其他見於史
書者如北周唐謹之于万紐于瑾此類亦多不能
徧記古人以兄事以弟畜之處不一而足必謂儒
林未曾有者卽非莊士所爲說亦太拘且吾輩行
之卽謂始于吾輩亦無不可者疑之者何其不廣
也家兄天機淸妙舊聞弟所稱述又見諸尺牘及
弟所圖諸公小像幷劉記問答之語久深欽慕忽
蒙惠書喜出非望湛軒又何嫌何疑而慮其見訝
四六

哉兒子年甫十一姿質尚非庸鈍然初學作文無可觀者過承長者垂念極感極感弟前在京邸所作詩文皆于人事紛襍之頃荒率應命湛軒當爲我藏拙而乃令貴鄉士友齒冷非所望也湛軒與弟皆年近四十進德修業宜及此時弟以爲且先理會變化氣質弟亦知聖賢可學而至而本性通脫近于古之狂者語音苦于率易殊少厚重氣象大是可憂湛軒性情無可議者其所見似稍涉拘泥聖人之道下學上達之方其行在孝弟忠信其職在灑掃應對其文在詩書三禮周易春秋其用

之身在出處辭受取與其施之天下在政令教化刑法其所箸之書則皆以為撥亂反正移風易俗以馴致乎治平之用而無益者不談其于盡性至命之說必歸之有物有則五行五事之常而不入于空虛之論如是而已矣湛軒舉詞章訓詁記誦之事皆以為害道弟不能無疑程子雖言學有三等詞章之學訓詁之學義理之學夫詞章則誠靡矣讀書豈能舍記誦而訓詁二字則經學之復明漢儒訓詁之功尤偉恐不可以辱非摩于訓詁則不可耳且以朱子命世大儒何事不經其鑽研閱

四七

歷蓋涵養在主敬進學則在致知德性在是問學在是舍訓詁而遽空言義理何以為致知之本以孔子生知之聖猶曰好古敏求曰多聞多見豈皆支離者耶楊子曰多聞則守之以約多見則守之以卓少聞則無約也少見則無卓也此其語有所自來未可以其出于子雲而廢之也明人發策謂今之人不學則借一貫以文其陋無行則逃之性命之鄉以使人不可詰此雖指為王氏之學者然亦曲盡當日空疏講學者情事余湛軒有得於宋儒緒言知安身立命之有在則甚善矣但吾輩胸

中斷不可先橫著道學二字而思于古人中分一坐席歷觀前史祗有儒林文苑二門至宋史別列道學名目貽譏識者夫儒者雖有通儒俗儒小儒大儒之別然聖如孔子亦適完其爲儒儒之名至尊矣而此外別有所謂道學先生何爲者也王文成倡其新說貽悟後人誠爲可恨然其事功自卓絕千古今則道德一風俗同之世姚江之餘焰已熄久無異言橫決之患吾輩爲賢者諱正不必時借此以爲彈射之資如宋之富彥國李伯紀諸公晚年皆篤信佛氏安得以此而遂掩其爲一代偉

人正恐講道學先生不能辦此軒天揭地事業也
弟此時已不爲異學所惑豈故爲此兩岐之論哉
欲吾湛軒于知人論世之際少破其拘泥之見耳
若西林先生之佞佛則其人不過博雅好古隱居
自得之君子其生平亦無大可觀者弟豈必爲之
迴護哉然亦無倡率鼓動之權交之中強半皆
非笑之者可無慮其從風而靡也只此老爲可惜
耳又有說者以朱子之風力欲攻韓侂胄乃以箋
得邇卦而止夫易以前民用也非以爲人前知也
求前知非聖人之道也故少儀之訓曰毋測未至

嚴辨

弟前于靈籲一詩發其狂談亦此意也明哲保身四字最易為庸鄙者藏身籍口馮道事四朝十主廉恥道喪千古無兩而先儒或有許其救世之功者此豈可不辨其故哉老莊皆天資超絕度其人非無意于世者不幸生衰季而發其汙漫無稽之言大半憤時嫉俗有激而云然耳彼豈不知治天下之需仁義禮樂哉蒿目傷心之至或則慨然有慕于結繩之治或則一死生而齊物我而又立言詭異其流獎至于申韓之慘刻王何之清談遂不免為異端首禍之人然二千餘年來排之者亦不

一人而其書皎存其書存而頗示無關于天下之治亂益自有天地以來怪怪奇奇何所不有而人心之靈又何所不至自應有此一種議論即如佛經大半作于魏晉間文人之手索隱行怪聖人早預知之而示莫能禁也故曰後世有述焉吾弗為之矣方今聖學昌明吾輩直視爲姑妄言之書存而不論可耳必取其憤激駭聽之言如絕聖棄智剖斗折衡之類曉曉焉逞其擊斷究竟何補于治而老莊有知轉暗笑于地下矣此是講學人習氣入云亦云落此窠臼最為無謂此刻偶有所見

遂書以質諸湛軒不審以為何如吾輩且須照管自己身心使不走作若扶正學息邪說正人心雖有其責任恐尚無其本領遽以此自負近于大言欺世弟不敢也發難二條極欲吐其胃中之見所書又須千言封函太厚難寄姑俟後信亦欲攜歸與筱飲共觀而後論定也弟病瘧兩月有餘今尚未痊每日寒熱交作執筆手顫不能成字雖累累長幅而所懷猶未盡萬一天各一方惟有慟哭冀蔦道自愛不宣

飛鳥九章古雅絕倫眞乃魏晉遺響非虛譽也申

五十

詠反覆曠若後面陶公有言之子之遠良話曷聞弟何以得此于湛軒裁特其稱道太過處殊非庸陋之所敢當惟有晨夕玩誦勉自策勵以副厚期耳亦欲作數語奉酬病中心緒撩亂竟爾不能成章想夜光亦不責報于魚目也得書之夕有拙吟二首附錄呈覽言出至誠不計工拙仰希照察

又附南閣寓館簡寄湛軒二首

京國傳芳訊遙遙大海東斯文吾輩在異域此心同情已如兄弟交真善始終相思不相見慟哭向秋風

見面悲無日論心喜有書來從萬里外到及一年餘激厲煩良友衰邊感獨居無聞將四十忍使寸陰虛

又附與秋牟書

夏間曾有數行問訊不知足下已復入都遂致相左別逾三季相思良苦高雄之遊想非無謂殊深快頌比接年伯大人信寄到海東書數封湛軒累累數千言大率勉以聖賢安身立命之學僕得之如獲異寶不審與足下書云何將來當奈觀也僕羈栖閩嶠業不增舊形如槁木心若死灰陶公有

言造夕思難鳴及晨頗烏邊僕之所遭寶同斯境
視鮮衣怒馬馳騁于長安陌上者真有春林秋棘
之別矣答束友書納上煩于歲終彙寄封對面題署
字樣想不遺忘也足下或尚留京師亦當仍交徐
朗兄處勿更與後來使臣相聞非惟省事佳遇正
不必再也迂陋之見仰惟照察肅此布候近安不

一 又附與潘其祥年伯書

教範睽違倏逾三季遐想道體康寧閫潭多慶可
勝頌頌閒月間接手教蒙轉頒海東諸札謝謝大

附朱朗齋戊子正月寄湛軒書

哥八都尚多得意甚念甚念來書一函頻附八府報即寄京師是所切禱肅此恭候近禧臨風神溯

愚弟朱文藻頓首頓首奉書湛軒先生足下交友之道致不一矣有性命之交有道義之交有文字之交下此爲徵逐讌會之交趨勢附利之交而其致交之緣有神交不必會面而神往者有心交一會面而畱戀于心者有形交但以形相往來者有迹交雖名爲友而跡不同者文藻于足下唯神交與道義之交而已文藻生本寒微年十六痛遭失

跡不同則乎可謂跡交當改曰有友跡而無友道

五二

怙家無督責之嚴兄外無規勉之良友稍知讀書
惟師古人既而思擇友以爲助敬廬去九峯鐵橋
居數十武暮二君之爲人往交之十數年如一日
急難相濟疑義相析文酒相樂雖骨肉之愛無此
親者此真所謂性命之交也往歲丙戌鐵橋在京
師寄家書備言得交足下顛末文藻閒之已知足
下之爲人既而歸攜諸公贈答詩文尺牘足下之
作在焉于是益傾倒于足下而恨不能一見也讀
足下之文又不禁熱淚潛潛以爲古今來未有如
此作合之奇別離之苦者而不意鐵橋之于足下

遇之而不會文藻之于足下遇之也故今日未與足下見而輒以書通者實出於至性不徒援足下之與筱飲九峯書而爲例也丁亥之春九峯鐵橋同客閩中八夏鐵橋染瘴秋發爲癰百餘日而劇聞秋之月得足下丙戌九月所發書凡三千六百餘言而鐵橋答書亦二千六百餘言因意兩人者學術之正識見之卓議論之確求之古人不易也鐵橋作書方九月時已病劇足下觀其文字有似不久人世者邪而豈意力疾而歸兩旬而發其速如此嗚呼痛哉疾革之夕文藻坐牀側被中出足

五三

下書令讀之讀竟淚下又于被中索得足下所惠
墨愛其古香取而嗅之仍藏之被中而其時已手戰
氣逆目閉口斜不能支矣嗚呼其彌留之情深如
此今日者思其精靈或在天爲星辰或在地爲河
岳或憑依于君側或託生于東方皆不可知而要
之兩人纏綿之意可以傳之無窮矣鐵橋生平所
作詩文文藻爲鈔其全得八卷題曰小清涼室遺
稿其與足下及諸公贈答詩文尺牘別彙寫一冊
題曰日下題襟合集附于本集之後鐵橋生一子
名昂字千里才十二歲九峯患其單弱益以所生

次子名晨字旭初立為後嗚呼鐵橋有賢嗣能寶
先人之書矣鐵橋歿後其家郵書至閩中九峯得
書即日束裝戴星而奔隆冬天寒朔風刮面沙雁
叫霜山鬼嘯月輿夫絮輕肩頹膝輭加以嶺路極
天炬光閃目稍一失足一墜千仞嗚呼行路難胡
為乎來哉此情此景九峯獨知之而以其為鐵橋
故所當與足下共知之也足下曾云兩地音書一
歲一度若一度無書則或死矣今鐵橋已歿鐵橋
之書不可復得矣文藻今年三十有四小鐵橋三
歲平時鐵橋以弟視文藻足下又以弟視鐵橋今

日之所以妄通書于足下者以爲足下乜一弟又
得一弟或稍可以慰籍也文藻學識不及鐵橋而好
學之志或可幾其萬一未審足下肯以愛鐵橋者
愛文藻否也文藻既自許與足下爲道義之交則
當講求聖賢之道然見識淺薄自問人品即足下
所謂玩索者流非聖賢種子所望足下之有以
勉之也足下求道既深則知人必審文藻之爲人
足下雖未會面自可覽書而得其槩如非可交之
人竟置之不理可也若能不在棄置之列則將來
發書乞惠一函以永新好筱飲秋庫二公竝文藻

所深交兩家音耗亦可互籍以通問也足下盛年德業日富自無所處然細味從前書意及觀鐵橋所畫小像亦似曾有悒欝而體患孱弱者守身之道不可不慎為道自愛之言良有味也區區之悰如是而已春風東來臨書遙溯不宣乾隆戊子春正月二十五日愚弟文藻頓首頓首上湛軒先生足下

又附追次鐵橋韻奉寄湛軒

放目懷君處滄溟萬里東音書初達意言笑未曾同自此交情始安能寸楮終千秋吾輩事後世或

聞風死別悲嚴二彌雷示手書痛心惟墮淚瞑目不談餘生豈投東國魂應認爾居海天文字在墨瀋幸非虛

戊子中秋寄哭鐵橋文

海東洪大容聞淵湘杭故友嚴力闇先生不幸短命死於邑悲哀如喪右臂顧笑笑哀苦言不暇文謹具香燭侑以鯸魚十箇購幣一段奉託令兄九峯先生一陳于靈筵冀以少叙終天之訣嗚呼哀哉力闇竟棄予而死耶嗚呼惜哉力闇而止于斯豈非命也嗚呼

與九峯書

孤子大容稽顙再拜上九峯先生足下今首夏貢使自京還獲承去歲季秋尊札仍見潘蘭公在京覆書聞令仲弟鐵橋八冬自閩歸仍不起疾真邪夢邪此何報也頃承鐵橋閩館寄書中言兩月病瘧尚未瘥可豈以此竟不淑邪抑別有他崇邪殀壽固有定命而南方瘴癘水土不并抑人事之不能無餘憾邪痛哉痛哉此何報也伏惟天倫至愛道義湛樂半體痛哉天之荼毒予者亦孔之酷矣伏惟尊靈鑒此苦情

之痛何以堪勝大容亦于去歲仲冬罹逆不死禍延
先考呼天崩割至痛在心惟恨萬里無便末由呼訴
于鐵橋豈意鐵橋先已棄世兩幅細書與卦俱至使
苴塊殘喘重托此無涯之悲也嗚呼鐵橋胡寧忍予
容與鐵橋各生天涯風馬牛不相及之地邂逅萍水
犁然心會破中外之拘忘鈍敏之別虛心求助實有
遠大期許今天實不仁事乃有大謬嗚呼孰謂鐵橋
而止于斯邪以鐵橋之才之志上可以統承先賢下
可以汎掃文苑達可以蕭薇皇猷窮可以啟牖後進
今不幸短命無所成而死天乎惜哉蘭公書不報月

日想渠遠聞亦未得其詳不審自閩何時反宅諱在何日臨歿精神治亂如何亦有何顧言否幸仍便器示之賢姪友保否舊誼所在寶傷念不置其氣質強弱性靈皆明并如何伏想愛而能誨不使爲喪父長子也煢煢哀苦不暇爲哀誄文字抑或禮制所禁惟于鐵橋義均同胞幽明之間不可無一言爲訣謹具數語不敢依祭文格例以一種土物聊備奠儀望九峯曲察愚衷爲之酌酒一陳于靈筵或墓道而焚其紙庶不負交真善始終之句痛哉痛哉外有農巖襍識三淵襍錄各一冊原欲奉寄鐵橋甄此附呈并前

五七

去聖學輯要一書望九峯收領或為多聞之一助待
賢姪頗有見識好看吾學文字并以傳之如何具煩
鐵橋詩文或已刊布幸以數本見惠頃聞鐵橋以京
邸筆談有劉記成書望勿揀緊歇謄惠一本鐵橋身
後士友間輓誄文字亦并投示自餘臨紙血泣神識
荒迷不知所云惟未死之前有便附書無便懷德以
所以事鐵橋者事九峯惟冀寬抑保重上慰慈念下
慰遠懷伏庸懸禱不次謹疏伏惟鑒察戊子中秋海
東愚小弟孤子洪大容疏上九峯先生座前
令尊老先生前妄具慰狀賢姪處亦有一疏望并考

納

鐵橋詩札謄本一冊附上而字畫外訛頗多忙未嘗校諒之

與嚴老先生書

孤子洪大容稽顙再拜言不意凶釁令仲子鐵橋賢友奄忽違世承訃驚怛不能已已伏惟先生有子如鐵橋而遽見碎折于膝下理之所不忍情之所不堪哀痛摧裂何以勝任不審邇來尊體保衛伏乞深自寬抑努力加飱飯以慰渠平日孝思鞠育遺孤勉三遷之教不絕其讀書種子老先生止慈之仁孰大于

五八

不

是大容與鐵橋偶値萍水之會終成性命之交想渠
過庭已有導達生離轉成死別至恨均於幽明萬里
異域抱此悲苦此振古所未聞不可與俗人語也且
大容罪逆深重亦于去歲仲冬禍延先考侍奠窮廬
萬事廓落慘慘哀疚宜死宜死先考平日愛鐵橋之
才學中心懸慕不啻若飢渴也今承鐵橋寓閩時手
札終于先考請安鄭重數月之間人事變遷至于此
極執紙號慟五內崩裂悠悠蒼天此何忍哉山海隔
遠面訴無日瞻望血泣書不盡意荒迷不次謹疏伏
惟鑑察海東晚生孤子洪大容疏上嚴老先生服前

與嚴秀才書

孤子大容稽顙言大容與先丈有七日雅會于京邸終託同脗之契尊雖幼年想已耳熟四月因潘公書承聞先丈奄忽違世驚怛震剝如夢如疑痛哉痛哉恭惟冲齡弱質罹此凶毒思慕號絕何可堪居日月流邁歲崖將周感時因極當復如何不審邇間孝履支安大容罪逆不死亦于容歲仲冬禍延先考晨夕攀擗無所逮及惟依恃慈闈僅不滅性他何足言嘗承教先丈稱尊姿質尚非庸鈍知子莫如父況先丈之明于有德無祿必有不食之報況先丈之純明而

不澤垂後昆昌大家聲于嗚呼先丈有絕倫之才超
俗之識獨行不懼之節憂天下慮萬世之志不幸中
途奄逝齎志泉壤斯文之將喪士友之無福痛哉痛
哉人有百行惟孝為本孝有百端述事為大今尊年
未成童志嚮想亦未定宜不足與語此也惟勿以童
幼自解勿以年富自寬絕嬉戲勤經籍深慕永懷惟
先人是思猶此以往年日益長識日益邃則述事之
責方大有事在亦將無待於人而欲罷不能矣及其
時也後死者將以一悲一喜而以平日所聞于先丈
者稱述贊揚樂為之助焉惟努力也餘冀支保上慰

慈念萬里隔遠各在哀疚末由相握一慟臨風號隕
不知所云荒迷不次疏式戊子仲秋孤子洪大容疏
上嚴秀才大孝哀次
如有便不計工拙必以手書賜答就傳後讀過諸書
及見在書課并詳示之

附九峯庚寅十二月答書

愚兄嚴果頓首上湛軒賢弟先生足下嗚呼蒼天
慘毒交集君拒終天之慟果遭半體之傷玄節悲
風酸聞萬里痛思尊先丈老先生右族耆英樹德
海表徒以鯉庭之稱述致縈弱弟于懷忍尚鐵橋
鶴馭東遊必能謁老成于仙島而聲生前之欽慕
六十

矣果驚聞哀訃神思摧傷本擬勉製誄辭敬陳奠
愾伏計歲時歷久已逾服闋之年恐于禮制不符
轉嫌冒昧惟有臨風於邑仰溯寸忱茲惟足下孝
本天性慕終身囚極之報靡涯三年之哀宜節
嗣親繼志爲道愛身上慰慈闈與居定能善攝也
前蒙百朋遠錫寵賜手書正在酬答無方難名狂
喜而自鴒原負痛復荷深情書函奠禮到時恰值
亡弟禫除祔廟之日遂邀同人襄行祭禮爇香然
燭點茶奠幣春酒注爵鱨魚陳饌初獻則果攝足
下主祭讀足下文亞獻則果命長子昶攝養虛先

生主祭讀養虛文終獻則襄祀同人讀文致祭見
集外觀祭士友爾聆哀詞感頌高誼禮成之後本當
即奉答書緣來教索觀鐵橋遺稿未有刊本友人
朱朗齋力任重鈔因復銓次鐵橋詩文試帖畫錄
并士友哀輓及自來與諸公往來詩文尺牘都為
一集鈔錄至今始得告竣果以駑鈍之資不中策
勵自鐵橋亡後堂上嚴慈痛惜不已果思慰藉親
心勉力應試令秋獲舉于鄉自分年已五旬志靡
上進諼剛賢書益深媿悚茲乘公車北上親攜鐵
橋全集奉書納上并念鐵橋彌留神戀乎教知其

魂魄依附定係仙鄉生無再見之期歿或有依歸之願因倩奚友摹一小像襄冊附呈雖面目失眞冀足下因畫思人如鐵橋之親陪左右也承賜家父慰書舍姪訓詞感謝不盡家父天懷曠達當鐵橋上時固多哀悶而善自排遣今賴康居頃因歲暮諸家事尚藉指揮冗忙不及答書舍姪年漸長成而稟體羸弱易感寒暑課讀苦功不能耐久去年果自督課旋以易子而教之義別從塾師而優恤意多受益處少一切經書卒業詩文完就之處舉無可報命書字亦拙劣不足塵覽負長者垂

注賴其天姿尚屬醇正將來不至無成待其知識漸開能領器教言益自奮勉則荷長者之裁成功鉅矣承頒聖學輯要四册農巖襟志三淵襟錄各一册并鐵橋遺唾一册俱已收領玩味無窮洵皆讀書有識之言惜栗谷先生全書未見而農巖三淵兩書未詳作者何人從前尺牘中均未道及無從攷稽惟于展卷時景仰名賢肅容敬對而已錄本楷法精妙又添傳家之珍而遺唾一編家藏遺稿中多所未備幸得藉此補足里中士友求觀諸册如寶球琳借鈔無虛日而寒家什襲甚固辭不

示人雖以舍姪幼穉無知獨能于此知所祕惜也
感此厚愛本欲稍備土儀冀申謝意惟是關山迢
遠一縑之託尚恐無覓便之期敢以土宜之微上
累星軺側想知己遠亮艱難自不必以世俗貴情
之常情相測也來教詢及鐵橋歸時歿時期候情
事今已詳見外集并朗齋書中兹不復贅朗齋一
書封函之後覓寄無由久滯懷裏渠為人亦重友
誼好古學與足下氣類相感通書自不容已兹附
原書呈覽竊讀來教至有便附書無便懷德二語
不覺掩書拊几失聲傷懷鐵橋與足下為終古不

再見之人而果與足下又爲終古不能見之人不再見者有一見之足慰不能見者則并此一歲一度之書而至于無便而懷德其痛尚可言耶雖然吾輩舉止須合聖賢之矩度不啻兒女之眷戀此事緣起本出于意外則將來究竟必終有已時恭惟

貴國爲東海屏藩世效恭順車書王會歲不愆期中外之拘在所不計而

盛朝寬大卅野儒匡尤當以循分之度仰報

聖明從此各務前修力圖進業嚮學不衰卽所以黙

酬良友果心中惟時時存湛軒諸公湛軒心中惟
時時存鐵橋與果至交誼之篤本不在書札之有
無也天下惟情之至者乃能出忘情之語足下諒
之養虛先生無書奉寄祈爲道達陸公舘食京雑
順赴禮闈潘公于己丑會試後以精楷八選名籍
中書亦在候期會試此二公者知爲足下所深念
故以相聞舍悲作書襟亂無次筆不盡意伏惟鑒
察不宣庚寅十二月望日果再頓首
　承來教屢以兄稱果足下旣以弟畜鐵橋果何
　敢容氣不以弟視湛軒耶重于情而忘其僣矣

來教承索詩文拙詩無可觀者聊附一紙以答遠懷

附九峯追次鐵橋韻寄湛軒

海天不識路無夢到遼東終古形骸隔開械氣類同懷思千寫一酬答始為終已矣君休念雲分萬里風

星軺歸客笥吾弟有遺書人去傳真在情窮不盡餘守身圖德業撫姪保興居只此酬良友千秋誼不虛

日下題襟集

附録 二

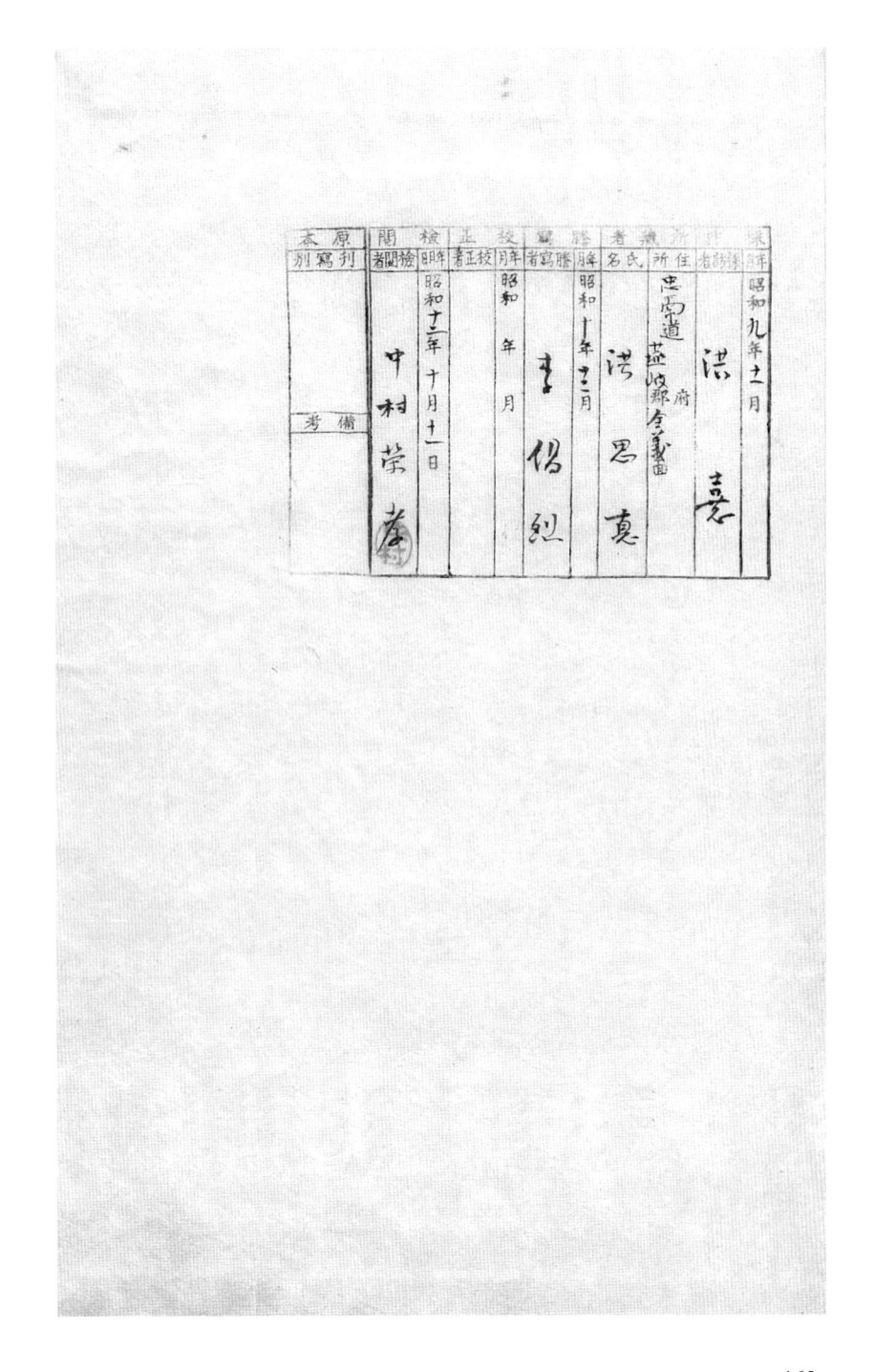

原本	閻檢	校正	謄寫	著者	著述
寫刊別	閻檢者印	校正書 年月日	謄寫者 年月日	氏名 住所	著述年月
	昭和十二年十月十一日 中村榮孝㊞	昭和　年　月 李佾烈	昭和十一年十二月 洪思真	洪喜 忠清南道益山郡今義面府	昭和九年十二月
備考